I0641892

A Madame Mary James.

LA

CRÉOLE

PARISIENNE

PAR

ÉDOUARD CAVAILHON

PARIS

C. MARPON ET E. FLAMMARION, ÉDITEURS

1-7, GALRIES DE L'ODÉON ET RUE RACINE, 26

1884

LA
CRÉOLE PARISIENNE

CHAPITRE 1

La duchesse d'Orange

La Seine était grossie et ballottée par
une tempête soudaine. Il ventait très-
fort. Le fleuve parisien, si gracieux d'ordinaire entre Conflans et la route humide qui descend vers la Normandie,
avait pris les allures d'une petite mer
en furie. Bien qu'on fût au commencement de septembre, et que les canotiers
ordinaires ou extraordinaires, venus là
en envolée de vacances, fussent tous à
leur poste d'embarquement, ils se con-

tentaient de maugréer contre cette température hors de saison. Aucun d'eux
ne se souciait de braver sans nécessité
les flots de cette eau réputée douce, et
qui s'était mise en révolte inattendue
comme une sorte de volcan aqueux.

Seule, une jeune femme, agacée de
ce contre-temps, déclara qu'elle voulait
quand même faire la promenade sur
l'eau pour laquelle on l'avait dérangée.

C'était une reine de la mode parisienne, reine fort adulée et fort capricieuse.

— Il ne sera pas dit, s'écria-t-elle, que
j'aurai accepté pour rien cette invitation
à une partie de campagne et de canotage.
J'ai renoncé pour elle à plusieurs autres
projets très-séduisants. Il n'y a pas de
temps qui tienne, je veux aller en canot.

Elle se tourna vers le petit cénacle de
jeunes hommes, qu'elle admettait à la
faveur très-recherchée de lui servir de
courtisans, et elle ajouta, en faisant
rayonner le charme de son sourire, que
plus d'une fois elle avait reconnu être
irrésistible :

— C'est moi qui vais tenir la barre.
Lesquels de vous, messieurs, veulent
prendre les avirons en main, et monter

le canot qui va porter ma fantaisie et ma fortune ?

Il y eut un mouvement d'hésitation très-accentué. Beaucoup des entendeurs étaient très-braves et très-aventureux, mais ne jugeaient pas à propos d'aller ainsi se jeter dans un danger réel, sans aucun motif utile. La proposition fut accueillie avec un froid tellement significatif, que son auteur dut le prendre pour un refus formel.

La tempête redoublait, et le péril devenait plus grand à chaque minute.

La jeune femme était habituée à voir ses moindres caprices obéis avec précipitation. Elle fut tellement étonnée de ce retard inaccoutumé et surtout inattendu qu'à son tour elle eut l'air d'hésiter, mais son impatience de toute contradiction eut vite repris le dessus.

— Je ne veux pas, clama-t-elle en paroles sifflantes comme les scintillements d'une épée de maître blessé dans son amour-propre, je ne veux pas qu'on puisse dire avoir vu la duchesse d'Orange baisser pavillon devant une fantaisie difficile à contenter, ou reculer devant un danger quelconque. Ne suis-je pas l'amante de tous les périls ? Allons, messieurs, que ceux d'entre vous, voulant prouver leur désir d'être admis plus tard à me parler d'amour, s'aventurent avec moi dans l'embarcation que je vais désigner. Qui m'aime me suive !

— On vous aime à la folie, mais on ne vous suivra pas, répondit un jeune homme à la physionomie blafarde, insignifiante et fatiguée, bien digne d'appartenir à cette catégorie de décadents, qu'hier on stigmatisait du nom de gommeux, qu'aujourd'hui l'on abaisse jusqu'à la qualification de boudinés.

La duchesse d'Orange resplendissait dans un tel prestige qu'elle pouvait tout se permettre. Elle n'hésita pas à répondre fièrement :

— Avez-vous cru que je pourrais accepter comme compagnon de danger à courir un inutile comme vous, un diminutif de la nature humaine, au physique comme au moral ?

Le malheureux ainsi cinglé ne put trouver aucune réplique. Il rentra dans l'ombre, dont il aurait bien fait de ne pas vouloir sortir.

L'intrépide jeune femme se dirigea alors vers le comte Henri de Nigès, et lui dit simplement :

— Vous n'avez jamais voulu apprendre à vous bien servir d'un aviron. Je le regrette aujourd'hui plus que jamais. Je suis assurée malgré tout que vous ne refuserez pas de prendre en main le gouvernail. C'est moi qui ramerai. Embarquons dans cette yole légère et solide à la fois.

— Mais je ne saurai pas assez manœuvrer, répondit le comte, qui était à la fois le plus épris et le plus respectueux de tous les adorateurs de la jeune femme.

— Vous n'aurez qu'à obéir à mes indications. Vous aussi hésiteriez-vous?

— Comment le pourrais-je? Ne vous ai-je pas dit que je vous aimais jusqu'à la mort?

— C'est bien.

Et la resplendissante étoile de la mode parisienne, que l'on appelait tour à tour la duchesse d'Orange, à cause de son teint d'Andalouse semblant échappée d'une poésie d'Alfred de Musset, ou la Fée des eaux, à cause de son talent de canotière sans rivale, tendit la main au jeune comte.

— Je vous permets de l'embrasser, dit-elle avec un abandon rempli de fierté adoucie, où l'on pouvait retrouver la

1.

condescendance et la sérénité d'une souveraine assurée de son pouvoir, en même
temps qu'un peu de la lascivité dominatrice et grisante d'une sorte de Cléopâtre
moderne et parisienne.

Plusieurs jeunes hommes se présen-
tèrent alors pour suivre la jeune femme
dans sa fantaisie aussi dangereuse que
hardie, prétendant qu'ils voulaient lui
servir d'escorte de sauvetage.

Elle trouva un mot cruel pour les
éloigner.

— Je ne dirai pas que vous ressem-
blez à des poltrons révoltés, s'écria-t-
elle avec un accent de dédain suprême,
mais je n'aime pas les hésitants. Je mon-
terai seule avec le comte de Nigès, mon
meilleur et mon plus fidèle ami, dans la
yole que j'ai choisie. Lui, qui n'a aucune
prétention à devenir un marin d'eau
douce comme vous tous, il n'a pas
hésité à être mon chevalier servant en
cette occasion. Il doit demeurer seul
auprès de moi.

Elle réfléchit un instant et savoura
l'embarras ou le dépit qu'elle venait de
soulever; puis elle ajouta frémissante :

— Si quelques-uns d'entre vous veulent accepter le défi que je vais leur

porter, je les prendrai pour de galants hommes, et je les traiterai toujours comme tels. Je parie une discrétion d'être arrivée plus tôt que n'importe quelle autre barque au barrage prochain.

— Une discrétion ! C'est trop séduisant pour ne pas être accepté, répondit tout un chœur de soupirants longtemps éconduits par la plus capricieuse des rayonnantes de la mode.

Et l'on se prépara à partir pour cette course étrange, au milieu de l'orage et de la tempête croissant toujours de violence et d'intensité.

La duchesse d'Orange s'élança avec une hardiesse enivrante de grâce et de légèreté dans la petite yole qu'elle avait choisie.

Elle avait jeté sur la berge le long manteau qui recouvrait son élégant costume de canotière, sans prendre le temps de le confier aux mains de personne. Ce fut à qui s'empresserait de le ramasser.

Phryné dut avoir un geste semblablement hautain, lorsqu'elle laissa tomber son voile devant les juges qu'elle était assurée de fasciner par la simple vue de son corps sculptural.

L'admiration gagna de même tous les

spectateurs quand la·duchesse apparut comme une reine de féerie, dans son déshabillé de marinière incomparable.

Cette admiration aussi générale que spontanée, on put la voir se traduire par des coups d'œil de jalousie à peine retenus ou dissimulés chez les femmes, par des regards chargés de désirs chez les hommes.

C'est que réellement la hardie Fée des eaux rayonnait de séduction.

Son costume était un chef-d'œuvre de bon goût et de calcul fait en vue d'exciter les sens et le cœur, en vue de poétiser les effluves d'amour.

La duchesse s'adonnait chaque jour à des exercices corporels, qui avaient perfectionné la merveilleuse beauté plastique dont la nature l'avait douée. Dès son enfance il en avait été ainsi.

Son buste gracieux dans sa force, avait le modèle des plus belles statues de la Grèce, cette grande païenne éthérée dont les fils surent si bien diviniser le culte de la forme et de la chair.

Ce buste idéal était dessiné par la flanelle blanche d'une vareuse laissant tout deviner sans rien accentuer.

C'était une enveloppe, au lieu d'être

une prison, comme le corset, cette invention moderne créée pour venir en aide aux femmes mal faites, ou déformées soit par le vice précoce, soit par le farniente et l'éloignement des exercices salutaires.

Son pantalon, de même étoffe et de même nuance que la vareuse, s'arrêtait au genou, où il était fixé par deux petites bouffettes de ruban fort simples. Il laissait voir la jambe la plus merveilleusement sculptée par le grand artiste divin, que jamais regard humain ait été admis à contempler.

La cheville avait cette finesse exquise et délicate qu'offrent seules les natures aristocratiques. Le pied était cambré. élégant, fier comme celui des héroïnes de la légende castillane.

La silhouette charnelle du mollet faisait naître des frissons de désir, des vertiges de volupté.

Cette jambe, qui eût donné des nostalgies de possession même aux élus du paradis de Mahomet, avait été chantée par celui que la duchesse d'Orange ne craignait pas de nommer *son poète*.

Avec ce dédain profond de l'opinion du monde, que seules les grandes dames

ou les grandes natures osent afficher, la
duchesse d'Orange se plaisait à faire réciter par ses adorateurs cette compro-
mettante apothéose de sa jambe. Parfois
elle se laissait aller à la dire elle-même,
en ajoutant :

— Bien sot qui mal y pense. Jamais
mon poète n'est allé plus haut.

On souriait, on chuchotait, mais on
n'osait blâmer ouvertement. La souve-
raineté de cette enchanteresse était bien
établie. Elle donnait du reste ainsi la
meilleure preuve que cet hommage
rhythmé lui plaisait infiniment, car cette
splendide duchesse était modeste, et
d'ordinaire n'aimait pas à être encensée
ouvertement.

Elle réalisait le type enchanteur d'une
créole parisienne. Il n'y avait du reste
rien d'étonnant, car ses ancêtres étaient
originaires des Grandes-Indes.

Son œil noir projetait des lueurs
troublantes par instant, mais il demeurait presque toujours rêveur et mélancolique, comme mouillé de douleur
intime.

Toute sa nature semblait un volcan au
repos, suivant l'expression juste et pittoresque de l'un des princes du Jockey-

Club. On y entrevoyait des flots de lave sommeillante en même temps que des rêveries perpétuelles. Le sang indien, qui semblait bondir au lieu de couler sous sa chair mate et nacrée, en était la cause certaine.

On trouvait dans son regard, mélancolique toujours, inquiet souvent, une sorte de ressouvenance des murmures innombrables que chante le vent dans les forêts vierges, ou l'écho des plaintes monotones de la mer inlassable.

On voyait aisément que sa froideur était voulue.

Ses allures étaient celles d'une souveraine en exil. Il y avait dans ses moindres caprices une sorte de révolte résignée, qui faisait deviner une âme souffrante, une blessée de la vie ne voulant pas se plaindre.

Une forêt de cheveux noirs et frisés naturellement folâtrait en boucles douces et soyeuses autour de son visage frappant de séduction.

Ses lèvres légèrement sensuelles, ombragées de ce duvet excitant qui fait désirer les femmes brunes, semblaient faites pour les baisers faciles, mais son front olympien et son regard toujours sérieux, froid et ferme comme une lame d'acier, palliaient cet appel ou plutôt cet encouragement au désir.

Sa nuque était adorable dans sa grâce remplie de force.

C'était bien à elle qu'on pouvait appliquer cette expressive strophe de notre grand poète Alfred de Musset :

> Ma belle veuve au long réseau,
> C'est un vrai démon ! C'est un ange
> Elle est jaune comme une orange,
> Elle est vive comme un oiseau.

La vérité est que cette duchesse exotique, malgré son origine indienne, avait la peau admirablement blanche, mais que pour faire ressortir davantage la blancheur rose et nacrée de ses bras et de ses épaules admirables, elle se servait d'une poudre spéciale qui lui jaunissait légèrement le visage.

C'était là sa seule coquetterie. L'effet produit était grand. Lorsque le petit nombre des initiés lui demandait la raison de ce caprice un peu étrange, elle répondait en souriant :

— On m'appelle la duchesse d'Orange ; ne faut-il pas que je mérite ce surnom ?

L'ensemble de sa physionomie, alliant

l'énergie hautaine à la douceur presqu'enfantine, étonnait par son charme
rayonnant et sa poésie communicative.

Son premier aspect était foudroyant,
irrésistible. Elle jetait autour d'elle des
étincelles magnétiques.

Sa voix un peu voilée, comme son
âme et son regard, avait des séductions
étranges, des caresses d'intonation qui
allaient droit au cœur, des modulations
mélodiques et félines qui attiraient les
plus froids et les plus insensibles.

Ses dents étaient éblouissantes de
blancheur. Petites, bien rangées, semblant toujours prêtes à mordre, elles
faisaient l'effet de perles précieuses placées sur des gencives sanguines.

— Combien serait heureux celui
qui pourrait arriver à obtenir un baiser
allant jusqu'à la morsure de vos dents
splendides, lui dit un jour le prince
de T...

— A peu près aussi heureux, répondit-
elle avec son regard des mauvais instants, que s'il était tombé aux griffes
d'une tigresse en furie.

Cette souveraine de la mode était
vraiment une énigme, qui ne voulait pas
se laisser déchiffrer.

Elle avait le sourire assez rare et fort difficile à faire naître, mais sa puissance était charmeresse.

Le comte Henri de Nigès s'élança donc avec transport, comme on doit le penser, à la suite de cette fée irrésistible, et prit place dans la barque avec une espérance grisante au cœur.

— Mon cher comte, dit la duchesse, votre rôle va être bien facile à remplir. Tant que la barque filera droit, vous n'avez absolument rien à faire. Quand elle ira trop à gauche, vous mettrez la barre à droite ; si elle tourne trop à droite, vous la ferez incliner vers la gauche. Ce jeu de bascule vous préparera à la carrière politique, dans laquelle vous vous lancerez tôt ou tard. Je veux faire de vous un ministre de l'avenir.

Les canotiers ayant accepté la lutte avaient pris place dans leurs barques respectives. Malgré la tempête on commença cette joute dangereuse que le caprice d'une princesse de beauté avait décidée ou plutôt exigée.

La duchesse était là dans son élément. Elle jouait avec les flots, malgré leur résistance et leur fureur. Elle ramait avec autant de calme et de grâce que si elle se fût trouvée sur un lac paisible. Ses avirons étaient maniés avec une sûreté inaltérable ; aucun temps n'était perdu.

Qu'elle était belle ainsi !

Tout en elle méritait l'admiration : le contour de ses bras marmoréens, la pose gracieuse de son buste, le cadencement de ses hanches puissantes, le rayonnement de sa physionomie illuminée par la satisfaction d'avoir réalisé une folie.

Le comte et ceux qui montaient les barques voisines étaient littéralement éblouis par cette étoile nautique, ramant à leur tête avec une maëstria incomparable.

— Allons, messieurs, disait-elle, pas de fausse galanterie. Tâchez de vaincre, ou la porte de ma maison vous sera fermée à jamais. Je prendrai en estime toute particulière quiconque me dépassera.

Les efforts des jouteurs redoublaient. En passant devant l'allée ombreuse des tilleuls qui ornent la place du charmant petit village d'Andresy, deux barques avaient devancé celle de la duchesse. Elles gardèrent l'avance jusqu'à l'entrée du canal qui se trouve en amont du barrage, mais l'habile marinière avait mé-

nagé ses forces pour ce moment décisif.
Le vent avait moins d'action sur cette
eau encaissée; les embarcations pouvaient
mieux répondre à l'impulsion donnée.
On était assuré d'avancer mieux en ramant fort.

— Faites bien attention à tous mes
mouvements, dit la duchesse au comte, et
tenez bien la barre.

Elle semblait ravie. Son œil si calme
d'ordinaire, si profond de froideur réelle
ou voulue, jetait du feu comme celui
d'une amazone marchant au combat; ses
narines frémissaient comme les ailes d'un
aigle se préparant à combattre ou à planer.

A vingt mètres du but les trois barques
se trouvaient sur la même ligne. La victoire demeurait indécise, mais les derniers coups d'avirons donnèrent l'avantage à l'intrépide canotière.

Son triomphe fut accueilli par des
applaudissements enthousiastes, unanimes. Les éclusiers et les mariniers de
l'endroit lui firent une ovation aussi
bruyante que spontanée. Elle s'y montra
beaucoup plus sensible qu'aux hommages de ses courtisans ordinaires ou extraordinaires.

— Comte, dit la jeune femme en allant

avec une tendresse féline vers son compagnon de barque, il me semble qu'on
vous oublie trop dans notre victoire. Je
veux vous sacrer maître barreur. Pour
cela il est juste et nécessaire de vous
donner une franche accolade.

Et l'adorable jeune femme se jeta au
cou du comte de Nigès. Elle l'embrassa
plusieurs fois avec effusion.

Sous cette étreinte inespérée, sous
cette caresse troublante et grisante,
l'heureux distingué devint pâle et tremblant, comme un néophyte venant de
toucher à quelque voile défendu.

— Comme il m'aime, ne put s'empêcher de penser la fière jeune femme.

Les vaincus se rapprochèrent. La duchesse voulut presser la main de tous et
trouva pour chacun un mot aimable.

Ils demandèrent quelle serait la discrétion qu'ils venaient de perdre.

Le front de la jouteuse redevint sérieux
pour leur répondre :

— Je veux, dit-elle, si vous le permettez, vous associer à une œuvre de
charité, ou plutôt de réparation intime et
sociale. Chacun de vous devra verser
entre les mains d'un trésorier spécial la
somme qu'il jugera convenable. Le total

servira à venir en aide à la femme de cette commune qu'on reconnaîtra avoir été rendue la plus malheureuse par son mariage.

— Alors, c'est une sorte de rosiérat après la lettre que nous allons fonder.

— Donnez-lui le nom que vous voudrez.

— L'idée est originale.

— Elle vient d'une âme souffrante et miséricordieuse, dit le comte de Nigès sortant de sa rêverie. Je demande à apporter la première offrande.

— J'accepte, comte, répliqua la duchesse, mais à une condition, c'est que vous allez vous charger de faire l'enquête nécessaire pour arriver à bien placer notre argent. Je vous aiderai. Me voulez-vous pour votre secrétaire?

— Vous me comblez, répondit le gentilhomme avec émotion.

— Puisque vous acceptez, reprit l'enchanteresse, je vais entrer en fonctions dès à présent. J'aperçois un petit café sur la berge. Entrons-y; je vais ouvrir mon registre d'inscriptions. Comte, je veux bien que votre nom soit en tête, mais le mien viendra immédiatement après.

— Il n'est pas rationnel, fit remarquer l'un des vaincus, que les vainqueurs paient les frais de la guerre. Ce serait jouer à qui gagne perd. Craignez-vous que notre générosité ne soit pas à la hauteur de la noblesse de votre pensée?

— Vous avez raison, répondit la duchesse. Je ne veux pas vous frapper d'un impôt trop lourd par l'exemple ou par l'amour-propre. Nous ajouterons ce que nous voudrons, le comte et moi, à la somme souscrite par vous tous, et pour que vous ne m'accusiez pas d'être trop ambitieuse dans mes vues de charité, je vous déclare à l'avance que le maximum de la souscription devra être 100 fr.

— Le mieux est qu'elle soit uniforme, dirent tour à tour les vaincus. Chacun de nous versera 100 fr.

— Messieurs, combien je dois vous remercier, s'écria la jeune femme. Vous êtes tous de nobles cœurs, et cette journée sera le meilleur de mes souvenirs.

L'on entra au petit café tenu par une parente de l'éclusier. La duchesse demanda le long manteau dont elle recouvrait son costume, ou plutôt son déshabillé de canotière. Un de ses cavaliers servants l'avait soigneusement porté sous

le bras pendant toute la durée de la lutte
nautique. Il accourut et se trouva trop
payé du sourire assez froid qu'il reçut en
échange de sa complaisance.

Après s'être drapée dans son manteau,
la jeune femme demanda au comte de
N... de lui offrir le bras. Elle demeura
quelque temps à se promener et à causer
avec lui sur la route. Elle prétendait avoir
besoin de se dégourdir un peu les jambes
après l'énervement de la lutte. En réalité
elle voulait récompenser le comte de
l'aide qu'il lui avait si gracieusement
apporté en toute façon.

Le temps s'était rasséréné. Il y avait
beaucoup de monde dans cette hôtellerie,
beaucoup de Parisiens et de canotiers
s'étant déplacés pour se donner du bon
temps. Ils étaient arrivés là comme une
envolée d'échappés de ce grand parc au
nervosisme, que les gens de race germaine jalousent autant qu'ils l'admirent
en l'appelant la Babylone moderne.

Les propos joyeux se faisaient entendre à chaque table, et les voisins com-
mençaient à fraterniser sans se connaître.

Dans un coin de la salle deux jeunes
gens étaient attablés en face de jeunes
femmes à la tenue hardie, un peu ga-

mine, à l'allure d'autant plus gaillarde
que, venues là pour canoter ou courir en
pleine campagne, elles avaient cru devoir
s'alcooliser un brin pour combattre l'en-
nui d'un ouragan inopportun.

— Le ciel nous refuse son azur, avait
dit l'un des jeunes gens ; le vin est meilleur garçon, il va nous faire voir tout en
rose et en bleu. Mettons-nous à l'œuvre
vivement et aidons-lui.

Le quatuor n'était pas ivre, mais il
avait trouvé la consolation d'une gaieté
bruyante.

L'une des deux femmes était cette
Olga, dont la danse excentrique venait d'être remarquée à Mabile. Sa
manière avait plus de hardiesse et de
nouveauté échevelée que d'indécence.
Elle man- quait un peu de grâce, mais
quelle désinvolture, quelle légèreté,
quelle furia !

C'était la panthère du cancan. Elle
avait des bondissements qui étonnaient
ou faisaient frémir.

Son œil lançait des lueurs fauves
comme celui d'une gitana incapable de
se plier aux usages admis, impatiente
de tout joug, revêche à toute subordi-
nation. Elle avait toutes les allures d'un

2

gavroche, et ses camarades l'appelaient le garçon enjuponné.

Bonne fille du reste, et remplie de cœur, mais quelle tête !

Son élu du jour était un rapin, aussi espiègle et aussi tapageur qu'elle-même.

— C'est donc la duchesse d'Orange, cette belle victorieuse-là ? demanda tout à coup la danseuse à son rapin, en lui désignant la Fée des eaux, qui se promenait devant l'hôtellerie.

— Oui... En voilà une vraie femme !

— Eh bien, et moi ?

— Toi, tu sais bien que tu es mon gamin aimé.

— Turlututu. Qu'est-ce qu'elle a donc de plus que moi cette princesse de la haute ? On dit qu'elle est de sang indien ; moi je suis d'origine sauvage. Elle a l'œil fascinateur ; moi aussi, et de plus j'ai le regard canaille. Elle est la Fée des eaux ; ne suis-je pas la reine du cancan ?... Elle m'agace.

— Tiens toi convenablement.

— Mille jambes en l'air ! Tu baisses, rapin. Je te lâcherai...

— Oh ! ma petite louve !

— Je te dis qu'elle m'agace. Celui qu'elle affecte de nommer son poète m'a

fait des vers aussi. Tiens ma chaise, rapin. Je vais monter dessus pour les
réciter.

— Vas-tu te tenir tranquille?

— Tu raisonnes ! Alors je monte sur
la table.

Et la folle s'élança d'un bond sur la
table, renversant books et soucoupes.
Puis elle récita pas trop mal. sur ma foi,
le passage qui lui plaisait.

Avant de descendre de sa tribune im-
provisée, elle s'écria en se frappant la
poitrine avec crânerie :

— Olga , c'est cocotte , pour les
prudhommes ici présents qui ne la connaissent pas.

Le maître du café venait d'entrer au
moment même. Il voulut faire quelques
observations à Olga, en lui disant que
son établissement était une maison renommée pour sa tranquillité et qu'il ne
fallait pas y porter le trouble.

— Qu'est-ce que tu demandes, bon-
homme? lui répondit-elle. Veux-tu que
je t'apprenne à faire le grand écart?...
Non, tu n'as pas une binette susceptible
d'apprécier cette fantaisie... Eh bien, je
vais t'apprendre à ne pas garder ton bonnet sur la tête en venant parler à Olga.

Et, sans aucun effort apparent, avec la promptitude d'un éclair inévitable, elle le décoiffa prestement du bout de son pied, en lui disant :

— Voici ma supériorité sur les autres femmes. Elles ne savent que coiffer les serins, moi je les décoiffe.

La duchesse d'Orange entrait dans la salle en ce moment. Elle ne put retenir un franc éclat de rire en voyant la mine du cabaretier.

Olga s'adressa à elle immédiatement et lui dit avec brusquerie :

— Voulez-vous faire un autre pari avec moi ? Je vous réponds que vous ne le gagnerez pas facilement.

— Voyons quand même, répondit la duchesse avec bienveillance.

— Très-bien, madame. On ne m'avait pas trompée en me disant que vous êtes fière seulement pour les grands et que vous êtes accueillante pour les humbles et les déclassés. Voici ce que j'ai à vous proposer : le temps s'est remis un peu ; voulez-vous que nous courions d'ici au pont de Poissy, vous en canot, moi à pied ?

— J'accepte avec plaisir, reprit la belle marinière. La fin de la journée se trouvera ainsi occupée.

— Que parions-nous ? demanda Olga.

— Le simple plaisir de gagner, répondit la duchesse.

Elle se tourna vers le comte de Nigès, et prenant son bras elle ajouta :

— Allons, mon gentilhomme barreur, vous allez reprendre votre poste de combat. Quand mademoiselle sera prête, elle voudra bien nous faire prévenir.

Le comte et l'intrépide canotière se rendirent immédiatement à leur embarcation, pour la faire écluser et se tenir prêts à partir.

Olga, un peu étourdie de ce qu'elle venait de faire et de proposer, secoua l'épaule de son rapin, et lui dit :

— Eh bien, tu sais, mon coco fêlé, tu avais raison. C'est une vraie femme, mais je vais la faire suer. Si elle a de rudes bras, j'ai de bonnes jambes.

On partit.

Olga eut le tort de vouloir prendre trop d'avance et de s'essouffler un peu au départ. De plus, elle était gênée par le déjeuner trop copieux et trop arrosé qu'elle venait de faire. Au bout de mille mètres, elle avait perdu son avance, et à cent mètres du pont elle était rattrapée.

L'endiablée danseuse avait trop de

vigueur, de courage et d'amour-propre
pour échouer au moment d'arriver au but.
Elle redoubla de volonté et s'élança en
quelques bonds énergiques. Elle touchait
à la victoire, lorsqu'elle entendit de
grands cris, des appels de voix désespérés, partis de tous côtés autour d'elle.

La barque montée par la duchesse
venait de chavirer. Pour arriver au terme
de sa course, la hardie rameuse avait
voulu passer trop près d'un gros bateau
à vapeur remontant le fleuve : sa légère
yole avait été renversée.

Le courant était très-fort et très-dan-
gereux.

— Vous savez nager, dit le comte à la
duchesse. Ne vous inquiétez pas de moi.

— Mais non, je ne sais pas, répondit-
elle entre deux plongeons.

— Ni moi non plus. Comment vous
sauver?

Le comte ne songeait nullement à sa
propre vie, mais la douleur désespérée
de ne pouvoir venir en aide à celle qu'il
aimait tant se lisait en traits navrants sur
son visage.

— A nous! cria-t-il.

Il n'y avait là que des femmes ou des
enfants.

On appela les mariniers qui se trouvaient de l'autre côté du pont; mais au-
raient-ils le temps d'arriver avant la
noyade complète des deux infortunés?

— Je vais à vous, cria Olga.

Et la vaillante jeune femme se dé-
pouilla en un clin-d'œil de ses jupes, se
jeta résolûment à la nage et parvint à
pousser devant elle la duchesse et le
comte jusqu'aux poutres transversales
qui soutiennent les vieux moulins ados-
sés à l'antique pont de Poissy et forment
au milieu de l'eau un échafaudage
étrange.

Ils étaient sauvés et n'eurent qu'à se
cramponner après ces poutres de salut.

La barque du bateau à vapeur qui avait
causé l'accident arriva plus tôt au secours des chavirés que celles des mariniers de la rive. La duchesse, Olga et le
comte furent recueillis et conduits à l'hôtel de *l'Esturgeon*, où ils reçurent les
soins les plus empressés.

Ils furent assez vite remis. Le danger
avait été très-grand, mais grâce à la
promptitude avec laquelle Olga avait
apporté son secours aussi énergique
qu'intelligent, il avait duré trop peu pour
pouvoir causer un mal sérieux.

La duchesse et le comte, malgré leurs plongeons multiples, n'avaient même pas perdu connaissance. Ils s'étaient maintenus assez en dehors en se débattant contre les flots, pour n'avoir ressenti aucun commencement d'asphyxie.

La duchesse remercia Olga avec une délicatesse exquise. Elle la pria de venir la voir à sa rentrée à Paris, et lui promit qu'elle serait la bien accueillie en toute occasion.

— Ce que j'ai fait est tout simple, répondit la vaillante danseuse. D'abord, c'est moi qui ai causé l'accident, puisque j'ai proposé cette course ; je devais donc tout faire pour vous porter secours. Ensuite, vous aviez été si bienveillante pour moi, vous qu'on accuse de fierté outrée !

Et pour couper court au concert de félicitations dont on l'accablait de tous côtés, la généreuse jeune fille s'écria tout à coup :

— Mais où donc est mon rapin ? S'est-il évanoui de peur ?

— Me voici, répondit une voix devenue timide.

— C'est comme cela que tu m'abandonnes ?

— Tu sais bien que je ne puis courir.

— Oh! oui, j'oubliais tes battements de cœur. Tu ne m'as pas vue dans la grande tasse?

— J'étais encoré loin.

— Imbécile!

Le ton dont la danseuse disait ce mot imbécile, est inénarrable. Il perdait tout caractère d'offense. C'était un juron plutôt qu'autre chose. Ses plus grandes colères étaient aux trois quarts passées, lorsqu'elle l'avait lâché. Parfois elle l'employait comme une caresse.

Elle prit la main du jeune homme, l'attira vers elle, et lui dit avec une tendresse infinie :

— Conte-moi donc une de tes boutades. J'ai envie de rigoler maintenant; ça va finir de me remettre de ma baignade. Tu es si drôle quand tu veux.

— Et toi, tu es uné vaillante et crâne petite femme.

Quelqu'un, parmi les curieux, fit l'observation suivante :

— Ça finit par une idylle.

— Qu'est-ce que c'est ça, une idylle? demanda Olga à son rapin.

— Ça veut dire que nous nous aimons bien.

— Oui, monsieur, vous avez raison,

tout comme si vous étiez brigadier, clama la vive danseuse en se tournant du côté où avait été entendue la remarque précédente. A présent, allez à vos affaires.

De son côté, le comte Henri de Nigès sentait bien que le danger mortel auquel il venait d'échapper en compagnie de la duchesse devait forcément rendre leurs rapports plus intimes. Il était trop galant homme pour vouloir brusquement mettre à profit cette nouvelle situation, mais il résolut d'interroger un peu celle qu'il aimait plus que sa vie.

Il demanda :

— Comment se fait-il que, ne sachant pas nager, vous preniez plaisir à commettre des imprudences nautiques? Je vous sais amante de tous les périls; seriez-vous amante de la mort?

— Ceci est mon secret.

— Vous voulez donc être chaque jour à mes yeux une énigme plus indéchiffrable.

— Soyez mon Œdipe.

— Pour cela, il faudrait connaître un peu votre vie passée.

— Informez-vous-en. Je vous y autorise.

— Pourquoi ne me la raconteriez-vous pas?

— Je suis trop indolente et je n'aime pas à récriminer. Et puis on ne se connaît pas soi-même.

— C'est bien. Je vais vous étudier dans le passé, puisque vous m'y autorisez. Je vous prendrai dès votre enfance pour vous suivre jusqu'à votre jeunesse.

— Ma jeunesse physique, car je n'ai plus de jeunesse de cœur.

— Vous en retrouverez une.

— Je voudrais bien... Voici tout ce que je puis vous dire. J'ai été élevée par mon grand-père et n'ai pas connu ma mère. Mon aïeul est mort trop tôt. Vous trouverez, rue de Mulhouse, un de ses amis. Il vous renseignera. Je vous donnerai son nom et vous indiquerai sa demeure... Il garde un journal de ma vie où j'écrivais mes impressions. S'il veut vous en donner connaissance, je ne m'y oppose pas.

— J'irai le voir dès demain.

Le comte se présenta donc dès le lendemain chez M. L..., qui l'accueillit amicalement, grâce à la lettre qui lui avait été remise par la duchesse. Sur ses instances il lui raconta toutes les particularités de la vie de notre héroïne. Nous les retracerons suivant le livre-journal qui nous a été communiqué. Nous avons tenu, dans ce premier chapitre, à dessiner le caractère de celle qu'on surnommait la duchesse d'Orange.

CHAPITRE II

Grand-père Gâteau.

Mme d'Almée était demeurée veuve
après très-peu de temps de mariage. Elle
était enceinte de six mois à la mort de
son mari, qu'elle avait épousé par amour.
Sa douleur fut telle qu'on craignit un
instant la folie.

Les tendres soins dont elle fut entourée par son beau-père la ramenèrent
seuls à la raison, mais ne purent lui rendre la santé. Elle eut une fin de grossesse des plus pénibles.

Martin d'Almée était un ancien marin.
Il avait été l'un des plus vaillants chefs
de ces petits bâtiments armés en corsaires
pendant la lutte de Napoléon Ier contre
les Anglais. Dans ses courses multipliées

il avait dépensé tant d'énergie, qu'au
moment où il se mit au repos il ne lui
restait plus au cœur, suivant sa propre
expression, que de la tendresse à dépenser
en famille.

Or, sa famille se réduisait aujourd'hui
à sa bru, puisqu'il venait de perdre son
fils unique. Il y avait bien aussi l'enfant
que Mme d'Almée portait dans son sein,
mais ce n'était qu'une espérance, une
sorte de bourgeon fragile qu'il fallait
amener jusqu'au fruit, en le préservant
de toute avarie menaçante.

Le vieux soldat s'était donc établi
garde-malade auprès de sa belle-fille.
Jamais précautions plus minutieuses
n'auraient pu être prises par la femme
la plus attentionnée. Ce loup de mer,
si terrible naguère, était devenu un
agneau de douceur, et sa sollicitude
éclairée était admirable, ayant pour
guide le cœur, ce merveilleux faiseur de
miracles.

L'époque de la délivrance de Mme d'Almée arriva enfin. Elle était très-souf-
frante, mais l'enfant vivrait.

— Vous voudriez bien que ce fût un
garçon, dit à Martin d'Almée un de ses
vieux compagnons de courses maritimes

qui ne le quittait jamais et qu'on nommait le père Mathurin.

— C'est ce qui te trompe. Je désire follement une petite fille, pour pouvoir la gâter tout à mon aise. Avec un garçon je serais gêné; j'oserais moins me laisser aller à toutes mes faiblesses de grand-père.

— Et vous dites que le terme approche?

— Depuis hier soir le médecin et la sage-femme sont ici tous les deux à demeure... Mais qu'entends-je?... C'est la voix de ma belle-fille!... Elle se plaint, elle crie... Oh! jamais mon cœur n'a tressauté pareillement dans ma poitrine, même lorsque nous allions combattre et vaincre, ou mourir en sautant à l'abordage, un contre vingt, ces maudits insulaires... Je n'ose aller dans la chambre de la patiente... S'il lui arrivait malheur?... Si l'enfant?... Oh! non, plutôt mille morts pour moi... Mathurin, veux-tu que nous prions Dieu? Oui, n'est-ce pas, mon vieux camarade?

Et ces deux hommes de fer tombèrent à genoux, sans quitter la place où ils se trouvaient, dans le jardin soigné par eux, en plein ciel.

Ils priaient et pleuraient à la fois.

Martin d'Almée se releva calme et

confiant dans la Providence, qu'il venait d'invoquer.

On entendait les cris de douleur plus accentués poussés par la jeune veuve, prête à devenir mère.

— Va-t-en aux nouvelles, dit le vieux marin à son compagnon. Je t'attendrai.

Mathurin n'était pas beaucoup plus hardi que son ancien chef, mais il n'osait jamais le contredire ni lui désobéir. C'était une habitude prise depuis si longtemps, qu'elle était devenue chez lui une seconde nature.

Il se fit donc tout petit, et, retenant sa respiration, glissant comme une ombre plutôt que marchant, il entra dans la chambre de douleur.

Le médecin lui dit que tout allait pour le mieux, et que le moment de la délivrance finale était proche.

— Vous pouvez rassurer complètement M. d'Almée, ajouta-t-il. Il va être grand-père.

Mathurin se hâta d'apporter cette bonne nouvelle, en échange de laquelle il reçut une poignée de main tellement accentuée que ses malheureux doigts restèrent collés l'un à l'autre, meurtris, presque saignants.

Le vieux corsaire avait encore la poigne solide et rude.

— Que me disais-tu que tout allait bien? s'écria-t-il au bout de quelques instants avec une impatience fébrile. N'entends-tu pas ces plaintes déchirantes?

— Pardon, répondit Mathurin, c'est le médecin qui a dit cela; je n'ai fait que rapporter ses paroles.

— Tais-toi.... L'on n'entend plus rien.... Ah! si elle était morte ?... Va voir, Mathurin, et reviens vite, ou je t'assom.... Va, mon bon camarade. Pardonne-moi, je souffre, je.... Mais va donc et reviens.

Mathurin n'eut pas à rentrer dans la chambre de Mme d'Almée. Le docteur venait au-devant des deux vieux compagnons de mer.

— Tout est terminé, cria-t-il joyeusement; vous voici grand-papa. La mère et l'enfant vont aussi bien que possible.

Martin d'Almée s'était rapproché en quelques enjambées. Il semblait avoir retrouvé ses vingt ans.

— Mais, demanda-t-il, vous ne me dites pas le sexe de l'enfant.

— C'est une charmante petite fille, qui avait bonne envie de vivre, car elle n'a pas mis longtemps à sortir de sa prison de neuf mois. Elle aura de fameux yeux. Déjà elle les a ouverts.

— Vive Dieu! Nos prières ont été écoutées, mon bon Mathurin. Comment pouvait-il en être autrement? Elles étaient courtes et ferventes. Docteur, permettez que je vous serre la main. Je suis certain que ma petite-fille sera heureuse. Elle est venue au monde au moment où deux loyaux marins invoquaient le ciel pour sa mère et pour elle.

L'excellent homme reprit :

— J'étais garde-malade, me voici désormais deux grades de plus. Je vais être bonne d'enfant. Je serai aussi père nourricier, grâce à la belle chèvre blanche que j'ai achetée et que je soignerai moi-même. La veuve de mon fils est trop faible pour pouvoir remplir elle-même ses fonctions de nourrice, mais je ne veux pas que ma petite-fille prenne le sein d'une femme étrangère. C'est une tradition de famille. Quand la mère est dans l'impossibilité de s'acquitter de ce devoir imposé par la nature, nos enfants sont élevés au biberon. Ainsi n'ont jamais été introduits chez nous les mauvais instincts ou la mauvaise santé, que peut donner l'intrusion d'un lait étranger.

— Et vous avez raison, dit le docteur avec plus de chaleur qu'il n'en mettait ordinairement dans ses paroles. Vous êtes dans le vrai, car le lait, c'est le sang. Il serait à souhaiter que la généralité des parents eût les mêmes idées que vous sur cette question. Bien des maladies et bien des vices seraient ainsi écartés en principe.

— Vous savez, docteur, que j'ai pleine confiance en toutes vos appréciations. De plus, votre avis se trouve en cette occasion tout à fait conforme à nos habitudes familiales. J'en suis ravi.

Ils firent un tour de jardin, au bout duquel le docteur dit à Martin d'Almée, qui était pour lui un ami autant qu'un client :

— Je pense que la sage-femme doit avoir terminé la toilette de votre petite-fille. Vous pouvez dès à présent aller lui faire votre visite. Quant à la mère, il faut la laisser tranquille pendant quelques heures. Elle a besoin de repos. Les souffrances n'ont pas été longues, mais leur intensité était telle qu'elle va forcément procurer à la malade un lourd sommeil. Tout, du reste, s'est passé très-normalement. Il n'y a que des soins ordinaires à prendre. Je reviendrai en temps utile. S'il se produisait le plus petit incident, vous n'auriez qu'à m'envoyer chercher. Mathurin a encore de bonnes jambes, et je serai tout prêt à accourir. Au revoir, mes amis.

Les deux marins accompagnèrent le docteur jusqu'à la porte du jardin. Lorsqu'elle fut refermée, Martin d'Almée se mit à courir comme un jeune homme, pour voir plutôt sa petite-fille.

La sage-femme avait déjà coquettement attifé la nouvelle entrante dans la vie. Aussi vint-elle, toute joyeuse, la présenter à Martin d'Almée.

— Vous voici donc, mademoiselle la désirée, se mit à dire ce vieux marsouin de mer, avec des modulations de voix d'une tendresse incroyable. On dit que vous ouvrez déjà les yeux. C'est sans doute pour voir votre grand-père. Bientôt vous lui sourirez, vous lui ferez mille caresses. Et vous aurez raison, car il va vous aimer comme un grand enfant.

D'abord, il déclare à l'avance vouloir faire toutes vos volontés, se plier à tous vos caprices. Vous n'en abuserez pas; vous serez trop gentille pour ça, et vous avez trop bon cœur, mais vous en userez largement. C'est ainsi que je le désire. Quel nom faudra-t-il vous donner ?... Il vous faut un joli nom, bien doux, bien harmonieux. Eh! parbleu. il est tout trouvé. Mon vieux camarade et moi, nous avons invoqué pour vous l'Etoile de la mer, la patronne des marins, la radieuse Marie. Elle vous a accordé sa protection immédiate. Vous porterez son nom, mademoiselle; il vous donnera le bonheur. Car vous serez heureuse, je le veux, et la volonté d'un enfant de Saint-Malo, descendant, dit-on, d'un Indien, d'un chef des fils du soleil, c'est toujours sacré, ou tout le moins irrésistible. Je n'ose encore ni vous caresser, ni vous embrasser. Vous êtes trop petite, trop fragile, mais comme je vous aime !

M'entendez-vous?..... Certainement, vous m'entendez.

— Est-ce que vous devenez fou? demanda Mathurin en tirant son ancien chef par le bras.

— Oui, mais d'une bonne et douce folie, la folie d'affection paternelle.

Pendant toute la durée de l'allaitement de la petite Marie, la sollicitude de son grand-père fut aussi touchante qu'at-

tentive. Au bout de trois mois il dut re-
doubler de soins, car la pauvre jeune
mère fut prise d'une maladie de langueur
et succomba bientôt, s'éteignant comme
une lampe à laquelle le combustible vient
de manquer.

Cette fois la mignonne enfant se trouvait bien complètement orpheline, mais
l'aïeul était là pour veiller à tout et remplacer père et mère.

Lui seul prenait soin de la chèvre
nourricière. Il lui faisait manger soir et
matin une ration de sel pour rendre son
lait plus savoureux, plus fortifiant et
plus tonique. Les meilleures plantes
fourragères lui étaient apportées fraîches
à chaque repas.

Le vieux marin la lavait lui-même de
la tête aux pieds, baignait ses mamelles
blanches et roses, la brossait, la peignait,
la bichonnait.

Elle allait et venait dans le jardin,
dans l'enclos et dans la maison, suivant
sa fantaisie. En raison de cette liberté
absolue, la jolie bête avait perdu le caractère fantasque et capricieux qu'on reproche à sa race.

Elle était entièrement domestiquée,
adorait la petite fille et venait la caresser

avec mille précautions, mille tendresses du regard.

C'était l'ancien loup de mer qui faisait préparer le bain de chaque jour pour sa petite-fille, qui visitait son berceau et ses langes, qui lui donnait le biberon après avoir vérifié si la température du lait était bien celle qu'il fallait. Aucun détail ne lui échappait ; il avait l'œil à tout.

Un aussi bon grand-père eut naturellement le premier sourire de sa petite-fille. Ce fut pour lui un grand orgueil et une immense joie.

— Tu vois, Mathurin, s'écria-t-il, que je remplis bien mon rôle de père nourricier, mais comme je suis payé !

L'enfant lui tendait ses petits bras aussitôt qu'elle s'éveillait, et ne perdait pas de vue le moindre de ses pas.

Ce fut l'âge d'or du bonheur pour le vieux marin.

Dès que la fillette eut cinq ans, il commença à s'occuper de développer ses forces, suivant l'hygiène adopté en Angleterre, et grâce à laquelle, chez nos voisins d'outre-Manche l'on trouve d'aussi beaux enfants dans toutes les classes de la nation.

Il lui faisait faire chaque jour une pro-

menade à pied, en voiture ou en barque.
Il l'amenait à la pêche avec lui et Mathurin, toujours dévoué comme un terre-
neuve. Elle recevait sa leçon de gymnastique, au lieu d'être fatiguée trop jeune
par une institutrice si souvent maussade.

L'aïeul voulait développer le corps
avant d'orner l'esprit. Jusqu'au jour où
Marie eut atteint sa septième année, il ne
souffrit pas qu'on lui fourrât le nez dans
un alphabet. Sa méthode était si bien la
bonne, que la fillette eut vite rattrapé
ses compagnes dès qu'on s'occupa sérieusement de son instruction, bien que
celles-ci eussent pris une avance considérable dans leurs études beaucoup plus
anciennes. A dix ans, elle les avait dé-
passées.

L'habitation de Martin d'Almée était
des plus confortables et des plus co-
quettes parmi ces nids de verdure qui
font le charme de la Varenne-Saint-Hilaire. Située à mi-côte, au milieu d'un
vaste jardin, elle présentait toutes les
conditions d'une salubrité parfaite.

Grâce à ce bon air et aux exercices
corporels de toute sorte qu'on lui faisait
faire, la petite Marie s'était si bien déve-
loppée qu'elle paraissait beaucoup plus

que son âge. Il n'était bruit dans le pays
que de sa santé et de sa vigueur, en
même temps que de sa beauté et de son
charme grandissant chaque jour. A douze
ans on la prenait pour une jeune fille.

— On prétend que je la gâte trop, disait
le grand-père avec orgueil, mais que les
voisins me montrent un meilleur résultat obtenu par eux ou leurs amis. Marie
réalise la riche précocité de la nature es-
pagnole transplantée à quelques lieues
de Paris. Il n'y a qu'un marin pour renverser ainsi les longitudes et commander
aux influences climatériques.

Tout allait bien.

Marie d'Almée n'abusait pas trop de la
faiblesse de son grand-père à son égard.
Elle avait une excellente nature, beaucoup de cœur, adorait le vieux marin et
ne se montrait point trop exigeante dans
ses divers caprices.

Une circonstance, minime par elle-
même, mais ayant produit les plus fâ-
cheux résultats dans l'organisation physique de la jeune enfant, vint tout changer.

Marie, grâce à l'éducation fortifiante
que son grand-père lui donnait, avait acquis beaucoup de courage, de hardiesse
et de sang-froid, mais elle n'avait jamais

pu se guérir d'une appréhension native contre les chiens.

Un jour qu'elle était un peu en retard dans sa toilette pour aller à la pêche avec son grand-père et le fidèle Mathurin, elle leur dit :

— Passez devant ; je vous aurai bientôt rattrapés.

Martin d'Almée ne voulait pas, mais son enjôleuse insista si bien qu'il partit

Marie se mit à courir pour ne pas faire attendre ses deux excellentes *nounous,* comme elle appelait les deux vieillards dans ses moments de tendresse. Un petit chien la suivit en aboyant. Elle s'arrêta pour le chasser à l'aide de son mouchoir. Le roquet sauta sur elle et la mordit légèrement au bas de la jambe.

La pauvre enfant perdit connaissance immédiatement. Des voisins vinrent la relever et lui donner leurs soins, mais ils ne purent la faire revenir à elle.

Personne ne voulait se charger d'aller prévenir le grand-père. On redoutait l'explosion de sa première douleur.

La morsure d'un chien, si bénigne qu'elle soit, est toujours effrayante, puisqu'elle peut faire songer à l'hydrophobie, ce mal infernal.

On commença par aller chercher le docteur.

Martin d'Almée, ne voyant pas arriver sa petite-fille, était revenu sur ses pas. Il aperçut un rassemblement auprès de la maison où l'on avait transporté Marie.

Au même moment le docteur arrivait :

— Qu'y a-t-il donc, docteur ? demanda le vieux marin.

— Comment, vous ne savez rien ?

— Non. Un de nos voisins aurait-il été victime de quelqu'accident ? Si l'on a besoin de moi, qu'on le dise. On doit savoir qu'en pareil cas, je suis toujours là.

— Ce n'est presque rien, paraît-il.

— Alors, je continue d'aller jusqu'à la maison pour chercher Marie, qui se fait trop attendre. A tout à l'heure.

Le docteur ne savait que faire. Fallait-il prévenir immédiatement le vieillard, ou le laisser aller jusqu'à son habitation, pour voir au préalable ce qui en était ?

Il prit le parti de gagner du temps, d'examiner la fillette, et d'aller ensuite au-devant du grand-père pour le préparer à cette nouvelle douloureuse.

La morsure n'avait rien de grave, mais l'impression avait été telle sur Marie que l'évanouissement persistait toujours. Le docteur n'hésita pas à employer un révulsif énergique ; il eut la satisfaction de voir l'inanimée ouvrir les yeux.

— C'est vous, dit-elle, mon bon docteur. Où est mon grand-père ?

— Me voici, s'écria Martin d'Almée, qui, n'ayant pas trouvé Marie à la maison, était revenu en courant. Que t'est-il donc arrivé ?

— Oh ! peu de chose. Un mauvais petit chien...

Rien qu'à ce souvenir, rien qu'en prononçant ce mot, Marie retomba en syncope, mais le docteur l'eut vite ranimée.

— Grand-père, venez m'embrasser, dit l'excellente enfant. Je me sens remise depuis que vous êtes-là.

— Certes, dit le docteur, aucun remède ne saurait valoir ses caresses.

La blessure légère faite par les dents du chien fut pansée, et Marie put rentrer à la maison, avec l'aide de son grand-père et du docteur.

Martin d'Almée exigea du propriétaire du chien qu'il le conduisît à l'Ecole d'Alfort, pour le faire examiner par les professeurs. Il fut reconnu que ce petit mordeur était en parfaite santé.

L'accident de Marie s'était donc borné à une égratignure de peu d'importance, mais il eut les conséquences les plus fâcheuses. Tout le système nerveux avait été ébranlé. La jeune fille perdit la fraîcheur de son teint, devint jaune et bilieuse, impressionnable pour un rien, ombrageuse et irascible, fantasque surtout.

Ses compagnes s'éloignèrent d'elle en la surnommant la *duchesse d'Orange*, tant à cause de son teint que de sa fierté s'accentuant chaque jour, ou plutôt de ce qu'on prenait pour sa fierté et qui était seulement l'amour croissant de la solitude.

Marie cessa d'aller à la pension et s'isola complètement avec son grand-père, ne voyant plus que lui, le bon Mathurin et l'institutrice qui venait lui donner des leçons. Elle aimait l'étude; ce goût lui ménageait plus d'une consolation dans l'avenir.

Pendant deux ans, elle vécut ainsi, ne frayant avec personne, ne pouvant supporter la simple apparence d'une contrariété, ou l'ombre d'une contradiction, sans avoir une crise de nerfs.

Le docteur ordonnait un redoublement d'exercice, tout en la traitant par l'hydrothérapie.

La jeune fille fit acheter deux vigou-
reux chevaux, presque de pur sang. Elle
les montait tour à tour ou les attelait à
son phaéton, qu'elle conduisait elle-même.

Elle était devenue canotière émérite.
Sur cette petite rivière de la Marne, où
l'on trouve chaque dimanche une véritable flottille d'amateurs et d'adeptes du
Rowing-Club, son coup d'aviron était
fort remarqué.

Elle faisait mener grand train à la
maison, trop grand train. Son grand-père
n'osait rien lui refuser. Sa fortune était
toute en argent, sauf la valeur de l'habitation de La Varenne-Saint-Hilaire. Il
dépensait le capital comme s'il se fût
agi du revenu. Quand Mathurin voulait
hasarder quelque observation, son vieux
chef lui répondait :

— Marie n'a pas à compter avec l'avenir. Elle est assez charmeresse pour
épouser celui qu'elle voudra agréer parmi les millionnaires qui accourront demander sa main. Et puis, dans son état
actuel de santé, je ne puis ni ne dois la
contrarier. La seule chose qui me fasse
peine, c'est qu'elle se plaît à faire des
dettes, malgré que je ne lui refuse rien.
Je lui en ai fait l'observation plusieurs

fois, mais elle recommence toujours. Il
faut bien payer soit chez la couturière,
soit chez la modiste.

Pourvu que je ne lui donne pas une
trop mauvaise habitude, et qu'elle n'en
souffre pas plus tard, lorsque je ne serai
plus là. C'est ma seule crainte. Baste, je
la marierai avant d'aller rejoindre son
père et sa mère dans la mort. L'important est de lui choisir le mari qu'il faut à
son caractère et à son habitude d'être
gâtée. Quand le moment sera venu, je
m'en charge. J'ai toujours bon coup
d'œil.

CHAPITRE III

Tristes fiançailles.

Le souhait du vieux marin, rapporté par nous dans le chapitre précédent, ne devait pas se réaliser. Il désirait choisir lui-même un mari pour sa petite-fille ; comme nous allons le voir, le ciel en avait décidé autrement.

En attendant, Martin d'Almée continuait à dorer l'existence de son idole, autant qu'il le pouvait.

Elle avait des barques de toutes les dimensions et de tous les modèles, à la voile ou à l'aviron. On l'admirait dans ce qu'on appelle le tour de Marne. On attendait son passage, bien qu'il fût fréquent, comme une curiosité inusable.

Un jour elle demanda à son grand-père :

— Pourquoi ne m'as-tu pas appris à nager, toi, un vieux triton de mer ?

— Parce que je ne sais pas.

— Comment, tu ne sais pas nager ? Et pourquoi ?

— Parce que, comme les trois quarts des marins, je n'ai pas voulu apprendre.

— Je ne comprends pas.

— C'est un calcul de métier. La mer est la plus perfide de toutes les amantes. Elle engloutit sans pitié un grand nombre d'entre nous. Or, quand nous sommes sur le point de faire naufrage, il vaut mieux subir le plongeon sans résistance, sans discussion, sans phrases, comme disent les littérateurs, que d'essayer une défense et un sauvetage, le plus souvent impossibles, que d'opposer à la destinée une révolte inutile. Les naufrages à portée de la côte sont très-peu fréquents. Dans ceux-là seuls un bon nageur a chance de se sauver. Quand on sombre à cent lieues de tout rivage, ne vaut-il pas mieux l'asphyxie immédiate qu'un débat fatigant et ne pouvant aboutir ? C'est dans cette pensée que le plus grand nombre des marins ne veut pas apprendre à nager ; c'est pour ne pas être tenté de résister au destin, lorsque, comme dit Mathurin, l'on est marqué pour la sépulture humide dans la grande tasse.

— C'est ce qu'on peut appeler une idée profonde, remarqua la jeune fille avec malice.

Elle ajouta, après quelques instants de réflexion :

— Puisque je ne puis vous avoir pour maître, je renonce à la natation. Ce sera le seul genre d'exercice que je n'aurai pas pratiqué. Il faut bien que chacun ait sa lacune.

On était au cœur du printemps. Le mois de mai paraissait vouloir justifier son nom de mois des fleurs et des sourires du ciel. Les journées étaient splendides, et le soleil parisien, qu'on peut accuser de ne jamais paraître qu'en gilet de flanelle et en bonnet de coton, semblait échappé d'Orient.

Il y avait sur la Marne un redoublement de canotage.

Un jeune homme d'allures assez excentriques était venu s'établir dans une villa voisine de l'habitation occupée par Martin d'Almée et sa petite-fille. Il appartenait, disait-on, à une famille des plus riches et des plus en renom parmi le haut com-

merce de Bercy, mais il vivait en plein
désaccord avec ses parents, par suite de
son inconduite.

Il était à la fois ivrogne et joueur.
Bien qu'il fût encore fort jeune, ces deux
passions avaient déjà fait chez lui de
désastreux ravages. Il est vrai qu'il avait
été leur proie dès son enfance, et qu'il
s'était laissé envahir par elles de façon à
être entièrement leur esclave.

Pour se donner une contenance, ou
pour se créer une excuse, il suivait les
cours du Conservatoire dans la classe de
Bonvalet, et se trouvait ainsi avoir la
ressource de dire qu'il était mal vu des
siens, parce qu'ils voulaient lui interdire
la porte de l'Art. Il prétendait être mû
par une vocation irrésistible. La vérité
était que cette passion, apparente beaucoup plus que réelle, lui servait de prétexte à ne rien faire et à déserter la maison paternelle.

Il pouvait toutefois mener un certain
train, car il était fils unique, et bien que
mis à la portion congrue, cette portion
demeurait encore assez plantureuse.

Sa physionomie blafarde et sombre ne
prévenait pas en sa faveur. Son teint
terreux indiquait des souffrances ou des

appétits intimes, des désirs inassouvis, qui devaient lui faire passer plus d'une nuit blanche. Ses traits étaient réguliers, mais déjà ravagés par la débauche. Il était jeune et avait l'air vieux.

De longs cheveux blond filasse encadraient sa figure exsangue, où quelques poils de barbe sans vie couraient les uns après les autres. Son œil était vague, atone, égaré le plus souvent, un œil de ruminant pris de colère.

Il était trop maigre et trop grand, déjà voûté par des excès de tout genre.

En résumé, son extérieur inspirait l'antipathie, sans qu'on pût s'en rendre compte, ni s'en défendre.

Il avait une qualité incontestable ; c'était sa bravoure. Il en avait donné la preuve, un jour où les chevaux de Marie d'Almée, attelés à son phaéton et attendant sa venue devant la porte de l'habitation, avaient échappé au domestique chargé de les tenir, et s'étaient lancés à fond de train sur la route. Une nuée de tout jeunes enfants était en train de jouer sur leur passage. Plusieurs d'entre eux devaient fatalement être écrasés. Au risque de se faire mettre en miettes, le courageux jeune homme s'élança au

devant d'eux et parvint à les détourner
d'abord, à les arrêter ensuite.

Tout le pays lui avait été fort reconnaissant de cette bonne et belle action.
Martin d'Almée vint le remercier avec
une cordialité attendrie. L'ancien corsaire aimait et estimait les hommes vraiment braves, parce qu'il savait par expérience que leur nombre est assez res-
treint.

Marcellus Dereddy, c'est ainsi qu'on
nommait le jeune homme, put donc se
lier assez promptement avec le vieux
marin. Ils se rencontraient chaque jour
à la pêche sur la Marne, et par mille petites attentions auxquelles les vieux pêcheurs sont toujours très-sensibles, le
jeune homme avait su se faire bien venir.

La beauté de Marie, qui venait de dé-
passer la quatorzième année et était déjà
une véritable jeune fille, avait produit
une impression ineffaçable sur Marcellus.
Il ne s'était efforcé de capter la sympathie du grand-père, que pour obtenir ses
entrées dans la maison, et arriver jusqu'à
celle qu'on appelait tantôt la duchesse
d'Orange, tantôt la Fée du canotage.

Marie, par une sorte d'intuition la pré-
cé venant equ nouveau venu dans sa vie

devait amener sur elle le vent du malheur, le tenait à l'écart autant qu'elle
le pouvait, mais les relations de voisi-
nage, leurs goûts réciproques, les promenades à cheval et en voiture, où ils
étaient presque forcés de se rencontrer
chaque jour, les courses en canot, presque quotidiennes, rendaient leurs rapports inévitables.

Toutefois, la froideur voulue, avec laquelle Marie d'Alméc accueillait les prévenances multiples de Marcellus Dereddy, était telle que jamais le jeune
homme n'avait osé lui adresser un mot
de simple galanterie.

Il retenait mal les éclairs de sa colère
intime, les lueurs fauves de son dépit
cruel, lorsque Marie jetait négligemment
sur la table ou le guéridon le plus voisin le quotidien bouquet de fleurs rares qu'à grands frais ce sauvage apprivoisé par elle faisait venir de Paris, et
qu'il venait lui offrir lui-même. Elle ne
daignait lui accorder ni un regard ni un
remerciement, elle ne respirait pas même
le parfum des fleurs, qu'elle aimait pourtant avec passion. Jamais elle n'avait
porté sur elle la moindre parcelle de ces
envois.

— Marcellus est un voisin bien complaisant et semble nous être fort attaché, dit un jour Martin d'Almée à sa petite-fille; mais quel caractère sombre! Je ne voudrais pas te voir un mari semblable.

— Vous ne risquez rien, grand-père, répondit la jeune fille avec une vivacité inaccoutumée. Je garderais plutôt le célibat pendant la consommation des siècles, que d'accepter un aussi funèbre compagnon de mon existence.

Et pourtant les circonstances en décidèrent autrement. Le destin a ses lois immuables.

Il était écrit que l'appréhension inconcevable pour les chiens gros ou petits, dont souffrait cruellement Marie d'Almée sans pouvoir la raisonner ni s'en délivrer, devait occasionner la plaie de sa vie.

Marcellus Dereddy, ayant appris que la Fée du canotage ne savait pas nager et voyant le danger quotidien auquel elle s'exposait avec une témérité tenant parfois de la folie, résolut de lui faire présent d'un chien terre-neuve. L'intention était bonne, mais rien ne pouvait être plus désagréable à celle qui devait recevoir cette prétendue surprise.

Le terre-neuve fut refusé, comme on

le pense bien, mais l'un des principaux
défauts de Marcellus Dereddy était un
entêtement digne des plus durs fils de
l'Auvergne. Il l'avait hérité de ses parents, partis, dit-on, le sac sur le dos, de
la patrie de Vercingétorix pour tenter la
fortune à Paris.

Il garda le chien chez lui, bien qu'on
l'eût prié de s'en défaire, s'il voulait
continuer à être reçu en bon voisin dans
la maison, et il prétendit l'imposer
comme gardien nautique de la jeune
fille.

Comme tous les terre-neuve et tous
les gros chiens en général, le pensionnaire canin de Marcellus Dereddy avait
la douceur et la bonté que donne la force.
Toutes les fois que l'occasion d'une rencontre avec Marie d'Almée se présentait,
il essayait d'obtenir d'elle un regard ou
une caresse, mais la jeune fille le tenait
toujours à l'écart. Plus elle le repoussait,
plus l'excellent molosse se faisait doux,
tendre et calin.

— Il finira bien par vaincre votre ré-
pugnance inconcevable, disait avec insistance Marcellus à Marie d'Almée.

— Jamais, répondait-elle. Vous ne
pouvez rien faire de plus accentué pour

m'être désagréable que de le conserver.

Marcellus tressaillait et lançait un de ses mauvais regards, mais il continuait à garder son géant canin. Il y avait chez lui une passion folle d'imposer sa volonté.

Marie était allée passer quelques jours à Paris avec son grand-père, pour faire des emplettes et voir les pièces nouvelles qu'on jouait dans les différents théâtres. Pendant son absence, le terre-neuve semblait être en deuil. Il errait la queue basse et l'œil voilé par la tristesse, comme s'il eut été malade.

L'excellente bête, dès qu'elle aperçut la voiture ramenant Marie d'Almée et son grand-père, se mit à bondir de joie, sauta par dessus la fermeture du jardin de Marcellus Dereddy et se trouva devant la jeune fille au moment où elle mettait pied à terre.

Cette fois, le bon chien s'enhardit et crut pouvoir se permettre de caresser celle qui le recevait si mal depuis sa venue, mais qu'il n'en aimait pas moins avec un entraînement croissant chaque jour. Il se leva sur ses pattes de derrière et posa ses pattes de devant sur les épaules de la jeune fille.

Marie tomba inanimée.

La fureur de Martin d'Almée fut telle qu'il alla chercher un fusil et tua raide le malheureux chien.

Marcellus Dereddy était absent.

A son retour, il fut pris d'une colère que concevront tous les propriétaires de chiens auxquels pareille contrariété est arrivée. Cette colère était décuplée par son dépit de n'avoir pu réussir à imposer sa volonté à Marie d'Almée, de n'avoir pu lui faire accepter son gardien.

Marcellus Dereddy avait des instincts et des désirs de domination inconcevables sur la jeune fille. Il ne pouvait ni s'en défendre, ni le cacher.

De part et d'autre on demeura en froid et sans mot dire, sans même se saluer pendant plus d'une semaine, mais cette rupture était trop pénible aux sentiments de Marcellus et trop préjudiciable à ses projets, pour qu'il ne cherchât pas à la faire cesser et à rentrer en grâce, d'abord auprès du grand-père, ensuite auprès de Marie d'Almée.

Il commença par essayer de gagner le fidèle Mathurin, mais toutes ses avances furent repoussées. Il résolut alors de marcher droit au but et d'aborder Martin d'Almée, un jour où le vieux marin serait absorbé dans la solitude de sa pêche quotidienne sur les bords de la Marne.

Il tomba mal.

On sait qu'aucun autre homme n'est grincheux comme un pêcheur à la ligne, venant d'essuyer une déception dans son plaisir favori. Ce paisible par excellence devient instantanément un véritable mouton enragé.

L'ancien corsaire n'avait du reste pas grand besoin d'être surexcité par une influence extérieure contre Marcellus Dereddy. Il était déjà assez mal disposé contre lui, et ne lui avait pas pardonné son insistance à garder le chien terreneuve, qui déplaisait à sa petite-fille et avait fini par lui faire grand mal, tout en venant mendier une caresse.

Il reçut fort mal les avances et les excuses que Marcellus venait lui faire. Celui-ci ne se tint pas pour battu dès la première bourrade, et revint à la charge avec insistance.

Le vieux marin, pour éviter un éclat dont il sentait sourdre la violence en son cœur, s'écria d'une voix dure :

— Si vous continuez à me poursuivre de votre présence, je vais être obligé de vous laisser la place.

Marcellus crut encore devoir revenir à la charge; il ne fit que s'attirer cette menace et cet outrage, que le vieillard prononça avec un air des plus menaçants.

— Monsieur, vous vous êtes conduit comme un drôle; je ne veux ni ne puis vous pardonner. Si vous continuez à m'adresser la parole, vous allez vous faire calotter.

Marcellus bondit sous l'insulte, en ripostant :

— Vous avez de la chance d'être aussi vieux.

— Moi, vieux? s'écria Martin d'Alméc. Je suis mille fois plus jeune que vous, espèce de cadavre avant l'heure, et la preuve, la voici.

En même temps le vieux marin s'élança sur Marcellus et lui appliqua un maître soufflet.

— Je suis à votre disposition, ajouta-t-il, et vous verrez si je suis trop vieux les armes à la main.

Toute l'ardeur batailleuse de l'ancien coureur des mers avait reparu. Son œil était flamboyant comme aux heures des combats titanesques.

Marcellus pleurait de rage. Il demeura stupide tout un moment. Puis il releva la tête et lança ces mots à Martin d'Almée :

—Me voici bien forcé de vous envoyer mes témoins.

— Je sais que vous êtes brave répondit le vieux marin, et je les attends.

Marie d'Almée venait au-devant de son grand-père lorsqu'elle aperçut Marcellus qui s'apprêtait à tenter sa démarche de réconciliation. Elle ressentit une douloureuse étreinte au cœur, secrètement avertie par intuition que cette tentative serait fatale à son avenir. Elle résolut de tout connaître, sans se montrer.

Il lui fut aisé, en faisant un léger détour parmi les arbres ombreux qui donnent tant de fraîcheur et de séduction aux bords de la Marne, de tout voir et de tout entendre en demeurant invisible.

Marie adorait son grand-père. Elle savait que rien ne pourrait le détourner de ce duel, où, malgré son énergie indomptable, il devait voir son courage trahi par ses forces usées par l'âge. Elle résolut d'éviter ce danger à tout prix, et d'empêcher ce duel inégal. Dans l'espoir d'y arriver elle surmonta son aversion native pour Marcellus Dereddy et alla bravement le trouver.

— Je viens en suppliante auprès de

vous, lui dit-elle sans autre préambule. Voulez-vous m'écouter?

— Vous savez bien, répondit le jeune homme, que mon plus grand désir au monde serait de pouvoir vous être agréable.

Marie était près d'atteindre sa quinzième année. L'éducation qu'elle avait reçue, la liberté tout américaine qui lui avait été laissée dans toutes ses allures, avaient développé avant l'heure son moral, comme son physique.

Elle avait presque toujours la physionomie un peu triste, et comme effrayée des horizons de sa vie à venir. Cette expression ombrageuse et candide à la fois était encore plus accentuée par sa pensée du moment.

Son front très-bombé indiquait l'énergie. Ses yeux d'une douceur suave, son regard d'une limpidité idéale et d'une franchise engageante étaient faits pour attendrir. Sa bouche un peu dédaigneuse, mais respirant la bonté, avait des sourires parlant au cœur.

L'ensemble de sa tenue sérieuse, énergique et modeste à la fois, imposait le respect. Elle avait ce grand air de dignité native que possèdent seuls quel-

ques élus ici-bas. Elle devait certaine-
nement devenir plus tard une femme
forte dans toute l'acception de l'idéal
évangélique. Dès aujourd'hui elle se
montrait une jeune fille courageuse et
dévouée.

Marcellus avait tressailli de tout son
être en voyant Marie d'Almée venir à
lui. Son immense orgueil recevait satisfaction en même temps que le plus intime de ses désirs, en même temps que
sa passion de tous les instants.

Marie ne chercha ni préambule, ni
détour.

— J'ai entendu, dit-elle, toute votre
altercation avec mon grand-père. Je
n'ai point à juger de quel côté sont les
torts. Je viens simplement vous supplier
de ne pas vous battre avec le seul soutien
que j'aie en ce monde. Je m'adresse à la
fois à votre cœur et à votre générosité.

— Ah! c'est pour cela que vous êtes
venue, répondit Marcellus avec un air
assez désappointé et peu engageant pour
Marie. Vous écoutez donc aux portes?

— Le hasard a tout fait. Je venais
chercher mon grand-père, et...

— Mais, si vous avez tout entendu, et
tout vu, vous devez bien penser que je

ne puis accéder à votre demande. J'ai reçu une insulte trop grave.

— Oui, si elle venait d'un homme de votre âge ; non, puisqu'elle vient d'un vieillard.

— Et qu'avez-vous à m'offrir en retour ?

Le ton dont Marcellus fit cette question était tellement incisif, il reflétait tant de passion depuis longtemps contenue que la jeune fille se mit à trembler sans même s'en rendre compte.

Elle eut cependant assez de volonté et d'empire sur elle-même pour se raidir contre cette impression, et put trouver la force de répondre :

— Je vous accorderai tout ce qu'un homme d'honneur peut demander à une jeune fille.

— Même si je vous demandais de m'agréer comme fiancé, car je vous aime avec folie ; malgré votre extrême jeunesse, malgré mon silence douloureux, vous avez dû vous en apercevoir. Oui, je suis capable de vous aimer jusqu'à laisser impunie une mortelle offense, mais je veux promesse pour promesse, sacrifice pour sacrifice, car je crains bien qu'il n'y ait sacrifice de votre part en m'agréant pour votre fiancé, comme il y a sacrifice de mon côté en ne me vengeant pas.

Un tremblement convulsif secoua tout le corps de la jeune fille. Elle fut sur le point de perdre connaissance; mais sa volonté et son énergie prirent le dessus. Elle put répondre avec l'accent héroïque du dévouement filial :

— Est-ce votre dernier mot?

— Oui.

— Eh bien, j'accepte, mais à une condition, c'est que vous attendrez la mort de mon grand-père pour faire valoir vos droits à ma promesse, car il pourrait se douter de ma démarche auprès de vous, et sa fureur redoublerait. Tout serait peut-être à recommencer avec une aggravation irrémédiable. En tout cas, je suis assurée qu'il ne donnerait jamais son consentement... Si nous sommes d'accord, voici ma main comme gage de ma promesse.

— Mais comment vais-je m'en sortir avec votre grand-père? fit observer Marcellus.

— De la seule façon honorable pour vous deux : vous viendrez franchement et loyalement lui faire des excuses.

— Jamais!

— Son grand âge vous le permet, et puis il est chez vous une qualité dont personne ne doute, c'est le courage. Vous avez droit de faire, sans qu'on vous accuse de pusillanimité, ce qu'un autre ne pourrait.

— Jamais! répéta Marcellus.

— Alors pas de promesse de ma part, et exil éternel pour vous, loin de moi.

Ce fut au tour de Marcellus d'être bouleversé dans toute son âme. Il soutint une lutte violente contre sa nature emportée et demi-sauvage, mais il finit par prendre la main de la jeune fille, et la portant avec passion à ses lèvres en feu, il murmura plutôt qu'il ne dit :

— Je ferai ce que vous désirez.

CHAPITRE IV

Dangereux mariage

Avec ce tact exquis et cette délicatesse de sentiment, innés chez la femme, qu'elle soit jeune ou mûrie par l'âge, Marie d'Almée se chargea elle-même de rendre moins pénible la démarche de Marcellus Dereddy auprès de son grand-père. Elle prit son air le plus caressant, son charme de câlinerie irrésistible, et dit à l'ancien corsaire :

— Monsieur Dereddy manifeste un réel repentir de ses torts envers vous. Il m'a chargée de vous demander si vous vouliez le recevoir.

— Lui ? c'est impossible.

— Ah ! grand-père, quel vilain mot ! Une chose être impossible, quand je vous

la demande ? Mais c'est une véritable ré-
volution.

Le front du vieux marin se dérida un
peu.

Il reprit :

— Et que viendrait-il faire ici ?

— Vous faire des excuses.

— Il te l'a promis ?

— Oui.

— Alors, c'est différent. Qu'il vienne.

L'entrevue fut des plus dignes entre le
vieillard et le jeune homme.

Marcellus aborda l'ancien marin, en
disant :

— Je regrette sincèrement d'avoir
provoqué ce qui s'est passé entre nous.
Je vous prie de me pardonner et de tout
oublier, comme je le ferai moi-même.

— Vos excuses sont trop franches et
trop loyales, répondit le vieillard, pour
que je ne sois pas heureux de les recevoir et de les accepter. Voici ma main.

Une cordiale étreinte de part et d'autre effaça toute animosité entre ces deux
hommes, qui songeaient à s'entre-tuer
quelques heures auparavant.

Il y a bien souvent plus de vrai courage à reconnaître ses torts qu'à braver
la mort pour les soutenir, mais il est fort

difficile d'en venir là. Pour que la chose puisse être acceptée par le public, par ce qu'on appelle la galerie, il faut que les excuses soient présentées par un homme reconnu vraiment brave, ayant fait ses preuves. Sans cela, on parlerait de poltronnerie ou de reculade, et la situation serait intolérable.

Marcellus Dereddy n'avait rien à craindre de ce côté-là, d'autant mieux que la scène décrite par nous entre le vieillard et lui avait eu Marie d'Almée pour seul témoin.

Du reste, le vieux marin avait accueilli avec un réel attendrissement les excuses, que venait de lui apporter celui avec lequel il comptait se battre dans les vingt-quatre heures. Il en était d'autant plus touché qu'il avait été à même d'apprécier sa bravoure et de lui rendre hommage.

Quand le jeune homme fut parti, Martin d'Almée appela sa petite-fille et résolut de l'interroger sur la part qui lui revenait dans cette circonstance, sur le rôle qu'elle avait joué, sur les démarches qu'elle avait fait faire ou qu'elle avait faites elle-même.

Malgré ses instances, il ne put rien savoir,

— C'est égal, s'écria-t-il avec dépit,
rien ne m'ôtera de l'idée que c'est toi,
petite fée, qui a tout mené dans cette
réconciliation. Tu ne veux rien me dire,
mais je veillerai.

Hélas ! l'excellent homme ne put veiller longtemps.

Une fluxion de poitrine vint mettre fin
à ses jours. Il se sentit perdu dès le premier accès et songea à prendre ses résolutions dernières. L'avenir de Marie le
préoccupait seul.

Au moment où les sourires de la jeunesse invitent à la vie, il avait trop souvent bravé la mort pour la redouter aujourd'hui qu'il était accablé par les ans,
fatigué par la traversée, comme il le disait dans son langage de marin. Et puis
il avait la conscience du devoir bien
rempli, qui donne le calme et la sérénité
au moment d'entrer dans l'inconnu de
l'éternité.

Son notaire ne put lui cacher qu'il lui
restait à peine une centaine de mille
francs, en outre de l'habitation de La
Varenne-Saint-Hilaire.

— Diable ! fit l'ancien corsaire. Heureusement que Mathurin est encore debout et alerte. Il veillera sur Marie avec

la fidélité d'un chien de garde, jusqu'à ce
qu'elle ait trouvé un mari digne d'elle.
Sans doute que tous les privilégiés de la
fortune ne sont pas aveugles ou abêtis
par l'intérêt. Il s'en trouvera bien un
pour apprécier mon trésor. Marie ne peut
manquer de faire un mariage de princesse. Avec les 100.000 fr. qui nous restent, elle aura le temps d'attendre. Je
n'ai qu'à bien tracer la consigne de Mathurin, je puis être assuré qu'il la suivra.

Cette confiance aveugle du vieux marin dans la puissance de séduction de sa
petite-fille, loin d'être blessante ou ridicule, avait quelque chose de touchant :
on sentait si bien chez lui la conviction
la plus absolue.

Martin d'Almée voulut que son ancien compagnon d'armes fût le tuteur de
l'orpheline qu'il allait laisser. Il fit appeler Marie et lui demanda la promesse de
toujours prendre conseil de cette affection qui lui restait, et qu'elle savait lui
être si dévouée.

Quand toutes ses recommandations
furent faites, Martin d'Almée s'endormit
dans la mort avec le calme d'un homme
assuré d'avoir bien rempli sa vie.

Il était fort aimé dans le pays. On lui

fit des funérailles prouvant le juste empire que prend un honnête homme sur la foule, dans toutes les conditions de la vie et dans toutes les classes de l'échelle sociale. Riches et pauvres étaient venus y assister. Sa petite-fille en fut émue et reconnaissante jusqu'aux larmes.

Tant qu'elle avait été occupée par les différents détails de l'enterrement, tant qu'elle avait conservé auprès d'elle le corps de son grand-père, Marie s'était montrée forte contre le malheur qui venait de la frapper ; mais lorsqu'elle fut rentrée de conduire à sa demeure suprême celui qui l'avait tant aimée, elle s'abîma dans sa douleur, ne répondant même pas aux demandes affectueuses de Mathurin.

Elle déclara que de longtemps, bien longtemps, elle ne voulait voir absolument personne.

Mathurin sentait la nécessité de réformer le train de la maison, pour ne pas ébrécher trop vite les cent mille francs de capital qui restaient, mais il ne savait comment s'y prendre pour aborder cette question auprès de la jeune fille. Ce fut elle-même qui la résolut, dans un moment de spasme plus douloureux que de coutume.

— Faites vendre les chevaux et les voitures, mon bon Mathurin, lui dit-elle ; renvoyez les domestiques. Je veux que nous restions tous les deux seuls pour parler tout à notre aise de mon grand-père, notre cher mort, et le pleurer comme il le mérite.

Ce fut une grande satisfaction et un débarras d'inquiétude inexprimable pour cet homme, dont la bonté et l'attachement n'endormaient pas la prévoyance.

Marcellus Dereddy venait d'hériter d'un oncle. Il demanda à acheter les chevaux et les voitures mis en vente, et fit dire que le tout serait constamment à la disposition de la jeune fille, qu'il adorait plus que jamais.

Marie songeait à la promesse faite à celui qu'elle ne pouvait s'empêcher de regarder comme son fiancé. C'était sa plus cruelle préoccupation, son inquiétude la plus terrifiante pour l'avenir.

Il lui était difficile de ne pas remercier le jeune homme, lorsqu'elle eut appris l'offre bienveillante qu'il venait de lui faire, après avoir acheté ses chevaux et ses voitures. Jusqu'alors Marcellus avait eu la délicatesse de respecter la résolution prise par la jeune fille de s'isoler dans sa douleur et de ne recevoir aucune visite.

Marie lui en avait été secrètement reconnaissante. Elle jugea qu'elle ne pouvait rester plus longtemps sans le voir, et sans avoir une explication avec lui. Elle chargea donc Mathurin d'aller lui dire qu'elle était prête à le recevoir, et qu'il pouvait se présenter quand il voudrait.

Marcellus ne se fit pas attendre.

La jeune orpheline était plus séduisante que jamais. Grandie par la douleur, elle imposait le respect en même temps que l'admiration. Son adorateur fut ému autant qu'ébloui.

Après les pourparlers et les menus propos pénibles de cette première visite, la jeune fille dit à Marcellus Dereddy avec un accent d'adorable franchise :

— Je n'ai pas oublié la promesse que je vous ai faite, mais avant de la mettre à exécution vous m'accorderez bien le temps de pleurer celui qui fut tout pour moi. Vous ne voudriez pas d'une épouse en robe de deuil... Mais, j'y songe... Il faut savoir avant tout si vos intentions sont demeurées les mêmes, et si vous tenez à la réalisation de ma promesse.

— Plus qu'à ma vie dans ce monde et dans l'autre.

— Mais êtes-vous certain que vos parents ne s'opposeront pas à ce que vous, millionnaire et fils unique, vous épousiez une orpheline ayant aussi peu de fortune?

— D'abord, répondit Marcellus avec son accent brutal des mauvais quarts d'heure, je me passerais de leur consentement. Je vous épouserais envers et contre tous, mais j'ai un moyen assuré de lever toute opposition de la part de mes parents, c'est de leur dire que pour m'accorder votre main, vous avez exigé que je renonce à mes études au Conservatoire et que j'abandonne mon projet d'entrer au théâtre. Immédiatement vous deviendrez leur idole et leur messie. C'est un vrai sacrifice que je vous fais, car j'aime l'art, mais je suis heureux de sacrifier ainsi mon goût le plus intime en votre faveur.

— Eh bien, nous verrons, quand le terme de mon deuil sera expiré.

— D'ici là je pourrai revenir vous voir?

— Je vous serai reconnaissante de ne pas venir trop souvent, non pas à cause

des médisances du monde, que je dé-
daigne, mais à cause de moi-même. Du
reste, je serais une très-maussade compagne. Pour le moment je n'ai le cœur
qu'au chagrin.

— Vous serez obéie, dit Marcellus en
saluant et prenant congé de la jeune fille.

Marie était étonnée de tant de soumis-
sion.

— Me serais-je trompée? se dit-elle
quand son fiancé fut parti. Vaudrait-il
mieux que sa physionomie et sa réputation? Mon Dieu! faites qu'il en soit ainsi,
puisque j'ai promis de devenir sa femme!

Marcellus, chaque fois qu'il venait voir
la jeune fille, lui proposait soit une promenade à cheval, soit une excursion en
voiture, soit une course en canot. Marie
refusait toujours.

Le jeune homme dissimulait son dépit.
Il avait pris la résolution de ronger son
frein, d'imposer silence à l'emportement
de sa nature; il semblait féru de mansuétude et de douceur, comme d'amour.
La jeune fille prenait chaque jour un peu
plus de confiance en lui, ou du moins
voyait son appréhension native disparaître peu à peu.

Pour activer ces progrès, dont il s'a-

percevait parfaitement, Marcellus Dereddy eut la bonne inspiration de mettre
le fidèle Mathurin dans son jeu. Il parvint à lui persuader que sa jeune maîtresse s'étiolait en restant toujours absorbée dans son chagrin et sa solitude,
qu'il fallait la forcer à prendre de l'exercice et de la distraction, que sa santé
l'ordonnait. On gagna le docteur, qui
vint donner son avis dans une consulta-
tion amicale.

Mathurin et l'excellent docteur, qui
avaient vu naître Marie, étaient auprès
d'elle de très-bons avocats. Elle avait pour
tous les deux une grande affection. Le
procès fut gagné en partie. La jeune fille
promit de se remettre à canoter.

Bientôt on put admirer chaque jour
sur la rivière de la Marne deux élégantes
embarcations, conduites l'une par Marie
d'Almée, l'autre par Marcellus Dereddy.
Elles semblaient deux sœurs jumelles,
fendant l'onde avec une régularité d'allure, une précision de coups de rames
vraiment extraordinaires.

Les fiancés mettaient à peine cinq heures pour faire *le tour de Marne*. La jeune
fille avait eu bien vite repris sa vigueur
et son aisance à gouverner sa barque.

— C'est ainsi que nous descendrons
le cours de la vie, quand nous serons
mariés, lui dit un jour Marcellus; nous
irons presqu'à la dérive d'un rêve céleste. Nos pensées marcheront unies, notre bonheur s'enlacera.

— J'en accepte l'espérance, répondit
Marie avec une émotion et un accent de
tendresse, qu'elle avait cru il y avait peu
de temps ne devoir jamais prendre jour
dans son cœur.

Marcellus semblait transformé.

Il avait renoncé à sa double passion
du jeu et du vin. Il n'avait plus ses mauvais regards de colère et d'envie. L'a-
mour opère des miracles sur les plus
mauvaises natures. Mais on sentait que
ce loup avait peine à se faire agneau.
Lorsque le jeune dompté d'amour se re-
trouvait loin de sa fiancée, il avait de
soudains tressaillements de mauvais augure. On voyait qu'il était impatient du
joug qu'il s'était imposé.

La grâce et la supériorité avec lesquelles Marie d'Alméc maniait les avirons
excitait l'envie de toutes les dames venant sur la Marne pour canoter ou pour
se faire voir en costume écourté. Elles se
mirent à jaser sur les promenades fré-

quentes des deux fiancés. Les moins
acerbes parlèrent d'idylle nautique ; les
plus envieuses lancèrent le gros mot de
maîtresse, en parlant de la jeune fille.

L'écho de ces quolibets arriva jusqu'à
Marcellus, qui prit immédiatement une
résolution remplie de délicatesse et de
générosité.

Il alla trouver ses parents, leur fit part
de son projet de mariage, en insistant
sur la condition imposée par la jeune
fille, c'est-à-dire son renoncement à la
carrière théâtrale.

Les parents furent ravis. C'était pour
eux le retour de l'enfant prodigue, qu'ils
avaient tant souhaité.

— Qu'importe la fortune ? dit la mère,
tu es assez riche pour deux.

— Eh bien, alors, il faut dès aujour-
d'hui m'accompagner chez ma fiancée,
et lui dire que vous l'agréez pour votre
bru.

Les jalouses et les envieuses en furent
pour leurs frais de méchanceté. La jeune
fille eut un élan de tendresse envers son
fiancé, en apprenant le soin délicat qu'il
avait pris de sa réputation.

— Pendant longtemps, lui dit-elle, j'a-
voue que j'ai eu une peur instinctive de

vous. Aujourd'hui mon appréhension disparait.

— Enfin, murmura-t-il, avec une joie indescriptible.

Le terme du deuil allait arriver, on songea aux préparatifs du mariage. Marie exigea qu'ils fussent des plus simples.

Le jour même de la bénédiction nuptiale, les deux nouveaux mariés devaient partir pour une station balnéaire des côtes de Bretagne, où le père de Marcellus possédait une magnifique villa qu'on avait disposée pour les recevoir.

Marie d'Almée fut conduite à l'autel par le dévoué Mathurin, qui pleurait de joie en lui voyant faire un mariage aussi riche.

Au sortir de l'église, la jeune épousée reçut une impression des plus douloureuses, toujours à la vue d'un chien. Cet ami de l'homme était réellement pour elle une sorte de cauchemar la poursuivant.

Comme cela arrive fréquemment dans les solennités religieuses, ce jour-là la douleur succédait à la joie, la mort à l'espérance et à la vie. Un corbillard croisa la voiture des nouveaux mariés. Le chien du mort suivait le cadavre de son maître, en poussant de temps à autre des hurlements lamentables.

— Quel présage, ô mon Dieu ! se mit à dire la jeune femme, fondant en larmes.

— Tenez-vous mieux, madame, s'écria brutalement Marcellus Dereddy. On pourrait dire que vous regrettez de m'avoir épousé.

Marie d'Almée pleurait toujours et ne répondait pas.

Il reprit :

— Je vous ai déjà priée de vous tenir plus convenablement. Ne me le faites pas répéter une troisième fois.

Marie l'entendait à peine.

Il la saisit brusquement par les poignets et se mit à la pincer jusqu'au sang.

A peine marié depuis quelques instants, c'est-à-dire se sentant devenu le maître aux yeux d'une loi faite par des hommes égoïstes et tyrans, il avait déjà laissé sa nature brutale et sa passion de domination malsaine s'étaler au grand jour.

Il levait le masque.

La malheureuse jeune femme le regarda avec effarement et se contenta de murmurer :

— Vous m'avez fait vraiment mal.

Puis elle se mit à songer au sort qui l'attendait avec un homme d'aussi mauvais naturel, ne pouvant se maîtriser même au jour de sa noce.

Elle se dit avec la triste résignation d'une âme blessée pour toujours :

— Ma première impression ne m'avait pas trompée. C'est au malheur et à la souffrance que je suis vouée. O mon grand-père, veillez sur moi ! C'est pour vous que je me suis sacrifiée. Veillez sur moi, et que Dieu me protège !

CHAPITRE V

Premier jour de noce

Ne commencez jamais le mariage
par un viol. (*Balzac.*)

Les invités au mariage de Marie d'Almée
et de Marcellus Dereddy étaient en fort
petit nombre, puisqu'ils se réduisaient à
la famille du marié et à Mathurin tout
seul du côté de la jeune femme. La fête
se borna à un déjeuner assombri par la
tristesse de la mariée, tristesse dont nous
n'avons pas besoin d'expliquer la trop
juste cause, après la scène racontée par
nous dans le chapitre précédent.

Marcellus roulait des yeux furibonds
autour de lui et buvait comme au temps
de ses plus mauvais jours. Son père vou-

lut lui faire quelques observations, il répondit grossièrement.

Marie devenait frissonnante comme une pauvre oiselle venant d'être prise au piége et sur le point d'entrer en captivité.

Aussitôt le déjeuner achevé, Marcellus pressa le départ pour la gare du chemin de fer, où les nouveaux époux devaient prendre le train afin d'arriver le soir même sur la plage bretonne.

Marie se laissa traîner plutôt qu'elle ne marcha vers la voiture, qui devait les conduire au chemin de fer. Elle était littéralement accablée, en considérant le sombre horizon de son nouveau destin. Lorsqu'elle donna sa dernière accolade au fidèle et dévoué Mathurin, elle ne put retenir ses larmes malgré les froncements de sourcils et les menaces du mauvais regard de son mari.

Elle avait vraiment l'air d'une condamnée marchant au supplice. Sa position était d'autant plus dure et pénible, qu'elle n'avait là personne pour la conseiller ou lui venir en aide.

Elle se sentait plus orpheline que jamais.

Marcellus avait retenu un coupé-lit.

Marie d'Almée ne put dissimuler sa frayeur, lorsqu'elle dut gravir le marche-pied de cette sorte de prison roulante, où elle allait se trouver seule avec celui que la loi et les usages du monde venaient de faire son maître.

C'était une lune infernale, en place d'une lune de miel, qui allait luire sur le premier jour de son union fatale. Elle avait grande appréhension de son mari, qu'elle sentait ivre de vin, affolé de luxure.

Un oncle de Marcellus, la voyant prête à défaillir, eut l'imbécile cruauté d'achever son effarement par la triviale allusion suivante :

— Allons, ma belle nièce, c'est une épreuve à passer, mais vous verrez bientôt combien ses suites sont douces. Marchez donc gaiement ; le bonheur est au bout du sacrifice.

La malheureuse jeune femme se blottit dans un coin. Elle grelottait, bien qu'on fût en plein mois de juillet.

Dès que le train se fut mis en marche, Marcellus se rapprocha brutalement de la jeune épousée.

Son haleine empestait le vin. Marie eut un tressaillement de dégoût. Il fit semblant de ne pas s'en apercevoir, et s'écria avec la joie mauvaise du triomphe longtemps convoité:

— Enfin ! tu es à moi !

Puis il se rua sur elle, comme un portefaix, comme une bête fauve, comme un soudard.

Marie eut une crise de nerfs et perdit complètement connaissance.

Ce mari sans vergogne, ce satyre aviné n'écoutant que sa passion bestiale, en profita pour accomplir sur l'heure le viol légal, qui est la plus monstrueuse des promiscuités, bien qu'elle soit admise et protégée par les décrets des législateurs.

Suivant nous, tout mari ou tout amant devenu maître de la pudeur d'une jeune femme, et qui ne prend pas le temps de la laisser s'éveiller au désir, commet envers elle un outrage qu'elle ne lui pardonnera jamais. C'est de plus une maladresse que rien ne saurait réparer, car on se prive ainsi des joies ineffables que peut apporter tout un avenir de reconnaissance et d'amour vrai. Par cette brutalité qu'une novice ne peut ni comprendre ni excuser, on s'interdit l'échange des effluves du cœur unis aux caresses de la chair, qui seuls peuvent donner la volupté.

Le cas de Marcellus était encore plus affreux. Il avait profané un demi-cadavre, une victime anesthésiée, qui devait forcément concevoir pour ce voleur de baisers, ce souilleur de caresses, une horreur profonde et ineffaçable.

C'était le viol bête.

La malheureuse jeune femme revint à elle par la douleur ressentie sous la brutalité de son mari.

Sanglotante de colère et de honte, blessée dans son amour-propre de vierge outragée, froissée dans tout son être, elle se releva frémissante et terrible :

— Vous me faites horreur, s'écria-t-elle. Ce matin, j'étais presque heureuse. J'espérais pouvoir vous aimer. La journée n'est pas finie, et déjà je vous hais.

Il répondit dans un hoquet d'ivrogne :

— De la haine à l'amour, il n'y a qu'une nuance. La haine est une variété de l'amour.

— Peut-être, fit la jeune femme ; mais je vous méprise, et du mépris le cœur ne revient pas.

Elle se pelotonna dans son coin, se fortifia autant qu'elle put contre toute nouvelle attaque, et ajouta :

6

— Au moindre mouvement que vous tenterez pour vous rapprocher de moi, je vous griffe et je vous mords. Je vous rends à la fois ridicule et odieux.

Il reprit cyniquement :

— De quoi te plains-tu? Je t'ai initiée à tes fonctions d'épouse, en t'épargnant les simagrées ordinaires. C'est une attention dont tu devrais me savoir gré. Tu le reconnaîtras plus tard... A présent je vais faire un somme.

L'ivrogne cuva son vin pendant le reste du trajet. La jeune femme se trouva ainsi délivrée de ses obsessions. Elle ne fit que pleurer tout le temps de la route, on le conçoit aisément.

Il était dix heures du soir lorsqu'on arriva au petit village breton. La nuit était radieuse de clarté lunaire, et les étoiles scintillaient au ciel d'azur comme un écrin de perles diamantées.

Une voiture correctement attelée attendait les jeunes mariés à l'arrivée du train. Elle les eut bientôt emportés jusqu'à l'habitation qui devait les recevoir.

C'était une villa de plaisance fort élégante et fort bien située, mais son isolement complet était peu fait pour rassu-

rer la jeune femme dans l'état d'appréhension intime où elle était.

— Comment trouvez-vous le véritable
nid d'amoureux que je vous ai fait préparer? demanda Marcellus à peu près
dégrisé et ayant recouvré un sourire
gracieux pour sa jeune épousée.

— Ceci dépendra de votre tenue à
mon égard, répondit-elle sévèrement. Le
cadre extérieur, aussi beau et aussi charmeur qu'il soit, n'est qu'un accessoire à
mes yeux.

— Allons, dit-il, un peu d'indulgence.
Si j'ai péché je ne demande qu'à réparer
mes torts.

Marie le regarda avec un étonnement
attentif, et demanda :

— Est-ce sincère ce que vous venez de
dire là?

— Oui, répondit-il, et la preuve c'est
que j'implore mon pardon à deux genoux. Ayez un bon mouvement, et pour
souper en tête-à-tête, comme nous allons
le faire, promettez-moi l'absolution. Je la
mériterai.

— Nous verrons, se contenta de murmurer la jeune femme.

Le souper avait été servi dans une
sorte de boudoir meublé avec un luxe

excitant. Les scènes les plus galantes de
la mythologie ou de la légende amoureuse
étaient représentées dans les divers tableaux qui ornaient cette salle érotique.
Les moindres mouvements se reflétaient
dans les glaces multiples. Tout était sensuel, tout semblait préparé pour recevoir
une maîtresse déjà lubrique, et non une
novice de fête nuptiale.

Cet indigne mari aurait voulu dès le
premier jour faire de sa femme une fille
d'amour, savante à satisfaire ses malsai-
nes passions... A l'insu de ses parents, il
avait envoyé une escouade d'ouvriers
parisiens qui avaient tout disposé suivant
ses ordres. *pourquoi*

Des mets exquis furent servis tour à
tour. A peine si Marie effleurait de ses
lèvres sanguines ce qu'elle laissait mettre
sur son assiette. Tout lui paraissait beaucoup trop haut de goût et trop épicé.
Elle ne pouvait du reste se défendre d'une
inquiétude constante, qui lui servait d'intuition et lui disait de se méfier de tout.

Marcellus insistait surtout pour lui
faire boire diverses sortes de vins provenant des crus les plus généreux, mais
tous ses efforts demeuraient vains. Il
prêchait pourtant par l'exemple le plus

répété, et vers la fin du repas il sentit de nouveau les fumées de l'ivresse, qui lui montaient au cerveau pour la deuxième fois de la journée. Néanmoins il s'en aperçut assez à temps pour pouvoir réagir contre son penchant habituel. S'enivrer était contraire à ses résolutions du moment.

Il fit demander du thé, en disant à sa femme :

— Cette fois du moins vous ne refuseserez pas de boire ce que je boirai.

— Je voudrais toujours vous voir aussi raisonnable, répondit doucement Marie.

Marcellus, quand le thé fut servi, s'absenta un instant pour donner l'ordre que personne ne vint le déranger jusqu'au lendemain.

En rentrant, il se rapprocha de la jeune épousée, esquissa son plus doux sourire et s'efforça de gagner sa cause d'amour.

— Voulez-vous, dit-il, me permettre de vous réciter quelques strophes de Victor Hugo. Les chants rhythmés du grand poète me paraissent seuls dignes de votre beauté. L'accent, avec lequel je vais interpréter sa pensée, vous dira la mienne à votre égard.

Marcellus avait réellement la diction

6.

charmeresse, quand il récitait des vers.
Il était fort regrettable qu'il ne fût pas
né pauvre, et qu'il n'eût pas été forcé de
travailler sérieusement, car alors il serait devenu un grand artiste. C'était l'o-
pinion formelle de Beauvalet, son maitre
au coup d'œil sûr.

Son organe chaud et sympathique, la
tendresse de son regard, l'émotion communicative qu'il semblait ressentir, qu'il
ressentait peut-être, l'élan magnétique
de son geste le rendaient séduisant,
persuasif, presque beau.

Il dit avec une suavité de voix parlant
au cœur, l'adorable stance que toute
âme féminine aime à entendre, parce
qu'elle exprime une sorte de désir chaste
et respectueux :

> Je t'adore ange et t'aime femme,
> Dieu qui par toi m'a complété
> A fait mon amour pour ton âme,
> Et mon regard pour ta beauté.

Pendant que Marcellus scandait ces
vers en les accentuant de son mieux pour
tâcher de ramener à l'indulgence sa
jeune épousée, un accompagnateur inattendu vint lui offrir le précieux concours
de sa voix mélodieuse et tendre. Le ros-

signol, ce ténor enchanteur des nuits d'amour, avait commencé son concert aérien. Cette modulation mélancolique et tendre, toujours si touchante dans le silence d'un ciel étoilé, ajoutait son charme pénétrant à l'onction d'une poésie respectueuse et expressive, dite avec conviction.

Marie ne cacha pas son impression attendrie. Marcellus lui prit la main et se contenta de la baiser avec un respect qu'elle était loin d'attendre après les brutalités de la journée.

Pourquoi le nouvel époux n'avait-il pas suivi cette voie dès le début? Quel contraste! Etait-ce bien le même homme, ce cannibale de désir inassouvi, qui s'était rué sur elle comme sur une place conquise, comme sur une esclave de plaisir, et cette sorte de troubadour d'un autre âge qui venait de trouver en lui les plus tendres délicatesses de l'âme, qui venait de se conduire comme un adepte de la plus pure cour d'amour?

Marie le remercia du regard et du sourire, ces deux lumières de la pensée, mais continua à se confiner dans sa réserve et sa froideur. Elle n'avait pas confiance dans la sincérité de ce changement subit, et ne pouvait croire à la douceur de cet horizon inespéré.

Néanmoins elle se montra touchée de la nouvelle attitude adoptée par son maître légal, qui avait dit ces vers divins avec un art consommé et une émotion extraordinaire.

D'elle-même elle lui tendit la main, en disant :

— Si vous voulez franchement respecter ma dignité d'épouse, je vous promets de faire tout mon possible pour oublier votre égarement d'aujourd'hui, et pour arriver à être auprès de vous ce que ce matin encore j'espérais.

— Voici ma réponse, répondit Marcellus en s'animant.

Et il recommença à débiter ce que ses études du Conservatoire lui remémorèrent de plus persuasif.

Marie se laissait gagner par la chaleur de ces accents d'amour vrai et vécu. Il n'y avait rien d'étonnant, car ils étaient dits avec l'entrain d'un jeune artiste ardemment épris, plaidant sa propre cause, et mettant dehors toutes les voiles de son talent.

Marcellus s'enhardit et tomba aux genoux de Marie d'Almée. Elle le laissa faire sans manifester ni crainte ni répulsion, mais sans l'attirer à elle par le plus petit encouragement.

Il reprit :

— Laissez-moi vous dire quelques dernières strophes. Elles sont adressées à un lit.

La jeune femme avait repris sa physionomie inquiète. Le ton lascif de cette ode à un lit la fit songer malgré elle au dénouement prochain qu'elle redoutait.

Marcellus Dereddy s'en aperçut et lui dit avec une galanterie déjà difficile et forcée :

— J'ai cru devoir tapisser de fleurs poétiques votre acheminement vers la couche nuptiale. N'allez-vous pas m'en savoir gré ?

— Voulez-vous être généreux comme vous venez d'être tendre ? répondit la jeune femme, je vous promets de vous rendre au centuple ce que vous perdrez ce soir. Vous regagnerez ainsi dans mon cœur la place que vous y avez perdue par votre oubli de vous-même. Ayez confiance en moi, et donnez-moi le temps de croire en vous. Je vous le demande comme une grâce.

— Jamais de la vie ! s'écria Marcellus. Me prenez-vous pour un niais ?

Il demeura quelques instants immobile et comme en extase, mais sa brutalité reprit le dessus, et il ne put s'empêcher d'imposer ses caresses au nom de ses droits. Il voulut assouvir sans autre ménagement ses désirs à grand'peine contenus.

Marie bondit vers la fenêtre avec une telle violence que plusieurs vitres volèrent en éclat. Elle s'était blessée à la main, au bras, à la tête. Son sang coulait, mais rien ne put attendrir le mari redevenu satyre. Son mauvais naturel se fit jour en même temps que la passion bestiale dans sa chair affolée.

Il s'écria, la rage au cœur et dans la voix :

— C'est assez faire la mijaurée. Je suis le maître !... En place de prier, je vais commander, comme j'en ai le droit. Quelque bruit que tu tentes de faire, quelque résistance que tu essaies de m'opposer, personne ne viendra, personne ne répondra. J'ai donné mes ordres, et l'on sait que je casserais la tête au premier qui oserait les transgresser en se présentant, à quiconque ne saurait pas demeurer sourd et aveugle.., Je te dompterai !

Et de nouveau il eut recours à la violence,

CHAPITRE VI

Tyrannie maritale

Marcellus Dereddy se leva de fort méchante humeur. Très-mécontent de lui-même, il avait honte de sa brutalité de la veille, mais il regardait son amour-propre d'homme comme engagé dans cette lutte avec celle que la loi venait de mettre sous sa domination.

Il lui avait dit : Je te dompterai, et il se promit de poursuivre cette résolution par tous les moyens.

Il commença par boire coup sur coup plusieurs verres d'absinthe, pour se donner la volonté nécessaire au début de sa tyrannie maritale.

La liqueur verte a de terribles baisers pour ses amants. Elle les fascine et les étreint sans rémission. Sa réputation est bien mauvaise, mais point exagérée. Sa passion irrésistible a fait commettre encore plus de mauvaises actions ou de crimes, qu'on ne le dit et qu'on ne le croit.

Marcellus Dereddy, à force de volonté, était arrivé à faire dominer son goût inné, et fort développé, d'ivresse alcoolique par son amour effréné pour Marie d'Almée, mais il ne se trouvait que plus heureux de revenir à sa première passion, en échappant au joug qui lui avait si souvent pesé.

L'absinthe était sa première amante. Les tonneliers de son père s'étaient complus bien souvent à abuser des sacrifices multipliés que, dès sa première jeunesse, il faisait à cette verte enivrante. Ils avaient développé chez lui ce goût terrible dans ses suites et ses conséquences.

L'ivresse de l'absinthe est comme celle de l'opium en Orient. Elle produit l'exaltation fébrile, donne une force grisante, une puissance factice, mais elle pousse les fervents de son culte à l'affaissement de la brute, à l'effondrement fangeux, au complet oubli de soi-même. Elle fait sommeiller le remords, excite au mal, rend cruel et inconscient.

Marcellus connaissait ces effets désastreux pour les avoir éprouvés en grande partie. S'il avait eu la force de devenir meilleur pour quelque temps dans l'espérance d'obtenir la main de Marie d'Almée, c'est qu'il avait renoncé momentanément à son toxique favori. Aujourd'hui il donnait pleine carrière à sa passion, d'autant mieux qu'il avait besoin de se monter la tête, de s'aveugler d'ivresse malsaine pour mettre à exécution ses projets de vilenies maritales.

Il buvait à pleines rasades et confina bientôt à l'ivresse furieuse. Son œil était effrayant, lorsqu'il se leva en s'écriant :

— Oui, je la dompterai ! Je vais faire du dressage de femme. Ce ne pourra manquer d'être intéressant. Les Orientaux sont seuls dans le vrai : la femme doit être esclave tout le jour, puisqu'elle est reine la nuit.

Le frénétique absinthé se dirigea vers le lit où Marie d'Almée demeurait blottie, brisée, confuse, désespérée. Elle n'avait pas dormi un seul instant, mais un abattement complet, une atonie profonde, lui avaient tenu lieu de sommeil.

— Allons, lève-toi, lui cria son étrange mari, et vite... Je vais faire atteler le

7

pur sang au tilbury. Nous irons faire une promenade avant le déjeuner; tu gagneras de l'appétit en prenant un bain d'air salin.

Marie ne répondit pas. Rien qu'au son de cette voix alcoolisée, elle commençait à être hébétée de peur.

— Lève-toi, commanda de nouveau Marcellus, si tu ne veux pas que je te jette sur le tapis.

Et, joignant le fait à la parole, il arracha les couvertures du lit.

Marie se tourna vers lui suppliante, en disant :

— Au moins, permettez-moi de m'habiller sans votre présence.

— Oui, madame la mijaurée, mais fais attention de te dépêcher. Je vais t'envoyer ta femme de chambre, une femme entièrement à moi, ne l'oublie pas.

Nelly était depuis longtemps au service de la famille Dereddy. Elle avait vu élever Marcellus et lui était dévouée par habitude, plutôt que par cet attachement réel des vieux domestiques, qui prend sa plus grande force dans l'estime.

Elle connaissait les emportements, les défauts et les vices de son jeune maître, les excusait, mais ne pouvait les oublier.

Son plus grand désir était de ne pas le contrarier, lorsqu'elle le voyait pris d'ivresse, parce qu'elle avait assisté en pareil état à des scènes de colère terrible, et avait même failli plus d'une fois en être victime, pour avoir voulu essayer de le calmer.

— Au nom du ciel, madame, dit-elle en entrant, ne contrecarrez aucun des caprices de votre mari aujourd'hui. C'est dans votre intérêt le plus cher que je vous préviens. Lorsqu'il est ainsi, il devient furieux à la moindre contradiction.

Marie d'Almée, qui aurait eu tant besoin de consolation, voyait son appréhension aggravée par la seule femme pouvant l'approcher. Le désespoir s'empara d'elle. Par inertie, plutôt que par résignation, elle promit à Nelly ce que cette prudente camériste lui demandait.

Marcellus Dereddy avait fait atteler à son léger tilbury un superbe cheval de race tarbaise. Coquet et semblant rempli de gloriole presqu'humaine, le vaillant animal avait un peu mauvaise tête comme la plupart de ses compatriotes, bipèdes ou quadrupèdes. Presque de pur sang, il demandait à être pris par la douceur, à n'obéir qu'aux caresses de la voix ou de

la main. Il avait la bouche d'une finesse
extrême, et se cabrait à la moindre pression de rêne. Marcellus, l'absinthé et le
violent, était donc très-peu en état de
conduire une bête aussi sensible.

Avant que Marie fût prête à monter
dans la voiture, l'ivrogne s'était mis à
exciter son cheval. Le Tarbais avait eu
des défenses de mauvais augure, et donnait des signes d'impatience fébrile.

La jeune femme regardait cette més-
entente entre le meneur et le mené, sans
manifester aucune sensation. Marcellus,
agacé par son indifférence et son atonie,
lui dit brusquement :

— Aurais-tu peur? Hésites-tu à monter près de moi? Je ne veux pas que ma
femme ait peur. Il faut qu'elle s'habitue
à tout.

Au lieu de répondre, Marie s'avança
vers le marchepied, et, profitant d'un instant où le cheval ne bougeait pas, s'élança
légère et gracieuse sur la banquette, où
elle prit place à côté de son mari.

— C'est fort bien, ne put s'empêcher
de dire Marcellus. Je suis content de toi.
Nous arriverons à nous entendre... Il le
faut bien.

Le cheval partit au grand trot. Marcellus dirigea sa promenade vers la route la plus dangereuse parmi celles dont fourmille le pays, fort difficile et fort accidenté. De temps à autre il arrêtait brusquement son Tarbais et lui meurtrissait la bouche par des saccades multipliées. La noble bête se cabrait en bondissant sur place.

Marie semblait changée en statue de l'indifférence ou de la résignation, comme si aucune influence extérieure ne pouvait l'arracher à sa désespérance intime.

— Pourquoi ne me dis-tu rien ? demanda Marcellus.

— Que pourrais-je vous dire de bien ? répondit la jeune femme avec une dignité fière.

— Ah ! tu te plains, s'écria-t-il avec une brutalité inouïe. Eh ! bien, tu vas voir.

L'endroit de la route où l'on se trouvait longeait un précipice de plus de deux cents pieds de hauteur. Un orage récent avait emporté le parapet, et le service de la voirie cantonale, lent et incapable comme le sont les services de la plupart de nos administrations vermoulues, n'avait pas remédié à ce dégât si dangereux pour les passants.

Marcellus dirigea son tilbury sur le

bord même du précipice. La roue du côté où se trouvait Marie était à un ou deux centimètres tout au plus de l'abîme. Le moindre écart devait précipiter voiture, cheval et promeneurs dans le vide. Le plus léger tressaillement, la plus petite défense du cheval devait tout mettre en pièces. Avec un conducteur aviné et une bête déjà à moitié affolée, le danger était effroyable. C'était la presque certitude d'une mort terrible.

Marie semblait ne pas même s'apercevoir du péril qu'elle courait.

Irrité d'un pareil sang-froid ou d'une telle indifférence devant la mort imminente, Marcellus s'écria durement :

— Au moindre geste d'appréhension que tu feras, au plus petit mouvement désapprobatif que tu te permettras, je nous jette au bas de l'abîme.

— Faites, répondit simplement Marie.

— Tu veux donc mourir ?

— Pourquoi tiendrais-je à la vie ? N'y suis-je pas seule désormais, et condamnée au supplice ?

— Seule ? Eh bien, et moi ?

— Depuis la double brutalité d'hier, vous devez bien penser que vous n'existez plus à mes yeux.

— C'était preuve d'amour.

— Alors je ne veux jamais être aimée.

Marcellus frissonna de colère et de douleur.

Il reprit :

— Tu dis être condamnée au supplice... Je suis donc un bourreau ?

— Vous vous êtes conduit comme tel.

— Ah ! c'est comme cela. Eh bien, finissons-en. Puisque tu ne veux pas m'accorder l'espérance de gagner ton cœur, tu ne pourras te donner à aucun autre.

Et l'ivrogne imprima un violent coup de rêne à son cheval pour précipiter la voiture dans le vide.

Malheureusement pour sa jeune femme, qui aurait ainsi vu le terme d'une vie destinée à toute l'amertume de la douleur, Marcellus en discutant avec Marie avait emmêlé les rênes. Son mouvement brusque s'était porté du côté opposé au précipice, et sa violence eut un résultat contraire à sa volonté.

Le cheval partit à fond de train. Un danger d'une autre sorte naquit de cette méprise. Le tilbury, lancé à toute vitesse, était ballotté comme une barque légère sur une mer houleuse,

Marcellus n'était pas parvenu à reprendre ses guides en main, au moment où commençait une descente très-rapide. La course devint vertigineuse. Voiture et cheval la terminèrent en allant s'abattre sur une de ces haies plantureuses, qui, dans cette région, ressemblent à de petites forêts vierges.

Dereddy et Marie furent projetés sur le gazon d'une prairie voisine. La jeune femme eut peu de mal; mais le proverbe disant qu'il y a un Dieu pour les ivroganes fut trompeur cette fois, car l'absinthe eut l'épaule fracassée. De plus une congestion alcoolique, inévitable en pareille chute après les libations multipliées du matin, le cloua sur place comme un naufragé d'ivresse crapuleuse.

Le cheval et le tilbury étaient demeurés suspendus sur la haie, formant un groupe étrange, presque fantastique.

Marie était fort embarrassée, on le pense bien, lorsqu'elle se releva tant bien que mal et qu'elle aperçut son mari gisant inanimé à peu de distance d'elle.

Heureusement pour la jeune femme qu'un de ces médecins de campagne, toujours dévoués parce qu'ils vivent de la vie patriarcale, en plein soleil, en pleine liberté, en pleine indépendance, en plein épanouissement du cœur, suivait la même route avec son cheval à l'allure placide. Le tilbury de Marcellus l'avait frôlé au passage et avait failli le renverser.

— Pauvres fous, s'était contenté de murmurer ce sage, en voyant l'insouciance et le dédain avec lesquels ces luxueux de la vie venaient de traiter un praticien utile et marchant dans la grande voie humanitaire avec une sérénité presque divine... Du train dont ils vont, ils auront peut-être trop tôt besoin de moi.

L'excellent homme avait raison de pressentir que son secours et sa science chirurgicale allaient être mis à contribution. Il suivait de l'œil la course folle de Marcellus, et il pressait l'allure de son vieux cheval tout étonné de recevoir quelques bourrades excitantes. Il aperçut de loin le résultat final et l'étrange accident de ses éclabousseurs, après avoir été témoin des mille folies qui l'avaient amené.

Du coup, son antique et solennel serviteur chevalin dut prendre le galop une fois dans sa vie, tout comme le légendaire coursier inventé par la verve de Cervantes, l'immortel poète de Don Qui-chotte. Monture et cavalier accoururent et arrivèrent tout essoufflés sur les lieux de la catastrophe fatale.

Après avoir examiné attentivement et à plusieurs reprises le blessé, qui semblait tombé en catalepsie foudroyante, le bon docteur se tourna vers la jeune femme et lui dit avec une douceur tendre :

— Voulez-vous me permettre, made-moiselle, de vous demander quels sont les liens de parenté qui vous unissent à monsieur ?

— Il est mon mari.

— Ah !... La fracture n'est pas grave, mais la chute a amené une congestion cérébrale qui m'inquiète un peu. Je dois vous adresser une question.

— Je suis à vos ordres.

— Savez-vous si votre mari n'a pas bu de l'alcool beaucoup plus qu'à son ordinaire, la nuit dernière ou ce matin ?

— Je crois que oui, répondit la jeune femme avec une indifférence dédai-gneuse qu'elle ne prit même pas la peine de dissimuler.

Il n'y eut chez elle ni hésitation, ni confusion. Elle semblait préparée à accep-

ter dès à présent la situation, que sa destinée cruelle devait lui faire.

— Alors, c'est une simple digestion à
provoquer, reprit le docteur. Pendant
que je vais veiller sur le blessé, voulez-
vous avoir l'obligeance d'achever de descendre la côte à pied ? Vous trouverez à
trois cents mètres d'ici une petite hôtellerie et vous voudrez bien envoyer du
monde avec un matelas bien installé sur
une civière pour transporter votre mari.

La jeune femme partit aussitôt.

Le vieux praticien demeuré seul devant son *sujet*. — car Marcellus n'était
réellement qu'un *sujet* pour lui puisqu'il
le voyait pour la première fois, — le
vieux praticien ne put s'empêcher de faire
les réflexions suivantes :

— Je ferais peut-être mieux de ne pas
rappeler à la vie cet ivrogne. Je ne sais
quelle prescience intime me dit que
j'éviterais ainsi bien des peines et bien
des douleurs cruelles à sa jeune épousée;
mais mon devoir est de combattre contre
le mal ou contre la mort ; je ne puis
déserter mon poste de combat. Et pourtant un alcoolisé pareil ne mourrait pas:
il crèverait par sa faute et sa déchéance
d'être humain... On dit que nous avons

l'âme bronzée, nous autres médecins du corps, mais sapristi, comment pourrait-il en être autrement ? Est-ce que les drames les plus intimes de cette misérable vie ne nous passent pas sans cesse sous les yeux ?... Pauvre jeune femme ! Quelle fierté douce et résignée ! Combien je la plains ! Dire qu'une négligence de ma part peut la délivrer, et que ma conscience médicale me refuse le droit de me laisser aller à cette négligence !... Devoir professionnel, il est des circonstances où tu deviens terrible ! Mon intuition de philosophe me dit que j'ai tort de secourir un ivrogne aussi accentué, parce qu'il doit faire le malheur incessant de sa jeune femme ; mon devoir de médecin doit imposer silence à ce que mon observation expérimentée a pu pressentir. La science doit dominer la prescience.

Marie revint avec quatre hommes munis de la civière et du matelas réclamés par le docteur. Elle tenait à remplir très correctement son devoir d'épouse, bien que son mari le méritât si peu.

Le transport du congestionné s'effectua sans encombre. Le pansement de la blessure fut fait avec une dextérité et une légèreté de main que n'eut pas désavouées l'un des princes les plus en vue de notre chirurgie française, si renommée parmi les académies de toutes les nations.

— Et maintenant débarrassons l'estomac de ce buveur d'alcool, dit le docteur, lorsqu'il eut achevé d'appliquer ses appareils à l'épaule fracturée. Un peu d'émétique, quelques soins attentifs et tout reviendra à l'état normal... Ah! ces ivrognes, comme ils m'horripilent. Quelle dégradation!

Puis, se tournant vers Marie d'Almée, qui ne pouvait dissimuler son dégoût et sa souffrance intime, il songea :

— Je vais sauver le corps de cet être indigne du nom d'homme, et par cela même je vais frapper droit à l'âme sa malheureuse épousée. Quelles fonctions cruelles nous pouvons avoir à remplir, nous autres médecins. Devenir bourreau et en avoir conscience, tout en guérissant...

L'excellent homme s'absorba un instant dans une douleur pensive, mais bientôt il secoua la tête comme pour chasser ses inquiétudes et il se dit toujours en lui-même :

— Tiens, pour me consoler de ma

triste mission humaine, si je songeais à cet infortuné cheval demeuré suspendu sur sa haie de torture, comme un saint Laurent hippique ne pouvant même pas se retourner ni bouger sur son gril, puisqu'il est demeuré attelé à la voiture, comme un Christ chevalin entouré d'épines et incapable de se débattre sur son cilice... Allons délivrer cette victime d'un vilain homme.

On eut grand'peine à sortir la malheureuse bête de son siège aérien et surtout épineux. Il fallut, après l'avoir dételée à l'aide de plusieurs échelles, établir une sorte d'échafaudage et de suspension pour l'enlever et la déposer à terre sans autre avarie pour elle.

Le bouillant Tarbais était tellement abasourdi, qu'il laissa tout faire sans bouger.

Le docteur avait voulu présider lui-même à tous les détails de ce sauvetage. Lorsqu'il fut terminé, le philosophe campagnard ne put s'empêcher de songer :

— Que ne puis-je secourir aussi efficacement la victime humaine de mon alcoolisé, que ne puis-je délivrer cette jeune femme des chaînes indignes où elle se trouve rivée par la loi ?

Il fit ramener le cheval, tout gaillard d'être délivré et si heureux d'en être quitte pour une sieste désagréable sur son perchoir d'épines. Après l'avoir fait installer dans l'écurie de l'hôtel, le médecin campagnard remonta voir son malade, qui avait repris connaissance après des vomissements réitérés, mais qui venait de se rendormir.

— C'est donc de l'absinthe que boit ce misérable, s'écria le docteur. Il faut qu'il en prenne de hautes doses, pour que l'odeur soit aussi forte ici, même après l'enlèvement du corps de délit. Ouvrez les fenêtres. Sa jeune femme doit avoir des nausées, en restant dans une pareille atmosphère.

Il ajouta en lui-même :

— L'épousée est encore plus malheureuse que je ne craignais. Cet homme doit forcément arriver à la folie par l'absinthe, la pire et la plus dangereuse de toutes les folies. Il faut que je m'impose la mission de veiller sur sa victime, autant qu'il me sera possible.

Pour commencer, il s'approcha doucement de Marie, qui semblait absorbée dans un désespoir morne et dédaigneux de toute consolation.

— Voudrez-vous, madame, lui dit-il,
me permettre de venir tous les jours vous
voir? Vous êtes nouvelle venue dans le
pays, et vous avez besoin de prendre
quelques soins hygiéniques pour vous y
acclimater. Je suis le docteur Morgan
et je demeure assez près de l'habitation
qu'on m'a dit être la vôtre.

Marie le regarda avec un étonnement
presque soupçonneux. Elle était un peu
sauvage par nature, et les mauvais traitements qu'elle avait endurées depuis la
veille l'avaient aigrie. Elle vit tant de
bonté loyale dans la physionomie de ce
vieillard, qu'elle n'hésita pas à répondre :

— Je vous recevrai avec grand plaisir,
et je vous suis reconnaissante de votre
offre. Quand pourra-t-on transporter
mon mari chez nous... Il est mal ici, et
je ne m'y plais guère.

— J'attends qu'il se réveille pour le
faire emmener moi-même.

Marie avait trouvé une âme compatis-
sant à son malheur.

CHAPITRE VII

Convalescence.

Les bons soins du docteur Morgan avaient porté fruit. Marcellus commençait à se lever. Sa jeune femme, délivrée momentanément de ses obsessions et de ses colères, voyait avec terreur revenir le moment où elle allait de nouveau se trouver en butte à ses exigences maritales.

La malheureuse épousée avait eu une tenue des plus correctes à l'égard de son indigne époux, durant tout le cours de son rétablissement. Elle prêtait son aide à Nelly, dans les divers soins à donner au malade, comme si elle n'avait eu aucun grief contre lui.

— Est-ce que vous m'auriez pardonné, demanda un jour Marcellus Dereddy

touché malgré lui de tant de mansuétude.

— Non; mais je fais mon devoir.

— Cela ne saurait me suffire, et je re-
commencerai la lutte, avait répliqué avec
une rage sourde ce tyran marital.

Quelques soirs plus tard il demanda à
la jeune femme de lui faire la lecture.

— Prenez, dit il, dans la bibliothèque
les *Premières poésies* d'Alfred de Musset.
Il y a une strophe, dans son *Andalouse*,
que je tiens à vous faire apprécier et
comprendre.

Marie accéda à ce désir et dut arriver
à ce passage si passionné, si charnel et
si lascivement expressif :

Qu'elle est superbe en son désordre, etc.

Elle avait lu ces vers brûlants sans en
comprendre l'esprit ni la portée. Son
mari lui fit recommencer plusieurs fois
la stance érotique et finit par lui dire
avec brusquerie :

— Comment pouvez - vous ne pas
mieux sentir ce que vous lisez?

Là dessus il se mit à lui donner des
explications tellement circontanciées, des
détails si matériellement explicites et

grossiers, que la jeune femme dut quitter la place.

Il la rappela avec autorité, et, comme elle refusait de revenir, il sonna pour appeler Nelly.

— Dis à madame, cria-t-il, que j'ai besoin d'elle immédiatement, et apporte-moi mon fouet de chasse.

Comme la camériste le regardait avec effroi, bien qu'elle fût habituée à toutes sortes d'excentricités de sa part, il ajouta vivement :

— Dépêche-toi. Tu sais que j'aime à être obéi vite.

Nelly vint lui rapporter, sans autre observation du regard, le fouet demandé, et s'en alla trouver Marie en tremblant.

— Je ne sais, dit-elle, ce qu'a monsieur, mais au nom du ciel ne le contrariez pas, ou nous sommes perdues. Il est sous l'impression d'une de ses colères blanches, et pourtant il ne peut s'être monté la tête avec son alcool des jours d'orage. Je ne l'ai vu qu'une autre fois ainsi; ce fut terrible. Il faillit tuer son père.

— Puisse-t-il me tuer! répondit la jeune femme.

Et sans hésiter elle rentra dans la

chambre de Marcellus, bien décidée à lui
tenir tête, à le braver même.

Il avait pris son meilleur sourire pour
recevoir la jeune femme. Il se fit humble
et suppliant.

— Voulez-vous, lui demanda-t-il, puisque vous ne pouvez goûter les beautés et
les nuances intimes des vers de Musset,
aller chercher un volume en prose que je
vais vous désigner? Sa lecture achèvera
ma guérison. Vous trouverez les *Contes
de Boccace* au premier plan du deuxième
rayon de la bibliothèque. L'édition est
illustrée avec soin.

— Est-ce encore un livre expressif?
interrogea la jeune femme, comme vous
disiez de la fameuse strophe de tout à
l'heure.

— Non. Ce sont de simples récits
très-gais, un peu excitants, un peu dé-
colletés, mais je vous promets de ne pas
les commenter à votre usage. Vous ne
comprendrez que peu à peu, et comme
vous voudrez.

Marie fut désarmée en présence de ce
changement d'allure chez son mari. Elle
résolut de se prêter à cette fantaisie de
malade.

Les contes de Boccace sont amu-

sants, c'est incontestable, encore plus
qu'immoraux. Toute femme est une
grande curieuse. Il ne faut donc pas
s'étonner si Marie ne fit pas l'effarou-
chée, mais prit un plaisir gradué à lire
ces pages pimentées au lieu de se livrer
à des réclamations pudibondes. Du reste,
elle les lisait par ordre marital.

Elle apprit ainsi qu'une épousée malheureuse a toujours en main de quoi se
venger de son tyran. Elle avait trop le respect d'elle-même pour songer à se servir
de cette arme intime, mais le germe de
cette idée était entré dans son esprit. Si
plus tard il portait des fruits coupables,
le mari n'aurait à s'en prendre qu'à lui-
même, puisqu'il avait voulu semer cette
ivraie dans son champ vierge encore de
toutes mauvaises herbes.

La pensée de ce satyre conjugal était
à la fois libidineuse et égoïste. Il voulait
préparer sa jeune femme à la volupté en
la faisant naître au désir, pour mieux
la posséder. Il le voulait si résolûment,
qu'il lui dit lorsqu'elle eut terminé sa
première lecture :

— Si tu avais refusé de m'obéir, je
m'étais fait apporter ce fouet, et je l'avais
tout préparé sous la main pour te mettre

à la raison. N'oublie pas que j'entends
être le maître. Je n'admets pas que tu
me résistes.

Marie se prit à trembler.

Nature de sensitive, elle subissait les
impressions les plus variées. Dans son
état normal elle avait une grande énergie, et son courage semblait à toute
épreuve, mais dans d'autres moments
elle avait des affaissements et des défail-
lances frisant l'extrême faiblesse, presque
la lâcheté. C'était la suite et le résultat
des crises nerveuses dont elle avait été
victime, ainsi que nous l'avons raconté
dans un chapitre précédent.

Marcellus s'en aperçut, et se dit avec
une joie mauvaise :

— Désormais je suis sûr de la dominer.
Il faut que par tous les moyens je l'éveille
au plaisir.

Le docteur Morgan vint faire sa visite
quotidienne, au moment où les abon-
dantes larmes, versées par Marie à la
suite des menaces de Marcellus, étaient
encore mal essuyées. Après avoir rempli
ses fonctions de médecin auprès de son
malade convalescent, il manœuvra de
manière à se ménager un entretien en
tête à tête avec la jeune femme.

— Ma chère enfant, lui dit-il, — mon âge et mon affection profonde, bien que récente, me permettent de vous donner ce tendre nom, — vous avez besoin de protection, je l'ai deviné, je le sens. Le hasard m'a mis au courant d'une partie de votre vie douloureuse, et j'ai découvert plus d'une de vos souffrances intimes. Je vous supplie donc d'avoir toute confiance en moi, et de me parler comme vous pourriez le faire à un aïeul. Vous devez encore avoir eu à subir une scène des plus pénibles. J'en vois la trace dans tout votre organisme énervé Le médecin a le droit et le devoir de vous interroger; l'ami vous prie de lui répondre en toute franchise.

Marie était une âme trop repliée sur elle-même, pour dire toute la vérité au docteur, bien qu'elle en eût fort envie et qu'elle sentît la réalité de la sympathie affectueuse et dévouée qui faisait agir le bon vieillard.

Elle ne se croyait pas encore le droit de se plaindre de son mari à un autre qu'à Dieu, et bien qu'elle n'attendît désormais que malheur et mauvais traitements de son despote conjugal, elle ne voulait pas l'accuser ni demander aide contre lui.

Elle éluda toutes les questions et finit par y couper court en répondant avec un peu de brusquerie :

— Je sais que mon devoir d'épouse est de subir les caprices de mon mari et d'être indulgente pour ses défauts. Je tiens à bien remplir mon devoir.

L'excellent et opiniâtre docteur ne se tint pas pour battu. Il reprit avec un peu d'humeur :

— Malgré vous, je viendrai à votre secours.

Il avait remarqué que Nelly, la camériste choisie par Marcellus Dereddy pour servir la jeune femme, avait le défaut, très-féminin d'être bavarde, et il se dit :

— Voilà ma ressource.

En effet, il eut peu de peine à faire jaser cette familière de l'enfance et de la jeunesse de Marcellus, qui le mit au courant des vices et des défauts de son maître, sans y entendre malice et sans y voir aucun mal.

Après lui avoir raconté la scène furibonde du matin, elle en arriva à lui demander protection, en disant :

— Est-ce que vous ne pourriez pas trouver un remède contre ces accès de fureur si dangereuse?

— J'y songerai, répondit le docteur avec son bon sourire.

Il continua en demandant à Nelly de lui donner quelques détails sur la famille de Marie d'Almée.

— Sa famille est à néant, répondit la femme de chambre. Ma jeune maîtresse est seule au monde.

— Quoi ! pas même un ami ?

— Si. Il y a un vieux serviteur du nom de Mathurin, qui a aidé son grand-père à l'élever.

— Pourquoi n'est-il pas auprès d'elle ?

— Monsieur n'a pas voulu le laisser venir.

— Ah !

Et le docteur ne put s'empêcher de reconnaître que la situation était encore plus grave qu'il ne l'avait pensé au début. Cet exil du seul protecteur restant à Marie ne lui faisait augurer rien de bon. Il se retira douloureusement affecté, mais avec la résolution bien arrêtée de venir en aide à la jeune femme ainsi isolée par son despote légal.

Il réfléchit toute la nuit à la tactique qu'il devait employer pour protéger la jeune et malheureuse épousée.

Son premier soin fut de manœuvrer

de manière à faire venir Mathurin. Il aurait ainsi un allié dans la place, serait prévenu des moindres incidents par ce serviteur fidèle et dévoué comme un chien de garde; il pourrait agir suivant les circonstances.

Au moment de sa visite ordinaire, lorsqu'il eut constaté le mieux croissant dans la guérison de Marcellus, il lui dit sans autre préambule :

— Vous êtes dès aujourd'hui beaucoup mieux portant que votre jeune femme.

— Que me dites-vous là? répondit Marcellus visiblement inquiet, comme aurait pu l'être en pareil cas un pacha turc venant d'acheter une esclave et n'en étant pas encore rassasié.

— Je vous dis la vérité, Mme Dereddy est fort changée depuis quelques jours.

— C'est la fatigue que lui a occasionnée mon accident.

— En partie, j'en conviens, car elle a tenu à vous soigner elle-même avec une parfaite assiduité, mais son vrai mal a, je crois, une origine tout intime. Elle est trop isolée de toute affection et de tout souvenir de son enfance. Ne pourriez-vous faire venir auprès d'elle quelque personne de sa famille?

— Elle n'a pas de famille.

— J'ai entendu parler d'un vieux serviteur qui a aidé à l'élever.

— La conversation et la présence de Mathurin sont d'une insignifiance entière, elles ne pourraient apporter à Marie la moindre distraction.

— Ne croyez pas cela. Les femmes, surtout les nerveuses, ont besoin de sentir autour d'elles l'affection réelle et le dévouement. C'est leur meilleure hygiène.

— Alors, c'est une ordonnance médicale que vous m'apportez. Est-ce que Marie vous l'aurait dictée?

— Non, je vous l'affirme. Je l'ai questionnée vainement à cet égard; elle a fini par me répondre qu'elle tenait à remplir son devoir d'épouse en se pliant à toutes vos volontés.

— C'est bien. Qu'elle écrive à Mathurin de venir.

Le docteur fut tout heureux d'aller annoncer à Marie cette première victoire.

— Je ne vous cacherai pas ma très-vive satisfaction, lui dit la jeune femme, mais dites-moi comment vous avez pu deviner l'existence de mon vieux Mathurin?

— Je n'ai pu vous faire parler, répondit le vieux praticien, mais j'ai fait jaser Nelly, et j'ai employé la diplomatie médicale auprès de votre mari pour me faire mettre, par lui-même, au courant de votre orphelinat, si complet, si absolu.

— Combien je vous dois de remercîments, s'écria Marie en allant embrasser l'excellent docteur avec une effusion qui le toucha profondément.

Marie écrivit immédiatement à son vieux père nourricier. Le docteur ne voulut confier à personne autre que lui-même le soin de porter cette lettre à la poste.

Marcellus avait accordé sans trop de résistance la permission de faire venir Mathurin, mais ce premier et bon mouvement fut de courte durée. Il n'aurait pu tolérer ce gêneur entre Marie et lui ; il ne voulait pas trouver ce dévouement entre la proie espérée de ses désirs lubriques et sa tyrannie maritale. Il pressentait que la victime de l'union légale deviendrait moins sienne en sentant un appui autour d'elle, et pourrait avoir la velléité de se révolter en voyant la possibilité d'être secourue, ou même délivrée.

Après quelque temps de réflexion pénible et profonde, il appela Nelly et lui commanda violemment de faire venir le marin chargé de tenir en état la barque élégante, qu'il avait fait construire pour des promenades ou des excursions en mer.

Quand le matelot se fut rendu à son appel, Marcellus lui dit avec une dûreté reflétant les orages de son âme tourmentée :

— Il faut que la barque soit prête au plus tôt. Munissez-la de tout ce qui est nécessaire pour une excursion de quelques jours. Nous irons peut-être débarquer à l'étranger.

— Ce sera fait, répondit le marin.

Quand ce serviteur, d'autant plus docile qu'il espérait être payé cher, fut parti, Marcellus s'écria avec rage :

— Ah ! l'on veut me résister ; on veut la lutte. Eh ! bien, nous verrons !

CHAPITRE VIII

Folie maritime.

Marcellus voulait à tout prix soustraire sa jeune femme à la protection morale et à l'aide effectif que devait lui apporter la venue du vieux Mathurin. C'était dans cette pensée et dans ce but qu'il avait donné l'ordre d'appareiller sa barque. Il prendrait le prétexte d'aller faire une promenade en mer, tandis qu'en réalité il procéderait à un véritable enlèvement de sa jeune épousée.

Cet étrange mari allait se conduire encore comme un forban d'amour inassouvi. Dès le lendemain, il se déclara complètement guéri et commanda une voiture pour aller respirer la brise de mer. En rentrant, il fit remarquer com-

bien cette première sortie lui avait fait
de bien ; puis il manifesta le désir de
monter en barque et d'aller faire une excursion au large.

— Vous n'êtes pas encore assez remis,
fit observer Marie.

— C'est ce qui vous trompe, reprit-il
vivement. Je me sens fort et dispos.

En effet, Marcellus Dereddy semblait
avoir repris toute son énergie et toute
sa force, tant était puissante sa volonté
de dominer sa jeune femme et de l'empêcher de revoir Mathurin, ce défenseur
dévoué qui ne manquerait pas d'accourir
à son appel et serait là au plus tard le
lendemain soir.

Il commanda d'un ton n'admettant pas
de réplique :

— Demain nous irons en mer. Vous
vous tiendrez prête, madame.

Le lendemain, la mer était tellement
grosse qu'aucun groupe de pêcheurs
n'osait aller au travail, bien qu'il s'agît
de gagner le pain quotidien. Marcellus
donna l'ordre d'appareiller quand même,
et fit dire à Marie d'Almée qu'elle eût à
se préparer à le suivre.

Nelly essaya vainement de combattre
cette nouvelle et folle fantaisie. Rien ne

put faire fléchir cette volonté de fer, cet entêtement tyrannique. Les observations des marins chargés de tenir les avirons ne furent pas plus écoutées.

Marcellus ferma la bouche à ces malheureux en leur promettant une grosse récompense, et en leur donnant tout d'abord une somme assez forte pour faire vivre leur famille pendant une année.

Marie se rendit sans mot dire à l'appel qui lui était transmis. La nuit précédente, elle avait eu à subir les plus mauvais traitements de la part de son tyran légal. Il l'avait forcée à venir auprès de lui, à subir ses enlacements brutaux et repoussants.

Elle passait presque à l'état de momie entre ses bras, et n'était autre chose qu'une Galathée demeurant marmoréenne, mais elle ne pouvait cacher sa répulsion intime, ses frissonnements de dégoût, et le satyre marital en était exaspéré.

Ses désirs et ses appétits charnels croissaient en raison même de la froideur extrême qu'ils rencontraient, comme la sensation glacée de la neige se fondant dans la main détermine une réaction brûlante, et jette du feu sur l'épiderme qui vient de la toucher.

La jeune femme était toute tremblante.

Son mari prenait chaque jour sur sa nature trop nerveuse une sorte de domination magnétique. Elle se sentait lui obéir presqu'inconsciemment.

— Tu vas me suivre, s'écria Marcellus avec un accent de sourde colère prenant naissance dans le mécontentement intime dont il ne pouvait se défendre, en songeant à toute sa brutalité. Je veux te montrer un orage en mer. Il sera moins terrible que les tempêtes excitées en mon cœur par ton insensibilité.

Marie fit signe qu'elle était prête et résignée.

Là, il nous serait facile de pasticher une description de tempête sur mer, mais c'est, comme on dit en style de journaliste, de la copie trop facile et trop banale. Nous préférons l'énumération des faits aux longueurs de style, les résultats ou les diverses phases des passions aux digressions plus ou moins littéraires.

L'Océan était effrayant de furie, mais il sembla d'abord ne pas vouloir emporter au large, ou engloutir dans ses profondeurs, cette proie, trop facile, cette frêle embarcation qui venait le braver par un temps pareil.

Trois fois les matelots de Marcellus furent ramenés vers la rive, malgré tous leurs efforts pour se maintenir en mer. Ils voulaient aborder ; Marcellus commanda de ramer avec plus d'énergie pour reprendre le large.

Bientôt le bourreau demeura impuissant à tourmenter sa victime. Marcellus s'aperçut que Marie venait de s'évanouir. Après avoir vainement essayé de lui faire reprendre connaissance, il donna l'ordre de regagner la terre, mais il était trop tard. Le vent avait tourné, et poussait en pleine mer furieuse la chétive barque, ses rameurs et ses passagers, destinés désormais à une perte presque certaine.

Ce fut alors qu'on vit un vieillard accourir vers le canot de sauvetage et gourmander plusieurs marins pour les faire embarquer au plus vite avec lui, et porter secours à la chaloupe en perdition.

C'était Mathurin qui venait d'arriver et qui voulait sauver Marie d'Almée ou périr avec elle. Il avait fait plus grande diligence que Marcellus n'avait compté. En recevant la lettre de sa pupille d'adoption, il s'était élancé vers la voie ferrée sans perdre une seconde.

La jeune femme fut sauvée. Son malheureux destin, son étoile fatale la réservaient sans doute à vider le calice de toutes les souffrances, mais le vieux matelot trouva la mort dans son dévouement.

Trahi par ses forces amoindries, au moment où, dans son impatience de dévouement, il voulut s'élancer du canot pour saisir celle qu'il avait vu naître et élever, l'ancien corsaire tomba à la mer qui se referma sur lui. Il mourut sans trop souffrir, ne sachant pas nager et n'ayant pas eu la ressource de lutter contre les vagues en furie. Cet Océan, sur lequel il avait remporté tant de triomphes dans sa jeunesse, lorsqu'il courait les combats et les prises en compagnie du grand-père de Marie d'Almée, lui servit à la fois de linceul et de tombe. Il trouva la mort sur son champ de lutte préféré, la plus noble de toutes les morts, la mort par dévouement.

Les marins montant le canot de sauvetage parvinrent à recueillir Marcellus Dereddy, sa jeune femme et les matelots; ils purent les ramener à bon port.

La mer rejeta sur la rive le cadavre de Mathurin.

La douleur de Marie d'Almée fut navrante, lorsqu'elle apprit la fin tragique et dévouée du vieux compagnon de son grand-père, en place de pouvoir saluer sa venue avec la joie du cœur.

Marcellus ne voulut pas lui permettre de rendre les honneurs funèbres à ce vieux serviteur, sous prétexte qu'elle serait trop émotionnée par la cérémonie, il exigea qu'elle partit sur-le-champ avec lui.

— C'est assez de Nelly, dit-il, pour s'occuper de tous ces détails funéraires. Vous pouvez compter sur elle. Nous allons voyager; vous avez besoin de distraction.

— Je vous préviens, monsieur, se contenta de répondre la malheureuse jeune femme, que je ne vous pardonnerai jamais cette dernière exigence. Elle me prouve combien vous avez peu de cœur.

— A votre aise, reprit Marcellus, mais que m'importe?... L'essentiel, c'est que tu m'obéisses !

Il l'emmena brutalement, sans aucun délai, sans aucune rémission.

Comme elle voulait aller embrasser une dernière fois le cadavre de son fidèle serviteur, du seul ami qu'elle avait conservé sur la terre à la mort de son aïeul, il lui prit le bras avec une violence inouïe, le lui meurtrit cruellement et la

poussa jusqu'à la voiture qui attendai
pour les mener tous les deux au chemin
de fer.

— Nous allons prendre le train à la
gare voisine au lieu de le prendre ici,
dit-il au cocher. Je ne veux pas attendre
l'heure du départ d'ici. Partez et allez
vite.

Il redoutait la venue et les observations du docteur Morgan. A tout prix il
voulait les éviter. Ce départ était donc
une véritable fuite.

CHAPITRE IX

Péripéties diverses.

La position de Marie d'Almée était vraiment navrante. A peine au-delà de sa quinzième année, elle se trouvait seule au monde, abandonnée et livrée sans aucun secours par une loi barbare à son mari, dont les exactions multiples et les exigences de toute sorte n'allaient plus connaître de frein, ne devaient plus garder aucun ménagement, aucune retenue.

Marcellus était exaspéré de désir. Il s'était remis à boire de l'absinthe plus encore que par le passé. Ses défauts physiques venaient augmenter la répulsion morale que Marie ressentait auprès de lui.

Nous avons mis en lumière, au commencement de ce livre, toute la perfection de l'idéale beauté plastique qui distinguait cette sculpturale jeune femme. Son mari au contraire était maigre et mal bâti. C'était pour la malheureuse épousée une sensation des plus pénibles, lorsqu'elle était forcée de supporter auprès de son beau corps cette sorte de squelette décharné.

Les caresses maritales ne lui étaient apparues que dans leur bestialité répulsive, et ne lui avaient apporté que la douleur avec le dégoût. Sa répulsion instinctive prenait chaque jour plus d'empire. Marcellus ne pouvait faire autrement que de s'en apercevoir, et sa colère devenait de la furie.

Souvent il quittait la couche conjugale en s'écriant :

— C'est une demi-morte que j'ai épousée. Je ne sais ce qui me retient d'achever de la refroidir, comme disent les initiés à l'argot expressif.

Un soir, il faillit réellement tuer la jeune femme.

Il l'avait prévenue qu'il avait invité quelques personnes à dîner pour le lendemain, et qu'elle eût à s'occuper de

les bien recevoir. Au moment où, forcée
de sacrifier à ses devoirs d'épouse, elle
se livrait à lui, sans éprouver plus de
sensation que n'aurait pu en avoir une
momie pétrifiée, elle lui demanda inconsciemment :

— Donnez-moi donc quelques conseils
pour notre dîner de demain. Connaissez-
vous les goûts de vos invités?

Marcellus s'élança du lit, saisit une
forte cravache et meurtrit la jeune femme
comme une condamnée au supplice du
knout. Elle demeura huit jours sans pouvoir se lever. Il se garda bien de faire
venir un médecin, et veilla sans cesse
autour d'elle sans laisser approcher personne, pour qu'il n'y eut aucun témoin
de ses mauvais traitements et qu'aucune
action en séparation de corps ne pût être
intentée.

Cette cruauté conjugale eut pour Marie
d'Ahnée un bon résultat. Le bourreau
se prit à bouder et se priva d'imposer
ses luxuriantes caresses à sa victime.
Elle fut délivrée de lui pour quelque
temps.

Il résolut d'exciter sinon sa jalousie,—
il sentait bien qu'il n'était pas aimé et
ne pouvait avoir la prétention de l'être,—

du moins de blesser sa victime dans son amour-propre de jeune épousée.

Les hasards du voyage lui avaient fait rencontrer la plantureuse Lœtitia, cette tragédienne dont rien n'égale le talent, sinon ses caprices légendaires et ses coups de tête incessants. Il l'avait connue à Paris, pendant qu'il suivait les cours du Conservatoire.

Lœtitia parcourait la province, où elle s'était donné la mission ingrate d'initier aux beautés du grand art et du vieux répertoire les habitants souvent réfractaires ou insensibles.

Talent mal équilibré, esprit inquiet, jaloux et ombrageux, la tragédienne avait des inégalités et des rugosités de caractère telles qu'elle était devenue l'épouvantail des directeurs parisiens. Malgré ses qualités incontestées, elle demeurait sans engagement à long terme.

La vie était dure, pour elle, car les ressources de la galanterie étaient à peu près nulles pour ses chômages, alors que pour beaucoup de ses camarades elles sont si productives. Elle se donnait à qui lui plaisait par un attrait quelconque, physique ou intellectuel, mais elle ne se vendait pas.

Cette vertu relative provenait-elle d'un immense orgueil, ou d'un cœur élevé? qui le savait?... Peut-être même pas elle-même.

En réalité, sa conquête était d'autant plus désirée qu'elle était moins facile, moins à la portée du dernier enrichi des fluctuations de la Bourse, du moins ragoûtant des parvenus.

Son amour-propre d'artiste était insensé. La route la plus sûre pour arriver à elle était de la flatter en faisant vibrer cette corde. Elle ne savait pas résister à ce qu'elle appelait un article bien fait sur ses représentations. Le mieux fait, suivant elle, était toujours le plus élogieux.

Marcellus Dereddy connaissait son faible. Pour en bénéficier, il alla trouver le gérant du journal jouant le principal rôle dans la ville où il se trouvait, et lui loua les trois premières colonnes de sa feuille provinciale, moyennant un prix auquel cet employé abasourdi était peu accoutumé.

Ceci fait, l'ancien élève du Conservatoire élabora la chronique théâtrale suivante, qu'il fit paraître sous le titre d'*Un scandale théâtral* :

« L'apparition grotesque des *Macaroni,* drame burlesque d'un marchand de draps berrichons, aura eu du moins pour effet de produire au théâtre de notre ville un résultat artistique fort inattendu.

» Le directeur, n'ayant rien à jouer pour préparer la reprise du vieux mélodrame qu'il tient à nous servir, et ayant vu le vide absolument fait sur ses banquettes, par sa dernière exhibition, a engagé Mlle Lœtitia pour dix représentations.

» La tragédienne a joué Marie Stuart traduite de Schiller par Lebrun.

» C'est, me dit-on, une œuvre très-belle en allemand. Je demande à le croire sans discussion aucune. Apprendre à parler, à écrire et à manier la langue française demande tous les efforts et toute la vie de l'homme le mieux doué et le plus studieux. Je suis d'avis que lorsqu'on a l'honneur d'être né en France et le bonheur d'avoir le sens artistique, on ne doit prendre d'autre soin que celui d'arriver à la pureté du style français, à la perfection de cette langue revêche, aussi difficile à tenir en main qu'une cavale du désert capricieuse et indomptée.

» Donc, l'œuvre de Schiller est admirable, mais la traduction de Lebrun ! Brr... quel froid ! J'en gèle.

» Rachel et la Ristori avaient seules osé jouer cette tragédie, très-médiocre et fort dangereuse à représenter, parce qu'elle appartient entre toutes au genre pâle et ennuyeux, mais le rôle de Marie Stuart, avec ses souvenirs historiques et ses effluves de douleur féminine a tant de poésie, qu'il est fait pour tenter une âme d'artiste comme celle de Mlle Lœ-titia.

» Le soin extrême qu'elle a apporté à le composer et à trouver des effets n'existant nullement dans le texte, indique jusqu'à point elle a réalisé un rêve dès longtemps caressé par elle. Elle en fait sa coquetterie. Elle a voulu prouver combien elle excellait dans la note élevée et attendrie. Tout son cinquième acte est chanté plutôt que dit.

» Les médiocres vers de Lebrun deviennent, sous ses lèvres inspirées, une sorte de psaume céleste qui fait tressaillir les cœurs, mouille les yeux des plus sceptiques Parisiens, arrive à se faire comprendre des gens du peuple, malgré la monotomie du versificateur, — je ne dis pas du poète.

» A divers points de vue, venir jouer la tragédie devant le public d'un petit

théâtre provincial, dans une salle éclairée avec l'économie rapace qui a permis
au directeur de collectionner des gros
sous pour ses vieux jours, était une tentative des plus hardies, une véritable témérité. Mlle Lœtitia aime à jouer avec le
péril ; une fois de plus, elle a triomphé.

» Je n'oublierai jamais le spectacle
qu'offrait la salle à cette représentation
de la tragédienne venue là comme en
exil. Les petites places étaient littéralement bondées par ce populaire qui a
pris l'habitude, en ces lieux, d'égayer
les situations les plus dramatiques par
ses lazzi ou ses projectiles. Le théâtre
voisin avait fait relâche. Ses spectateurs
du jour, voyant le nom de Mlle Lœtitia
sur l'affiche du théâtre s'étaient dit :

» — Entrons là ! Nous allons rigoler
pour combattre notre somme au son de
la tragédie.

» Au lieu de somnoler, ils ont pleuré ;
au lieu de se livrer à des facéties souvent
dangereuses pour les occupants des fau-
teuils d'orchestre, ils ont payé un sincère
tribut d'admiration à la grande exilée de
la Comédie-Française.

» Jamais ovations bruyantes et rappels
multipliés, jamais envois de fleurs en

gerbes n'ont pu rendre au talent un hommage aussi inoubliable que celui de ces gens du peuple, émus presque sans comprendre, et versant des larmes silencieuses sur le sort d'une reine marchant à la mort avec la sérénité céleste sur le front, le pardon dans l'âme, l'image du Christ à la main !

» L'image du Christ, que les bergers actuels du peuple parisien ont fait jeter à la voirie comme blessant les croyances ou plutôt les incroyances générales.

» Ceci, messieurs les gouvernants, est une leçon. Si vous vouliez étudier les vrais sentiments du peuple, vous ne commettriez pas la série de fautes qui chaque jour vous jettent à l'abîme.

» Pendant que la grande tragédienne faisait appel au public de l'ostracisme dans lequel la tiennent les maîtres de la maison de Corneille, on se livrait à des élections de sociétaires dans cet ancien temple du Beau, abandonné aujourd'hui à des marchands ou à des pîtres. On nommait, comme par grâce, un méritant, M. Silvain, et l'on exaltait sans conteste les médiocres et les plats.

» Serait-ce que désormais là, comme à la Chambre des députés et dans presque tous les corps de l'Etat, la médiocrité et la platitude sont les seuls titres admis? Serait-ce que, suivant la parole cynique entendue par nous de la bouche d'une toute jeune artiste, on arrive très-facilement par son savoir-faire, et très-peu par son savoir ou son talent?

» S'il en est ainsi, le régime qui nous étreint et nous ravale mérite le mépris ou la malédiction de toute âme élevée.

» N'ai-je pas eu raison de donner à ces réflexions le titre de *Scandale théâtral?* Tandis qu'au Théâtre-Français on ne peut plus jouer le grand répertoire, faute de sujets féminins pouvant l'interpréter; tandis qu'on va à l'encontre du cahier des charges et qu'on joue les pièces d'auteurs qui se sont faits les Homères de la lâcheté dans leurs œuvres, ou les orateurs du ventre et de la gloutonnerie, comme MM. Erckmann-Chatrian; tandis qu'on porte à l'Académie les habiles flagorneurs du mauvais goût public, une artiste, éprise d'idéal et de grand art jusqu'à en souffrir et à en être victime, est obligée d'aller jouer dans un théâtre de mélodrame. Elle prouve combien l'on fait fausse route à la Comédie-Française, puisque dans ce milieu un peu grossier elle obtient le triomphe le plus incontestable, celui de l'émotion communicative, irrésistible, générale.

» Le théâtre de Molière est aussi celui du grand Corneille et du doux Racine.

» La comédie châtie les mœurs, dit-on, mais la tragédie élève les cœurs. Nous sommes en décadence, on ne peut le dénier, la note tragique est donc nécessaire plus qu'aucune autre. Si les comédiens devenus maîtres au Théâtre-Français sont insensibles à l'idée de patrie, qu'on leur enlève toute subvention. Leur rôle et leur devoir sont de relever le goût public et non de le rabaisser. Comment leur permet-on de l'oublier aussi effrontément?

» Qui donc réagira? Qui donc nous refera Français? »

L'apparition de ce dithyrambe flatta beaucoup l'amour-propre des indigènes de la ville provinciale. Quelques-uns d'entr'eux se figurèrent être devenus les gardiens du grand art. De pareilles découvertes sont toujours agréables.

Dès la représentation suivante ils firent une ovation enthousiaste à la tragédienne, qu'ils avaient d'abord accueillie assez froidement. Elle en fut si ravie, que le résultat désiré par Marcellus ne se fit pas attendre. Voici le laconique billet qu'il reçut :

« Je ne sais vraiment comment vous remercier de ce que vous avez fait pour moi, mais je suis prête à vous accorder en échange tout ce que vous pourrez désirer.

» LOETITIA. »

Comme invite à la valse du plaisir, c'était insolemment hardi. Peut-être cette étoile de tragédie était-elle envieuse de se procurer la sensation raffinée d'avoir à ses genoux un jeune homme fraîchement marié à une princesse de beauté ?

Marcellus eut l'impudeur de montrer cet envoi à sa jeune épousée, en lui disant :

— Voilà une vraie femme ! Elle va me dédommager de vos froideurs.

Pendant dix jours que Lœtitia avait encore à rester dans la cité provinciale, au grand scandale des potiniers du cru, le jeune marié abandonna Marie d'Almée pour se montrer partout avec la comédienne.

Marie n'eut seulement pas l'air de s'en apercevoir.

Agacé de cette indifférence, il lui demanda :

— Vous êtes donc décidément de
marbre ?

— Pourquoi ? répondit-elle.

— Vous m'avez forcé, par votre inertie
sensuelle, d'aller chercher ailleurs ce que
j'aurais tant voulu trouver auprès de vous,
et vous n'êtes même pas blessée dans
votre amour-propre de jeune femme !

— Comment pourrai-je l'être ? C'est la
délivrance.

Marcellus blémit sous ce mot de dédain suprême, mais il n'osa rien répondre.

Bientôt, voyant qu'il n'arriverait à
rien en suivant cette voie, il eut recours
au moyen suivant pour ne pas trop souffrir de la répulsion de Marie dans les rapports intimes qu'il voulait renouer à tout
prix, car sa passion sensuelle n'avait fait
que grandir dans une abstinence de quelques jours, et malgré la diversion bril-
ante qu'il avait essayé de lui apporter.

Donato, le prophète et l'apôtre du ma-
gnétisme, était de passage dans la ville.
Marcellus alla le trouver, l'invita à venir
chez lui, le mit en rapport avec Marie qui,
par sa nature nerveuse à l'excès, devait
être très-facile à magnétiser.

L'expérience réussit vite, malgré les efforts de la jeune femme qui ne voulait pas s'y prêter et se doutait d'un nouveau piège ou d'une nouvelle tyrannie, mais qui était trop prédisposée à subir cette influence pour pouvoir y échapper.

Marcellus demanda à Donato de lui donner quelques leçons pour pouvoir à son tour magnétiser Marie d'Almée. Il ne put y parvenir qu'avec une difficulté extrême. La jeune femme, malgré son nervosisme devenu intense et maladif sous les mauvais traitements endurés par elle, lui résistait par antipathie.

Alors, il la força à se laisser hypnotiser en fixant une plaque noire sur laquelle se trouvait en saillie un point blanc. Chaque soir, au moment du coucher, toujours terrible pour Marie d'Almée, elle était endormie ainsi, et le satyre marital pouvait contenter sa passion bestiale, sans avoir à subir l'humiliation du dégoût qu'il inspirait.

Cette exigence nouvelle eut du reste pour la victime un résultat fort appréciable. Elle demeurait toujours un jouet de désirs qu'elle ne pouvait partager, mais du moins elle n'était plus qu'un jouet inconscient,

CHAPITRE X

Cirque de province.

Plusieurs mois se sont écoulés sans amener de changement dans la désespérance de l'infortunée jeune femme, dont nous retraçons la vie souffrante. C'est à Bordeaux que nous allons la retrouver.

Marcellus la promène de ville en ville, afin de mieux l'isoler de toute relation pouvant nuire à sa tyrannie maritale. Il a réalisé le problème de faire subir, en pleine France et en plein XIXᵉ siècle, à sa jeune victime l'humiliante séquestration à laquelle sont assujetties les femmes d'Orient. Cet exil du monde est d'autant plus sévère, que le contrôle est fait par le mari lui-même.

Quand Marcellus sort, il enferme sa

femme dans sa chambre; il cloître les
fenêtres en prenant soin d'attacher les
rideaux avec des épingles qu'il sait rendre difficiles à apercevoir, pour vérifier
en rentrant si elles ont été dérangées et
si le plus petit coin du rideau n'a pas été
soulevé. Tant pis pour Marie d'Almée, si
elle s'est laissée aller au péché mignon
de la curiosité. Elle est assurée d'avoir à
subir une scène écœurante, car presque
toujours Marcellus rentre affolé par ses
libations absinthées.

La malheureuse jeune femme en est
arrivée à n'avoir plus même le courage
de la révolte contre cette domination
inacceptable. Elle est devenue un instru-
ment passif entre les mains de son indigne mari. La seule chose qui la console
un peu, c'est que depuis les velléités magnétiques de son mari et les leçons chèrement payées qu'il a prises de Donato,
il ne la possède plus que dans un état
d'hypnotisme complet, dans une entière
anesthésie de la chair. Ses nuits sont de-
venues moins cruelles que ses jours.

De temps à autre Marcellus se plaît à
montrer sa jeune femme en public,
comme on exhibe une paire de beaux chevaux ou un tableau de maître, pour en

tirer vanité, pour porter envie. Alors il
lui ordonne de se mettre en grande toilette. Marie d'Almée obéit sans plaisir,
sans émotion, sans coquetterie.

L'occasion se présenta pour cet odieux
mari de tirer une vanité publique du
charme enchanteur de sa jeune femme.
Il commanda, elle dut obéir.

Un sinistre épouvantable venait de
mettre en deuil presque toutes les cou-
rageuses familles de pêcheurs, qui forment la population maritime de la Teste
et d'Arcachon.

La mer, cette grande ensevelisseuse
liquide, avait fait autant de veuves et
d'orphelins en quelques heures que la
guerre, cette grande faucheuse humaine,
aurait pu en emporter dans le même
temps. La flottille de petites barques
allant pêcher la sardine exquise, qu'on
appelle *le Royan,* avait franchi joyeusement la porte entourée de sables mou-
vants qui se trouve à l'entrée de cette
admirable baie d'Arcachon. La tempête
l'avait surprise peu de temps après et
l'avait détruite tout entière.

A peine quelques matelots avaient-ils
pu gagner la plage du cap Ferré. Ils
étaient plus malheureux encore que ceux

qui avaient péri. Leur gagne-pain, cette frêle barque l'objet de tant de vœux et de tant de soins, fruit de tant de labeurs, était perdue.

De tous les pays environnants, mais de Bordeaux surtout, les secours étaient arrivés pour parer aux misères du jour. Puis on avait songé à l'avenir, et des représentations au bénéfice des victimes avaient été préparées avec un chaleureux entrain. Une entr'autres promettait d'être très fructueuse par l'attrait particulier qu'elle présentait.

C'était une fête équestre organisée au Cirque Rancy, de passage à Bordeaux. Outre les artistes d'élite qui composaient la troupe, il devait y avoir un carroussel donné par les jeunes chasseurs du Médoc, et un intermède de haute-école où paraîtrait le plus brillant d'entr'eux, le vicomte Jean de Mémin.

Nulle autre part les exercices équestres ne sont plus appréciés qu'à Bordeaux. Les places avaient été retenues en quelques heures, bien qu'on les eût cotées à un prix très élevé. Le Bordelais aime à jeter l'or avec ostentation,

Marcellus Dereddy avait fait connaissance de l'un des principaux commissaires s'occupant de monter cette représentation de charité. Une quête devait être faite pendant l'entr'acte par les dames patronnesses. Le commissaire demanda à Marcellus le concours de sa jeune femme, en l'assurant qu'elle ferait la plus forte recette, grâce à son charme extraordinaire et à son prestige de parisienne.

Marcellus accepta par vanité de propriétaire.

Il donna ordre à Marie d'Almée de se préparer à remplir ce rôle dont elle se souciait fort peu, et écrivit lui-même à Paris pour commander une toilette des plus riches et des plus seyantes.

Le cirque Rancy comptait parmi ses artistes une pléiade de célébrités de l'acrobatie. Parmi eux brillaient en première vedette les frères Conrad, si goûtés et si applaudis des spectateurs parisiens.

Ce sont deux personnalités.

Ils sont nés à Manchester, la terre classique des manufactures de chapeaux anglais. Leur père était un sauteur de batoude sans pareil. Il avait fait jusqu'à quatre-vingt-deux sauts périlleux sans s'arrêter, sur une batoude anglaise.

Le tremplin anglais diffère essentiellement du tremplin français. Ce dernier est établi sur un plan incliné et n'est supporté que par une seule barre. La batoude anglaise est installée sur deux barres au lieu d'une, de façon à ce que le sauteur puisse rebondir uniformément et en cadence, comme sur un sommier élastique.

Ce genre d'exercice était nouveau pour les Bordelais. Ils l'applaudissaient avec frénésie.

Le père des Conrad les avait fait élever avec soin. Déjà riche, il n'avait rien négligé pour leur instruction intellectuelle, en même temps qu'il soignait lui-même leur préparation à l'acrobatie.

Ces deux virtuoses du tapis sont très-bons musiciens et parlent correctement le français. Ils sont gymnastes émérites et danseurs de corde, en même temps que clowns remarquables.

L'aîné, en sa qualité de bon Anglais, est fanatique des courses de chevaux. Nous tenons de sa bouche une originale découverte qu'il a faite sur un hippodrome voisin de Paris.

— Quelques prud'hommes se plaignent en France, nous dit-il, du trop d'extension que prend le goût des courses. Il y a pourtant encore quelques progrès à réaliser, pour que l'éducation sportive de vos compatriotes soit bien avancée. J'ai rencontré un monsieur qui m'a demandé, avec un accent des plus convaincus, l'endroit où l'on allait peser les chevaux !

C'est le cas d'ajouter : point de commentaires, n'est-ce pas ?

Le clown Price devait paraître dans cette représentation de choix.

C'est une grande nature artistique, un talent plein de finesse et de goût. Il eut l'honneur de charmer Théophile Gautier et Théodore de Banville, deux maîtres ès-sport qui lui ont consacré plus d'une colonne dans leurs divers feuilletons de théâtre.

Bien que d'origine danoise, il appartient à cette école anglaise si correcte et si sûre dans tout ce qu'elle fait. C'est un excellent musicien. Perché sur une échelle sans soutien, il joue des airs variés sur le violon. Signe particulier, il parle six langues diverses.

Price, acrobate et polyglotte a trois passions : son métier qui, pour lui, est un art, la pêche à la ligne et... sa femme. Oui, messieurs, il aime sa femme. Cela se voit assez rarement dans le monde, mais se rencontre chez les artistes, ne vous en déplaise.

Si vous connaissiez Mme Price, votre
étonnement cesserait. C'est une vraie
Parisienne, une charmeresse, malicieuse
parfois, spirituelle toujours. Elle a pour
frère Brasseur, l'habile et l'heureux directeur des Nouveautés ; Brasseur, l'irrésistible, qui n'a qu'à se présenter pour
imposer le succès. L'entrain de la conversation et de la verve de Mme Price à
la ville égale le brio que possède son
frère à la scène.

Convenez avec moi qu'un directeur
millionnaire comme le père Rancy peut
seul se donner le luxe de posséder un
pensionnaire parlant correctement six
langues, tout en marchant sur les mains,
jouant des mélodies variées sur le violon, tout en faisant des équilibres sur
une échelle qui semble enchantée, tout
en aimant sa femme, que sais-je encore?

Price, en vrai gentleman et en fier artiste, ne parle qu'aux personnes qui lui
ont été présentées. Néanmoins il a souvent été au devant des petits, mais il a
toujours laissé les grands venir à lui.

L'école française était représentée par
le clown Dubouchet. C'était un excellent
champion.

Très-bon sauteur, il n'est pas moins

gymnaste émérite; il fit des premiers les
trois trapèzes à la manière de Léotard.
Ses équilibres sur une échelle volante
sont des plus réussis. Sa force hercu-
léenne lui permet d'aborder toutes les
pyramides imaginables.

C'est le vrai clown français; il est fort
bien fait; des succès nombreux lui ont
appris que le clan féminin lui trouve le
mérite fort appréciable d'être beau garçon. Qu'il permette donc un léger reproche.

Pourquoi s'enveloppe-t-il dans une
vilaine blouse de clown anglais? Il a tout
intérêt à ne rien cacher. Pourquoi grimer
sa physionomie franche et avenante?
Pourquoi défigurer ses traits hardis et
énergiques? Pourquoi se mettre un masque, lorsque le naturel est agréable à voir?

Voyez les femmes bien faites, messire
clown; elles endossent toujours le mail-
lot avec plaisir. Quand vous en entendez
quelqu'une invoquer la pudeur, vous
pouvez être certain qu'elle a des imper-
fections à cacher. Prenez garde, ceux qui
ne vous connaissent pas pourraient en
dire autant de vous... Les exercices du
corps sont utiles surtout en ce qu'ils développent la force et les belles formes.

Voici pourquoi un païen endurci, un adorateur de la plastique, en même temps
que sportsman enthousiaste, est en
droit de désirer voir les preuves écla-
tantes s'étaler au grand jour. Or, vous
êtes une de ces preuves vivantes, messire clown.

Et puis, notre école française, bril-
lante par-dessus toutes, et à laquelle
vous appartenez par votre naissance
d'enfant de la balle comme par votre talent, est assez riche en grands artistes
pour qu'on n'abandonne pas ses tradi-
tions. Cette école a produit les Loyal, les
Bouthor, les Moutero, les Bourgeois, les
Modeste, les Lambert, les Bertrand, les
Blondin, les Léclair, les Auriol, etc.
Elle a toujours brillé par le courage et
l'initiative; elle va de tout cœur dans
tout ce qu'elle entreprend et ne se mé-
nage jamais devant le public. Ce sont là
des qualités que vous possédez fort bril-
lamment. Il est regrettable de ne pas les
mettre en pleine lumière.

Malgré ces réflexions et ces réserves,
Dubouchet est fort remarquable dans son
faire anglais ; les spectateurs bordelais lui
témoignèrent le soir de cette grande représentation leur contentement tout spécial.

Le succès de la première partie fut pour Mlle Francesca, une écuyère dansant à cheval. Rien n'est plus difficile.

Il faut réunir une science consommée de l'art équestre à un aplomb extraordinaire, sans lequel on ne resterait pas deux secondes debout sur le cheval; il faut, en outre, posséder l'art de la danse, le plus pénible et le plus difficile de tous à apprendre. Il faut de plus avoir la beauté en même temps que la grâce et la perfection plastique.

Certes, presque tout le monde aime la danse. C'est la poésie parlant aux sens, et toujours sûre d'être goûtée, parce qu'elle enivre les yeux, mais cet art charmant ne supporte pas la médiocrité.

Debout sur son cheval en plein galop, Mlle Francesca semble une Beaugrand blonde. C'est une vraie charmeuse, une almée européenne, plus fascinante que les almées asiatiques parce qu'elle est plus femme, plus coquette dans la bonne acception du mot et de la chose, plus élégante et moins passionnée.

Ses pieds sont si légers qu'ils paraissent lui donner des ailes angéliques. Sa danse semble l'envolée d'un bengali enivré de soleil. Il y a dans son faire

on ne sait quelle grâce charnelle et im-
matérielle à la fois, on ne sait quoi d'en-
fantin et de corrompu, une sorte de lascivité magique et éthérée, qui fait songer
aux plus douces légendes, aux plus
ardents rêves d'amoureux, aux plus at-
trayantes créations des poètes.

On ne peut distinguer chez elle où
finit la femme et où commence la danseuse idéale, la péri d'enchantement, le
sylphe de séduction.

Son costume est toujours calculé de
façon à lui donner le caractère d'une
apparition séraphique et le charme d'une
déesse de la poétique mythologie. C'est
une femme de feu, gardant autour d'elle
comme une auréole de chasteté mys-
tique. Sorte de vestale moderne, ainsi
qu'Emma Livry, la martyre de l'art cho-
régraphique, son plus grand charme
est de rester pudique, tout en étant exci-
tante comme une Manola du soleil an-
dalou.

Sa tenue à la ville n'est plus du tout
cela. Au contraire de ses camarades, qui
vivent presque toutes de la vie de famille
et de travail, en repoussant les offres do-
rées de la galanterie, elle est d'un dé-
vergondage d'allure et d'une facilité

d'abandon, que ses directeurs déplorent
mais ne peuvent corriger ni atténuer.

— Quel dommage! dit le père Rancy
avec conviction. Une si grande artiste,
ne pas se respecter !

Une véritable avalanche de bouquets
vint joncher la piste, lorsque la jeune
écuyère sauta de cheval, après avoir terminé son numéro.

Parmi ses plus enthousiastes, Marcellus Dereddy se faisait remarquer. Il était
placé au premier rang des places réser-
vées, auprès de Marie d'Almée.

Une heure avant de venir au cirque, il
était arrivé pour assister à la toilette de
sa jeune femme. Il avait bu encore plus
d'absinthe que de coutume, et jamais ne
s'était montré aussi brutal.

Cette soirée s'annonçait pour Marie
comme une menace de véritables supplices. Malgré cela, un murmure d'admiration flatteuse accueillit son entrée dans la
salle composée de l'élite bordelaise et de la
fleur des cités environnantes, mais la physionomie sombre et répulsive de son mari
faisait un tel contraste avec la céleste
beauté de la jeune épouse, que la tribu
féminine se prit à plaindre son sort, tout
en portant envie à son charme rayonnant.

10.

Jusqu'au moment où Mlle Francesca fit son apparition, Marcellus demeura comme hébété, cuvant son ivresse, mais la vue de la splendide danseuse le fit tout d'abord sortir de sa torpeur. Il sembla avoir reçu quelque choc électrique, il fut littéralement ébloui, fasciné.

Aussitôt que la virtuose équestre fut sortie de l'arène, il quitta brusquement sa place, oubliant toute surveillance jalouse auprès de sa femme, pour courir à sa folie du moment. Il avisa un servant d'accessoires et le chargea, en lui mettant deux louis dans la main, de courir dire à Mlle Francesca qu'il allait l'attendre au café voisin et qu'il la priait de s'y rendre aussitôt qu'elle aurait repris ses habits de ville.

— Tu vois que je paie bien ceux qui me servent, fit-il remarquer au commissionnaire. Dis-le-lui.

— Soyez tranquille, répondit celui-ci. Elle viendra.

Le moment de quêter était proche. Pendant que Marcellus allait être en tête-à-tête avec la danseuse, sa jeune femme devait accepter le bras d'un cavalier et forcément nouer connaissance assez intime avec lui.

Ce fut le vicomte Jean de Mémin qui eut le bonheur d'être le *eavalier* de Marie d'Almée. Il s'acquitta de ce rôle envié avec sa grâce et sa politesse de gentilhomme de race. Le bras de la jeune femme tressaillit et s'appuya malgré elle sur lui, lorsqu'elle entendit sur son passage une vieille et laide fille murmurer :

— La place est toute faite pour un amant auprès de cette Parisienne, puisque son mari vient de l'abandonner pour courir après l'écuyère danseuse de tout à l'heure.

Ainsi la malheureuse Marie fut mise sur-le-champ au courant de l'impudeur de Marcellus par cette langue provinciale et méchante. Dès lors elle allait être le point d'attention de tous les regards, pendant le reste du spectacle.

Elle remercia d'un sourire le vicomte de Mémin, lorsqu'il l'eût reconduite à sa place. Il crut pouvoir lui demander la permission de venir à la fin de la représentation lui offrir sa voiture pour la reconduire chez elle, dans le cas où son mari ne serait pas revenu la chercher.

Marie d'Almée refusa en disant qu'elle enverrait chercher un modeste fiacre.

Le vicomte salua, n'osant insister, et

alla se préparer à paraître dans la deuxième partie du spectacle.

Ce genre de représentation est devenu très à la mode à Paris et en province depuis quelque temps.

Pour qui connait l'historique de l'art équestre en France, il n'y a rien qui doive étonner de voir les fils des plus nobles familles de la Guyenne, toujours si remuante et si chevaleresque, participer à cette fête de charité comme militants actifs.

Henri II, le roi fondateur de l'équitation en France et en Europe, tenait à voir briller ses écoles au premier rang. Depuis lors, les gentilshommes français prouvèrent qu'ils étaient des cavaliers sans rivaux, et nulle part on ne donna des carrousels plus brillants que chez nous.

Sous Louis XIII, les fils des plus nobles familles anglaises venaient en France faire leur éducation hippique, et c'est dans nos écoles que le duc de Buckingham apprit à monter à cheval. Louis XIV était un magnifique écuyer. Il fallait bien qu'à la cour on suivît l'exemple venu d'en haut.

L'équitation, chez nous, devrait être

un art national. C'est, de tous les exercices, celui qui donne le plus de force et
de santé, parce que tout le corps travaille
en même temps. Dans la gymnastique,
les bras seuls sont en jeu trop souvent
et leurs muscles se développent au détri-
ment des jambes, tandis que pour être
parfaitement maître d'un cheval fou-
gueux, il faut en même temps la vigueur
les jambes et la puissance des bras.
Dans la gymnastique, on lutte contre
une difficulté inerte et inconsciente,
contre un trapèze, une corde, une échelle,
une barre de fer, etc., tandis que dans
l'art équestre la difficulté à vaincre est
vivante et se défend contre vous; cette
difficulté, c'est un cheval bondissant.
Là, on acquiert non seulement la force,
mais aussi l'adresse, l'agilité, la souplesse du corps, l'habitude de lutter avec
e danger, le courage.

C'est le système d'Aure qui personnifie
l'école française et qui est employé à
l'école de Saumur, cette académie européenne de l'équitation.

Dans ce carrousel offert par ces jeunes
gentilshommes de la Guyenne, les chevaux de pur sang avaient seuls été admis. C'était pour détruire le préjugé

populaire disant que le pur sang n'est pas maniable, pour anéantir les sourires d'incrédulité qu'esquissent les messieurs Prudhommes d'un peu partout, lorsqu'on leur parle de pur sang comme cheval de selle, comme compagnon d'armes ou serviteur de chasse.

La plupart des sujets présentés étaient pourtant des fruits secs d'hippodromes, ou des malheureux n'ayant pu même supporter les rudes labeurs de l'entraînement. Quel serait le résultat obtenu le jour où l'on mettrait entre les mains et les jambes de vrais écuyers les premiers rôles de ces nobles races?

Comment dire, après l'exhibition si parfaite présentée aux Bordelais émerveillés, que les pur sang sont d'un dressage difficile et qu'il ne peuvent porter de gros poids? Tous ces cavaliers sont de plantureuse et plastique structure; ils semblent manier leurs chevaux avec une baguette de fée; ils ont une légèreté de touche extraordinaire; ils ne se servent ni de l'éperon ni de la cravache; ils se bornent à de simples appels de bride, à quelques oppositions de rênes; ils apparaissent comme autant de centaures modernes.

Il n'est pas possible de montrer plus de
science équestre. Les changements de
pied, le grand écueil de la haute école,
sont obtenus avec un fini merveilleux par
cette pléiade de jeunes écuyers. De beaux
et longs regards enthousiastes forment
leur récompense; les plus doux sourires
leur sont envoyés.

Le vicomte Jean de Mémin continue
la fête par le difficile solo d'équitation
suivant :

Il bondit au manège en franchissant
une claie de plus de cinq pieds, et main-
tient si bien son cheval au moment où il
retombe à terre, qu'au bout de deux
courbettes il le fait mettre à genoux au
milieu de la piste, en saluant du côté des
premières d'abord, des autres places ensuite.

Puis, après avoir franchi les divers
obstacles apportés dans le manège, il
arrête son pur sang sur le dessus d'une
sorte de banquette irlandaise, et lui fait
exécuter une séance de piaffé, comme
depuis longtemps aucun écuyer de profession ne le tente et ne peut le faire en
public, car notre grand Beaucher semble
avoir emporté ce secret dans la tombe.

Pour terminer, l'écuyer gentilhomme

attend qu'on apporte des praticables figurant des rochers sur la piste, et il parcourt trois fois le manège en faisant sauter son cheval d'un rocher à l'autre.

L'enthousiasme des spectateurs devient du délire. Le vicomte demeure insensible à tous les applaudissements provenant d'autres mains que celles de Marie d'Almée, qu'il avait adorée dans un premier regard, dans un effluve fatal, irrésistible.

La jeune femme lui avait d'autant moins ménagé la preuve de son admiration applaudissante, qu'elle avait ressenti en plein cœur un entraînement inconnu d'elle jusqu'alors, lorsqu'elle s'était vue au bras de son cavalier quêteur.

La fin de la représentation était arrivée, Marie d'Almée demeurait à peu près seule parmi les retardataires sortants et Marcellus Dereddy, occupé lascivement auprès de son étoile de la danse équestre, ne revenait toujours pas.

CHAPITRE XI.

Dévergondage contre fierté d'âme.

L'abandon de Marie d'Almée par son mari avait attiré autour d'elle l'attention empressée de plusieurs spectateurs, que sa beauté séductrice avaient frappés. L'un des commissaires organisateurs de la représentation équestre invoqua ses attributions pour venir lui offrir de l'accompagner jusqu'à sa demeure. La jeune abandonnée le remercia en le priant de lui faire avancer une voiture de place, un de ces carrosses monumentaux traînés par deux chevaux landais ou médocains, et qui semblent avoir été conservés comme souvenirs et réminiscences du siècle de Louis XIV, tant leur aspect, comme leur structure, est compassé et solennel.

— C'est déjà fait, madame, s'écria avec un empressement respectueux le vicomte Jean de Mémin. J'ai pris moi-même ce soin.

— Je vous dois un remercîment pour votre attention, répondit Marie d'Almée. Permettez-moi de vous le présenter en vous demandant de m'offrir votre bras jusqu'à la voiture qui doit me ramener chez moi.

Le vicomte s'avança, sans pouvoir dissimuler une émotion dont il n'était pas coutumier. Marie d'Almée voulut être gracieuse pour tous ceux qui se trouvaient là et qui jetaient un regard d'envie sur le cavalier accepté par elle.

Elle leur dit en les saluant avec une caresse de son doux sourire et de ses beaux yeux humides et troublants dans leur langueur souffrante :

— Permettez, messieurs, à une Parisienne de rendre hommage à votre complaisance de galants hommes auprès d'une femme un peu en peine. J'en garderai la meilleure souvenance. Au nom du sexe faible, je redirai partout et sans cesse : Honneur aux Bordelais !

Jean de Mémin conduisit Marie d'Almée jusqu'à la voiture qu'il avait retenue pour elle, veilla avec un respect attentif à son installation, et au moment de prendre congé d'elle, lui demanda la permission d'aller lui rendre visite le lendemain.

— Ceci dépend de mon mari, répondit la jeune femme avec un accent où l'on pouvait reconnaître à la fois de la pudeur, de la prudence et de la crainte.

Après quelques instants de réflexion méditative, elle ajouta un peu nerveusement :

— Si vous désirez me voir, il faut tout d'abord vous faire bien venir de lui.

Le vicomte fut complètement interloqué par cette réponse de parisienne énigmatique. La voiture s'était éloignée depuis tout un moment, et il demeurait comme pétrifié sur place, se demandant avec l'anxiété d'un jeune cœur fraichement épris, si Marie d'Almée avait ou n'avait pas voulu l'encourager en répondant ainsi.

Comme il était de tempérament très-prompt à se décider, il se dit :

— J'arriverai quand même à me faire bien accueillir du mari. Nous verrons ensuite pour la femme.

Le hasard, ou plutôt le dieu des amou-

reux, ne pouvait mieux le servir à souhait. Il entendit le bruit d'une querelle
violente entre un homme tellement pris
d'ivresse, qu'il avait peine à se tenir debout, et plusieurs adversaires s'achar-
nant après lui.

La générosité native de son caractère
loyal et chevaleresque le poussa à prendre immédiatement parti pour le faible
contre ses nombreux assaillants. Il n'hésita pas à s'élancer dans la bagarre.

Sans le savoir et sans le vouloir, il
était accouru au secours de Marcellus
Dereddy.

Le mari de la malheureuse jeune
femme, dont nous écrivons le martyre,
avait oublié toute retenue et s'était laissé
complétement dominer par sa double
passion d'ivresse échevelée et de luxure
sans vergogne.

L'appétit bestial du moment avait fait
taire ou endormi sa jalousie maritale.
Il ne songeait plus que sa jeune femme
devait forcément être en rapport avec
les jeunes hommes les plus élégants de
la cité bordelaise, et que son abandon
la mettait en butte à leurs assauts galants. Le charme capiteux de M¹¹ᵉ Francesca, l'écuyère danseuse, l'avait telle-

ment grisé de désir qu'il avait perdu la souvenance de Marie d'Almée, sa victime conjugale.

Pendant que sa jeune femme quêtait au bénéfice des naufragés d Arcachon, pendant qu'elle mettait la splendeur et la séduction de sa jeunesse et de sa beauté au service des veuves et des orphelins que la colère de l'Océan venait de faire, Marcellus Dereddy, encouragé et excité par des caresses vénales, se gorgeait d'alcool et s'enivrait de volupté matérielle sous le regard lubrique d'une pensionnaire de cirque forain.

Marie d'Almée était absorbée par la charité, la plus divine de toutes les vertus terrestres ; son maître légal se montait la tête en se roulant aux pieds de la seule femme dévergondée, qui fît tache, comme le disait le père Rancy, parmi les dames artistes de son cirque provincial.

Marcellus n'avait pas eu à aller loin pour s'installer avec l'écuyère dans un petit salon réservé aux débauchés en bonne fortune. Les cafés pullulent à Bordeaux, où les patrons prennent soin de capitonner à cet usage un asile érotique et fructueux. Mais les adorateurs de la danseuse étaient fervents et nom-

breux; plusieurs avaient déjà été ses
élus à tour de rôle. Un complot fut im-
provisé par eux contre l'intrus, qui venait accaparer leur jouet de plaisir.

Un clown, amoureux affolé et repoussé
de la jeune fille, en prit la direction. Il fut
convenu que Marcellus, à sa sortie, serait
salué par un charivari des plus corsés.

Ce projet bruyant fut mis à exécution
avec frénésie, mais le Parisien n'était
pas d'humeur à supporter une aubade de
cette nature, sans mot dire et sans chercher à l'arrêter ou à s'en venger sur-le-
champ. Il se retourna avec hardiesse et
énergie pour faire tête à l'orage. Malheureusement pour lui, les fumées de
l'ivresse l'avaient tellement envahi,
qu'il pouvait à peine garder l'équilibre.

Les huées redoublèrent.

Marcellus essaya de frapper ses plus
proches adversaires pour s'en débarras-
ser et faire reculer les autres, mais il
tomba et aurait certainement été broyé
sous leurs pieds, si Jean de Mémin n'é-
tait accouru à son secours.

— N'avez-vous pas honte, s'écria-t-il,
de vous mettre huit ou dix contre un
homme ivre et sans défense? Arrière, ou
vous allez avoir affaire à moi !

L'énergie avec laquelle ces paroles avaient été lancées, la force musculaire du vicomte qui était bien connue en imposèrent si bien aux assaillants, qu'ils prirent le parti de battre en retraite, fort confus du reste de leur équipée.

Le clown, qui s'était montré le plus acharné, fut le premier à tourner casaque. Il ne voulait pas s'exposer à recevoir une correction trop touchante de la part de Jean de Mémin, auquel il avait vu soulever sans peine des haltères qui étaient l'objet de son respect intime et profond, et que les hommes les plus forts de la troupe Rancy laissaient dans une tranquillité absolue.

Marcellus était dans un assez piteux état. Jean de Mémin l'aida à se relever, et fit signe à un cocher d'approcher son véhicule pour le reconduire chez lui. Afin d'éviter toute récidive de la part des assaillants, le généreux gentilhomme résolut de servir d'escorte au battu.

Quant à M\u1d57\u2089 Francesca, elle avait jugé à propos de s'esquiver, sans autre souci de son élu de la soirée.

Marcellus Dereddy avait reçu ou s'était fait plusieurs blessures, en tombant et en se débattant. Le sang qu'il avait perdu et qu'il perdait encore l'avait complètement dégrisé. Il remercia Jean de Mémin avec une cordialité qui ne lui était pas habituelle. Lorsque la voiture fut arrivée à l'hôtel, il invita son libérateur à monter jusqu'à son appartement pour lui donner aide jusqu'au bout.

Le vicomte se garda bien de refuser.

C'était le moyen de se rapprocher de Marie D'Almée; cette faveur inespérée lui sembla octroyée par la Providence de son amour.

Marcellus le pria de prendre le devant, pour annoncer à sa jeune femme l'accident qui venait de lui arriver. Il l'assura qu'il pouvait monter l'escalier sans son aide. Du reste, le garçon d'hôtel était là pour le soutenir, si besoin était.

L'adorateur de notre héroïne se trouvait ainsi devenu l'ambassadeur et l'avocat du mari auprès de sa jeune femme. Il s'acquitta de sa mission en galant homme, et ne s'écarta pas un seul instant de son admiration respectueuse pour Marie d'Almée, bien que la situation fût merveilleusement faite pour lui permettre plus d'une audace, plus d'une comparairaison en sa faveur, plus d'une privauté.

La jeune épousée lui en sut gré, et lui

témoigna combien elle était touchée de
sa délicatesse, en lui tendant sa belle
main avec un doux sourire.

Le vicomte frémit au contact de cette
chair fraîche et chaude à la fois, comme
celle de toutes les femmes ayant eu parmi leurs ancêtres quelques émigrés des
pays sans nuages.

Il aurait bien voulu porter à ses lèvres
enfiévrées de désir cette main divinisée
par son cœur, mais il était trop passion-
nément épris pour l'oser. C'est l'ordinaire des natures fortes et généreuses,
de garder toujours, surtout auprès des
femmes, une sorte de timidité enfantine,
qui fait sourire les sceptiques et les rail-
leurs, ces eunuques et ces impuissants
de nos sociétés modernes.

Marie d'Almée fut plus brave que le
vicomte. Elle coupa court à leur embarras mutuel, en lui demandant :

— Voulez-vous m'offrir votre bras,
pour aller au devant de notre blessé?

Le dieu qui protége les soudaines et
réelles amours avait fait naître cette situation, tout à l'avantage de l'adorateur
contre le mari. Le maître légal rentrait
chez lui avec une autorité fort amoindrie
par sa propre faute. Il devenait odieux

11.

et ridicule, tandis que son libérateur était introduit par lui-même, auprès de celle qu'il aimait, et devenait un commensal de la maison, avec l'auréole de la générosité vaillante dont il avait fait preuve.

Marcellus ne put s'empêcher de rougir de honte en se voyant reçu avec compassion, presque avec bonté, par la jeune femme qu'il venait de délaisser pour s'abrutir auprès d'une gourgandine.

L'ivrogne blessé s'était beaucoup fatigué en montant l'escalier. Il demanda à Jean de Mémin la permission de se coucher immédiatement, et le pria de venir le voir dès le lendemain.

Le vicomte promit avec une satisfaction de cœur dont nos lectrices ne seront pas étonnées, serra la main de Marcellus et s'inclina respectueusement devant la jeune femme.

Il trouva moyen de lui dire doucement :

— Je vais passer aux bureaux de rédaction des divers journaux de notre cité bordelaise, pour demander qu'on laisse sous silence toute cette aventure. Il faudra bien qu'on écoute ma demande.

— Merci, répondit la jeune femme plus émue qu'elle ne voulait le paraître...

Votre cœur pense à tout et prévoit tout.

Elle lui accorda un de ces regards qui sont les fiançailles de deux nobles âmes.

A peine le vicomte était-il parti que Marcellus fut pris d'une syncope, déterminée autant par le retour de son ivresse outrée que par les nombreux horions reçus par lui. On le transporta sur son lit, et sa jeune femme eut la charité suprême de veiller au chevet de cet indigne tyran marital.

Vers cinq heures du matin, l'alcoolisé fut pris de délire. Marie d'Almée envoya chercher un médecin, qui constata un commencement de fièvre cérébrale, occasionnée par les coups reçus la veille. La maladie fit de rapides progrès.

Pendant quinze jours, Marcellus Dereddy fut entre la vie et la mort. Il ne dut son salut qu'aux soins incessants de sa jeune femme, dont le dévouement était d'autant plus méritoire qu'elle avait l'intuition de se ménager de nouvelles souffrances en aidant à cette guérison, en la faisant sienne par ses veilles continues. Elle en sentait les dangers et les menaces intimes, sachant bien qu'en l'avenir son mari ne se départirait pas de ses habitudes ni de ses tyranniques exigences.

Laisser agir la nature, ne pas combattre le mal, c'était pour elle la délivrance, mais son cœur était trop noble et trop élevé pour de pareils calculs.

Son sacrifice au devoir marital était d'autant plus grand que Jean de Mémin, profitant de l'invitation de Marcellus à venir le voir, était arrivé dès le commencement de la maladie et ne passait pas un seul jour sans être là. Il apportait son aide aux soins méticuleux que demandait l'état du malade. Il vivait de la vie de Marie d'Almée, qui sentait sourdre en son cœur des sensations et des sentiments inconnus d'elle jusqu'alors.

Le vicomte ne parlait pas de son amour, parce qu'il sentait bien que la jeune femme, transformée en sœur de charité auprès de son malade, ne le lui permettrait pas, et pourrait même l'exiler d'auprès d'elle, mais ses regards et ses attentions, délicates comme si elles fussent venues d'un cœur féminin, plaidaient sa cause beaucoup mieux que n'auraient pu le faire les plus brûlantes paroles.

L'éloquence de ses démarches quotidiennes, faite de respect et d'admiration, d'amour idéal et de foi surhumaine, avait une portée croissant peu à peu. Il entrait au cœur de la jeune femme par la voie de l'estime, la meilleure et la plus durable de toutes.

Quel contraste, lorsque Marie d'Almée songeait aux brutalités, aux colères et aux exigences de son despote conjugal !

Cette idylle silencieuse auprès d'un chevet de malade se bornait à quelques caresses du regard, à quelques effleurements de la main, mais combien elle était douce et tendre !... Oh ! si elle pouvait durer toujours, pensaient l'un et l'autre soupirant.

Mais, quand arriva la convalescence de Marcellus Dereddy, il fallut se voir moins souvent et s'observer devant lui, car la jeune femme sentait bien que la méfiance et la jalousie habituelles de son tyran légal allaient revenir avec ses forces et sa santé.

Il eut été facile à Marie d'Almée de se ménager quelques instants de tête à tête avec Jean de Mémin, mais elle les évita soigneusement, sans pruderie et sans affectation, non qu'elle les redoutât, car elle était sûre de ne pas faiblir, mais par dignité et pour n'avoir pas le plus petit reproche à se faire envers son mari.

Et pourtant il lui aurait été doux de donner espoir et bonheur à celui qui avait su éveiller en elle les premiers tressaillements de l'amour, cette divinité de toute femme vraiment digne de ce tendre nom.

Elle avait d'autant plus de mérite de résister à cet entraînement de son cœur, que le vicomte réalisait par plus d'un point de séduction ce rêve intime que toute jeune fille et toute jeune femme porte en elle, souvent à son insu.

Jean de Mémin était vraiment beau, de cette beauté mâle et donnant confiance, qui fait battre les cœurs féminins, qui permet à l'adorée de se dire :

— J'aimerais à m'appuyer sur son bras, parce qu'il est vaillant et fort; j'aimerais à entendre des mots d'amour venant de sa bouche, parce que son sourire est franc et loyal; j'aimerais à tressaillir sous son regard, parce qu'il est rempli de douceur et de bonté, parce qu'il est calme comme la vraie puissance; j'aimerais à somnoler dans ses bras, parce qu'il veillerait sur moi en féal chevalier; j'aimerais à sentir battre contre mon cœur enivré son cœur brûlant, parce qu'il doit être respectueux malgré toute sa fougue, et naïf malgré son expérience ou ses blessures de la vie ; j'aimerais à me donner toute à lui, parce qu'il demeurerait enfant auprès de moi, tout en étant vraiment homme pour le reste du monde.

Jean de Mémin était brun comme presque tous les représentants des grandes familles de la Guyenne.

Sa taille moyenne et bien prise, ses larges épaules, sa poitrine bombée, son cou d'athlète indiquaient une force peu commune. L'élégance et la finesse de ses mains et de ses pieds, la noblesse et l'aisance de sa démarche, la douce fierté de tout son être montraient son origine, aristocratique, sans qu'elle eût besoin d'être attestée par aucun parchemin.

On sentait combien il eût été à l'aise pour porter l'armure des chevaliers du moyen âge, ses glorieux ancêtres, et quels coups d'estoc et de taille il aurait su donner sur les champs de combat en songeant à la patrie, ou dans les champs clos des tournois en songeant à mériter un doux regard de sa dame d'amour.

Sur son front élevé rayonnait la pensée et l'intelligence, ces deux armes modernes. Son œil noir, avec des reflets d'or, était d'une fierté imposante auprès

des hommes, et d'une douceur infinie
lorsqu'il se portait sur la jeune et malheureuse victime de Marcellus Dereddy.
Il jetait parfois quelques éclairs de feu,
mais la suavité du sourire venait atténuer leur éclat fulgurant.

Ses lèvres étaient un peu trop sensuelles, mais il prenait soin d'en dissimuler l'ardeur inquiétante sous sa mous-
tache touffue et qui était demeurée fine
malgré sa couleur de noir-bleu, parce
que jamais aucun rasoir ni aucuns ci-
seaux ne l'avaient touchée.

Avouez, aimables lectrices, qu'ayant
un mari comme celui qui était son maître ou plutôt son tyran, Marie d'Almée
était fort excusable d'accorder son attention à un aussi parfait cavalier.

La perfection et la tendresse d'âme de
Jean de Mémin étaient à l'unisson de
son charme physique. Au temps de la
chevalerie, il eut porté sur son cœur l'i-
mage de sa dame, il eut rendu glorieuses
ses couleurs, il eut donné sa vie pour
un sourire d'elle. Dans nos temps modernes on pressentait qu'il était capable
de tous les dévouements.

Comment l'épousée-martyre, dont
nous racontons ici les souffrances mari-

tales, n'aurait-elle pas accueilli cette échappée intime, vers le bonheur, d'une âme se sentant appréciée?

Une dépêche de mort vint mettre un terme à ce roman de quelques jours éthérés. Le père de Marcellus avait succombé à une attaque d'apoplexie. Sa mère le priait de venir en toute hâte.

Le médecin déclara que son malade pourrait supporter le voyage.

En 1869, époque à laquelle se passaient les divers évènements de cette histoire vraie, les administrateurs de chemins de fer français n'avaient pas encore fait bénéficier les voyageurs du confortable et des douceurs qu'offrent les sleeping-cars, aujourd'hui si bien installés. Marie d'Almée y remédia en faisant retenir tout un wagon de première classe, où elle improvisa un lit et se réserva une place auprès du convalescent pendant le trajet, et les préparatifs de départ furent faits pour prendre le soir même la route de Paris.

Jean de Mémin dut faire ses adieux à son idole.

— Je ne vous reverrai peut-être jamais, dit-il avec des larmes dans la voix, mais n'oubliez pas que vous emportez avec vous mes rêves, mon espérance, ma vie.

Elle lui répondit sans hésitation et sans pruderie :

— Je ne veux pas vous cacher que je me sens presque entraînée vers vous, mais la mauvaise étoile qui a présidé à ma destinée m'a enchaînée auprès d'un autre... Vous connaissez en partie ses torts envers moi. J'ai trop de fierté d'âme pour m'en autoriser et ne pas suivre loyalement la voie de mon devoir. Je ne puis être votre femme ; vous m'estimez trop, je l'espère, pour avoir pensé que je pourrais être votre maîtresse.

— C'est vrai pour le présent, répondit le vicomte, mais qui sait ce que vous réserve l'avenir ? Les habitudes de votre mari...

— Chut, l'interrompit-elle. L'avenir est à Dieu seul. Je vous ai fait un demi aveu. C'est assez ; c'est trop même. Je ne vous oublierai jamais. Voici ma main pour gage de ma parole.

Le vicomte se mit à deux genoux comme devant la vierge céleste, et déposa un long baiser, fait de regret et d'espérance, sur la main qui lui était abandonnée.

— Et maintenant, adieu, dit la jeune femme avec une émotion qu'elle ne cherchait pas à pallier.

— Oh! non, laissez-moi dire : au revoir!

Le vicomte voulut en se relevant essayer d'enlacer Marie d'Almée dans une étreinte depuis longtemps rêvée. Elle le repoussa sans colère, mais avec fermeté, et s'enfuit avec la légèreté d'une vision ou d'un sylphe de féerie.

CHAPITRE XII

Maternité inconsciente.

Marie d'Almée, comme nous l'avons dit, voulut veiller elle-même à faire installer confortablement Marcellus Dereddy dans le wagon, qui devait l'emporter vers Paris. Elle tenait à remplir son devoir conjugal avec un soin d'autant plus scrupuleux, que dès à présent elle avait donné à un autre son cœur et sa pensée, ces deux biens intimes qui restent toujours à l'esclave le plus malheureux, et sur lesquels aucune tyrannie ne peut avoir prise. Elle s'acquittait de son rôle de garde-malade avec une bonne grâce parfaite.

Marcellus ne put s'empêcher d'en faire la remarque et l'observation.

Quand le train se fut mis en marche,

il pria la jeune femme de s'approcher de lui et de lui donner la main.

Elle obéit sans mot dire au convalescent, comme elle avait obéi au malade.

Il s'attendrit presque en lui disant :

— Je vous sais un gré infini des soins attentifs et incessants que vous m'avez donnés. C'est vous qui m'avez rendu à la vie. Pourquoi faut-il que cette sollicitude demeure sans tendresse, qu'elle soit inspirée par le devoir seul, au lieu de provenir d'un foyer affectueux ? J'ai bien des torts envers vous, je le reconnais, et je vous en demande pardon... Si vous vouliez m'aider un peu, il me semble que je pourrais redevenir bon. Si vous vouliez me guérir l'âme, comme vous avez soigné et guéri mon corps, je me crois capable de devenir digne de vous. Pourquoi ne voudriez-vous pas tenter ce rôle d'ange du bien, comme vous avez adopté la charge d'être ma sœur de charité ? Pourquoi ne voudriez-vous pas veiller sur moi moralement, comme vous l'avez fait physiquement ? Pourquoi m'avoir guéri des souffrances matérielles et sauvé de la mort, si vous vous refusez à pallier les maux de mon âme tourmentée ?

Marie d'Almée, tout étonnée de ce langage chez son persécuteur marital, gardait le silence et ne lui accordait pas même un regard.

Il reprit :

— Oh ! dites-moi que vous voudrez tenter ma conversion au bien. Vous en avez le pouvoir.

Marie ne répondait toujours pas.

Le mauvais naturel reprit vite le dessus chez Marcellus. Il s'écria avec rage :

— Alors, vous voulez la guerre.

— Je ne vous demande qu'un peu de tranquillité, répondit sans émotion la malheureuse persécutée... Je serai pour vous douce et soumise.

— Et résignée... C'est ce que je ne veux pas, c'est ce qui me met en furie.

— Je ne puis pourtant vous promettre autre chose pour le moment. Nous verrons plus tard, si vos bonnes intentions actuelles sont mises à exécution et portent fruit. Vous ne pourrez dire que je vous décourage.

Marcellus insista vainement. Il ne put rien obtenir de plus.

Le trajet de Bordeaux à Paris se faisait dès lors avec une promptitude fort agréa-

ble. C'est à peine si l'on mettait treize
heures pour arriver de la cité métropoli-
taine de la Guyenne et Gascogne à la
grande ville parisienne. Le malade dor-
mit assez bien sous la garde de sa jeune
femme. Il n'éprouva presque pas de fatigue, et, lorsqu'il fut arrivé à la maison
familiale où son père venait de mourir,
il put donner lui-même les ordres nécessaires aux funérailles.

L'ancien tonnelier, devenu gros négociant en vins, avait manifesté le désir
d'être enseveli dans son rude pays d'Auvergne. On ne fit donc qu'un service funèbre à l'église paroissiale de Paris ; le corps
du père de Marcellus retourna au village
montagneux où il avait pris naissance.

Un des frères du mort se chargea d'accompagner ses restes mortels. Suivant
l'habitude des ouvriers et des petits com-
merçants parisiens, cet enterrement avait
été pour lui un prétexte à libations co-
pieuses et répétées. Au moment de monter dans le fourgon vert des pompes funèbres qui devait emporter le cadavre au
chemin de fer, il titubait.

Cet étrange garde du corps s'approcha
de Marie d'Alméc, esquissa le geste de
lui prendre la taille, et, comme la jeune

'emme se reculait avec dégoût, il lui
ança cette apostrophe :

— Est-ce que mon neveu ne vous a
)as encore formée? Est-ce que vous n'en-
.endez pas la plaisanterie? Je suis de la
'amille, et **un** bon garçon encore. La
)reuve, c'est qu'on m'a choisi pour la
;orvée d'accompagnement, un voyage
)énible et peu enviable.

— Vous devriez y songer un peu plus
et vous mieux tenir, observa Marie d'Almée avec une dignité légèrement cour-
roucée.

— Pourquoi me dites-vous cela? Est-
ce que j'ai trop humecté mon chagrin?
Mais c'est l'habitude. On ne peut pas
toujours faire couler les larmes. La
source tarirait. Il vaut mieux faire pleurer la bouteille. Allons, je vais partir ;
laissez-moi vous embrasser.

La jeune femme fut obligée de s'enfuir
pour échapper aux accolades de l'ivrogne.

Elle se dit avec tristesse :

— Décidément, la passion de l'ivresse
est une maladie de famille; Marcellus ne
s'en corrigera pas. Fasse le ciel que notre
union demeure sans enfants !

Ce souhait de jeune femme écœurée ne
devait pas se réaliser. Au bout de peu de

jours, Marie d'Almée sentit des malaises qu'elle ne pouvait s'expliquer, et dut bientôt reconnaître qu'elle était enceinte.

Les premiers tressaillements du petit être qu'elle porte en soi sont d'une douceur ineffable pour l'heureuse épousée passant à l'état de jeune mère. C'est une union de plus entre le mari qui l'aime et qu'elle aime, c'est le plus indissoluble de tous les liens. Au contraire, dans la position où se trouvait Marie d'Almée vis-à-vis de Marcellus, dans l'état de contrainte imméritée et injurieuse où elle était obligée de vivre, rien ne pouvait lui être plus pénible.

Cet enfant avait été procréé à son insu par le viol dont son mari avait eu l'idée de la profaner chaque jour. Il devait naître presque sans être à elle, bien qu'elle le portât dans son sein, et lui donnât la vie de sa vie, la chair de sa chair. Il n'y avait rien dans cette conception qui fût venu de sa pensée ou de son désir. L'enfant devait porter un cachet antipathique dès son origine.

Si elle allait ne pas l'aimer ?

Ne pouvoir aimer un être qu'on a porté neuf mois dans ses flancs doit être

le pire de tous les supplices pour une
âme noble, tendre et généreuse comme
celle de la malheureuse jeune femme.

Le temps de la grossesse fut excessivement pénible pour Marie d'Almée, à
cause des répulsions douloureuses dont
elle ne pouvait se défendre, en songeant
à l'origine inconsciente de l'enfant qu'elle
devait mettre au monde.

Le vieux médecin, qui avait vu naître
la jeune femme et avait aidé à l'élever,
fut appelé. Elle n'osa se confier à lui, ni
lui faire connaître toute l'étendue de son
malheur. Du reste, elle aurait pu diffi-
cilement y parvenir, car Marcellus crai-
gnant quelques plaintes de la part de
sa victime prenait soin de se trouver
toujours présent lors des visites du docteur, ou de faire remplacer sa surveillance inquiète par celle de sa mère.

Ce qu'il y avait de plus odieux dans sa
conduite, c'est que, malgré les souffrances de la jeune femme à laquelle on
avait prescrit de ne bouger de son lit que
pour s'étendre sur une chaise longue, ce
mari sans pitié continuait ses manœuvres
et se livrait chaque jour à sa passion
bestiale sur le corps anesthésié de la
malade.

C'eût été infernal si elle en avait eu
conscience; ne se doutant de rien et
ne sentant rien elle ne pouvait en
souffrir, mais ces violences ténébreuses
étaient dégradantes pour Marcellus, qui
toujours mécontent de lui-même devenait plus sombre et plus brutal à chaque
instant.

Le terme de l'enfantement arriva.
Après des souffrances atroces, la jeune
femme fut délivrée, mais son enfant n'avait
pas vie. Il avait fallu employer la force
pour l'arracher de ses entrailles. Le fer
de l'accoucheur avait dû meurtrir le beau
corps de la malheureuse victime d'un
mari sans cœur.

La douleur morale d'avoir pu donner
le jour à un être aussi peu sien fut ainsi
épargnée à Marie d'Almée. Elle demeura
longtemps sans pouvoir se remettre. Le
docteur n'y comprenait rien tout d'abord.
Il ne connut la vérité et la cause du mal
qu'au moment où une déperdition extraordinaire de sang vint chaque jour affai-
blir davantage la jeune malade, et demanda ses visites incessantes. Il fallut
examiner avec un soin minutieux ce mal
local.

Le praticien reconnut avec étonnement que les rapports quotidiens de mari à femme n'avaient pas cessé un seul instant et qu'ils entretenaient seuls ce mal inexplicable pour lui, car il ne pouvait supposer une bestialité aussi furieuse.

— Il faut résister aux exigences de votre mari, ordonna-t-il à la jeune femme. Sans cela je ne puis vous guérir ni même vous soulager.

Marie d'Almée lui répondit qu'elle n'avait pas à refuser, puisqu'on ne lui demandait rien.

— C'est impossible, s'écria l'homme de science, depuis trois jours j'ai constaté les traces irrécusables, défaisant le bien que mes soins peuvent apporter à votre mal.

La victime raconta alors à son vieil ami les procédés employés par son mari pour n'avoir pas à souffrir de ses résistances ou de ses répulsions. Elle ajouta qu'il était parvenu à prendre sur elle une influence tout à fait dominatrice et qu'elle était soumise à son joug hypnotique.

Le docteur fut tellement indigné que si Marcellus Dereddy s'était trouvé présent, il se serait certainement rué sur lui. Une affaire pressante avait éloigné et re-

tenu le bourreau marital. Il s'était fait
remplacer dans son rôle de gardien attentif par sa mère, qui était pour lui une
esclave aveuglément dévouée.

Cette vieille femme, qui au fond n'é-
tait pas mauvaise, en était arrivée à
perdre tout sens moral par affection pour
son fils, dont elle excusait tous les caprices et tous les défauts. Elle s'était fait
sa complice et son espionne. Elle allait
souvent jusqu'à lui prêter aide, lorsqu'il
voulait insensibiliser la jeune femme pour
abuser de son état inconscient.

Quand le docteur lui manifesta son indignation en flétrissant la conduite ina-
vouable de Marcellus, elle répondit :

— C'est la preuve qu'il aime trop
cette jeune femme si froide. Du reste,
puisqu'il l'a épousée sans fortune, elle
est payée, il faut qu'elle fasse l'ouvrage.

— Une belle-mère seule peut arriver
à ce degré de férocité, constata le vieux
praticien.

Il déclara qu'il resterait là à demeure
jusqu'à la rentrée de Marcellus Dereddy,
et que, s'il n'obtenait pas sa parole
d'honneur de cesser tout rapport avec
sa jeune femme jusqu'à sa guérison
complète, il ne sortirait pas de cette

chambre, où gisait presque inanimée une véritable martyre.

— En voilà des affaires, s'écria la mère de Marcellus. De mon temps, on ne faisait pas tant de résistance. Quelle mijaurée !

Le docteur était un caractère. Il avait une volonté de fer, surtout lorsque les affections de son cœur étaient en jeu. Il ne les avait pas éparpillées dans sa vie laborieuse, et ses relations intimes étaient demeurées fort restreintes, mais lorsqu'il accordait sa sympathie et son attachement, il était dévoué et tenace comme un dogue apprivoisé.

Il exécuta à la lettre sa résolution. Pour attendre la rentrée de Marcellus Dereddy, il se fit servir à dîner auprès de Marie d'Almée, et ramena ainsi un peu de gaîté chez cette victime abandonnée, un peu de soleil dans cette ombre et ce silence faits autour d'elle, *pour la dompter*, suivant l'expression de son despote légalisé.

Quand Marcellus rentra, il fut prévenu par sa mère de ce qui s'était passé.

— De quoi se mêle ce vieil intrus ? s'écria-t-il. Nous allons bien voir.

— Surtout sois modéré, mon fils, sup-

plia sa mère toujours inquiète, parce
qu'elle avait souffert des colères épou-
vantables de Marcellus.

L'autorité, que l'on a toujours en plaidant une cause juste, donnait le champ
libre aux observations du vieux docteur.
Il prit Marcellus à part, et trouva dans
son cœur affectueux ces accents émus :

— D'homme à homme on peut s'entendre et parler sans réticence. Loin de
moi toute pensée de vous faire des remontrances. J'admets la passion même
brutale, mais comme médecin j'ai le
droit de vous signaler le péril constaté
par moi... Vous désirez votre jeune
femme avec frénésie. Je le comprends,
bien que j'aie passé l'âge des désirs, mais
j'ai plus d'un droit à la défendre contre
l'abus et le danger de vos emportements... C'est moi qui l'ai reçue dans
mes mains, lorsqu'elle est venue au
monde; je l'ai suivie constamment de
mes soins jusqu'à son mariage avec vous;
j'ai contribué à la rendre plastiquement
belle par mes conseils d'hygiène. Vous ne
pouvez me trouver malvenu à défendre
mon œuvre contre vous-même, et vous
m'en remercierez sous peu de temps,
lorsque vous verrez votre jeune femme

reprendre la santé et la vigueur que vous avez fortement compromises déjà en ce moment, et que vous détruiriez entièrement si je n'étais pas là... Je vous demande donc de me donner votre parole d'honneur que vous renoncerez aux influences employées par vous contre Mme Dereddy, et que vous vous tiendrez à l'écart d'elle jusqu'au moment où je la jugerai assez remise pour de nouveau être votre compagne d'amour sensuel.

Marcellus avait écouté ces paroles nobles et dites avec fermeté, présentées avec un tact et une délicatesse évitant avec soin de froisser son amour-propre, se faisant presque priantes, mais laissant pressentir la volonté immuable de prendre le ton du commandement et la voie résistante, si besoin était.

Il eut un bon mouvement, tendit la main au vieux médecin et lui dit avec loyauté :

— Je vous donne ma parole d'honneur de faire ce que vous venez de me demander. J'obéirai aux prescriptions du docteur, parce que j'estime l'homme.

Pour quelque temps, Marie d'Almée fut rendue au calme et revint à la santé.

CHAPITRE XIII

Un mari parisien.

Marcellus Dereddy tint parole. Lorsque sa jeune femme eut recouvré la santé, il n'eut plus recours à l'hypnotisme pour satisfaire sa passion croissant chaque jour, en raison même de la froideur qu'il rencontrait chez Marie d'Almée, mais il résolut de nouveau de tout mettre en œuvre pour faire parler ses sens.

Jamais amant n'osa faire assister sa maîtresse à des scènes aussi lubriques, à des spectacles aussi excitants que ceux auxquels cet étrange mari conduisit sa victime conjugale.

Dans une rue avoisinant les galeries du Palais-Royal, au cœur du Paris corrompant et corrompu, une intelligente

matrone, une retraitée de Vénus aimable
et facile venait de monter un délicieux
établissement de galanterie. Le genre
était nouveau et excitant.

Quelques journaux avaient jeté de
hauts cris de pudeur, mais leur indignation feinte ou réelle avait été de courte
durée et n'avait produit aucun effet. La
souveraine de cet empire de débauche
était protégée, disaient les uns, par les
hauts fonctionnaires de la police. Elle
avait, suivant les autres, la main large
et la bourse facile ; elle connaissait à fond
les arguments à employer auprès des
administrateurs des journaux les plus
lus. Toujours était-il que son idée très-
lumineuse portait des fruits remplissant
sa caisse plantureuse.

Nous avons dit *son idée lumineuse*, et
jamais expression ne fut plus juste, car
l'oasis érotique dont nous parlons était
signalée aux passants avec une effronte-
rie sans pareille par une rangée de lampes
roses, placées derrière les fenêtres pour
attirer sûrement l'attention universelle.

Cet appel insolent était entendu de tous
les viveurs parisiens. Ils étaient certains
de toujours trouver là du fruit nouveau,
car la suzeraine renouvelait les étoiles de

son domaine charnel avec un soin tout
particulier.

Cette intelligente industrielle avait fait
graver sur la porte de ses salons une en-
seigne commerciale fort élégante, où l'on
pouvait lire en lettres ciselées : *M*ᴵˡᵉ *Clé-
mence, modiste et lingère.*

On l'appelait aussi *la Dame aux lampes
roses.*

Le domaine d'amour facile était situé
dans un petit passage, allant ou plutôt
descendant d'une rue à l'autre, comme il
y en a beaucoup autour du Palais-Royal.
C'était fort commode pour les clients. Ils
pouvaient choisir entre quatre chemins
différents, conduisant tous les quatre au
plaisir. Ils avaient l'air de prendre un
raccourci dans leur itinéraire ou dans
leur fantaisie de flâneur, entraient chez
la modiste marchande d'amour, et pouvaient ne pas ressortir par où ils étaient
entrés.

Tout avait été calculé et prévu avec une
habileté et un tact que seules les vieilles
rouleuses parisiennes parviennent à acquérir.

Aussitôt qu'un coup de sonnette se
faisait entendre à la porte de ce temple
de Vénus moderne et parisienne, toutes

les pensionnaires de la directrice se mettaient sous les armes, chacune à son
comptoir, à *son rayon*, dont elle s'efforçait
de faire un rayonnement séductif. Il y
avait là tout un personnel élégamment
préparé pour la vente des faveurs éro-
tiques, sous prétexte de faire l'article sur
les objets destinés aux dames, ou sur les
cravates offertes aux hommes.

Chacune des vendeuses avait à sa disposition un somptueux cabinet d'essayage
attenant à son comptoir. Quand le choix
de la clientèle s'était manifesté, on passait à une séance de boudoir toujours
assez intéressante, si l'on pouvait en juger
par sa durée.

Les Parisiennes venaient là comme les
Parisiens. La bourgeoise, poussée par
cette curiosité bien pardonnable à toute
fille d'Eve, puisqu'elle est son péché ori-
ginel, arrivait en feignant une naïveté
qui se tournait en indignation, lorsqu'elle
avait bien tout vu et examiné, et qui lui
faisait opérer une sortie de prude scan-
dalisée. Mais elle ne pouvait se défendre
de raconter à ses amies ce qu'elle nommait sa déconvenue, et les amies venaient jouer la même scène prudhommesque.

C'était un succès de prologue pour la clientèle sérieuse de la maison. Ils assistaient ainsi à de petites scènes de mœurs fort amusantes.

On y rencontrait plusieurs grandes mondaines, venues là parce qu'elles veulent tout connaître, et se croient tellement au-dessus du reste du monde qu'elles affectent de tout se permettre. La chronique indiscrète ou malveillante racontait les visites intimes de quelques-unes d'entre elles aux petits autels réservés, qui formaient le complément des comptoirs de vente officielle.

Il y avait le côté des dames. Toutes les fantaisies et tous les appétits sensuels avaient été prévus et escomptés d'avance.

Nous n'insisterons pas ici sur ce sujet, mais nous publierons plus tard une série de nouvelles où leurs caprices et leurs passions seront mises au jour.

Quant aux demi-mondaines, elles étaient trop furieuses d'une concurrence établie sur une aussi grande échelle, contre leur galant commerce, pour ne pas s'abstenir d'apporter l'attrait ou la réclame de leur présence même accidentelle.

Le vieux marquis de S. L..., si connu dans tous les lieux de débauche raffinée, que son jugement avait force de loi, passait là une grande partie de son temps. Quand il avait proclamé une femme savante ès-plaisir, c'était pour elle un véritable brevet de succès. Ses faveurs étaient les plus recherchées.

Il était fort choyé par l'habile directrice, avait des privilèges de toute sorte et se plaisait à donner sa bénédiction à ce qu'il appelait *les seuls mariages de raison.*

Les gens du haut monde, les hommes de lettres, les artistes en vedette venaient là pour profiter de la conversation du marquis. Les auteurs dramatiques utilisaient ses mots.

Cette conversation était toujours instructive et spirituelle, mais d'une morale très-relâchée. Un mot de lui faisait ou défaisait les réputations parisiennes, si promptes mais si fragiles.

Il avait remarqué depuis quelques jours un poète encore inconnu, qui écoutait avec l'attention la plus soutenue ses moindres boutades, souriait aux meilleurs passages et se montrait son admirateur sincère, mais sans flatterie.

— Ce plumitif m'inspire de l'intérêt, dit-il un soir à l'un de ses amis. J'ai envie de le faire connaître, de le lancer. Voulez-vous m'aider?

— Avec grand plaisir, ça me posera.

— Eh bien, demandez-lui donc s'il veut versifier un conte très-gai, où nous établirons la légende de Mme Putiphar et du lymphatique Joseph, suivant une donnée assez drôle que je vais lui soumettre.

Le poète accepta avec empressement.

— Voici ce dont il s'agit, dit le marquis. Vous voyez ces enveloppes légères, ces dentelles anglaises dont se munissent les tout jeunes gens ou les hommes de nature timorée, au moment d'entrer en rapport plus intime avec les charmantes reines de céans, au grand moment de l'essayage... Eh! bien, elles m'ont suggéré l'idée de rétablir la légende de Joseph. Écoutez-moi une minute et vous vous mettrez à l'œuvre sans retard.

La verve du spirituel et mordant marquis était encore plus fantaisiste que de coutume, s'il fallait en croire le fou rire qui s'empara du poète en l'écoutant.

— Je vais rhythmer à l'instant même votre idée, promit-il avec enthousiasme. Combien je voudrais parvenir à lui donner la forme qu'elle mérite.

Et c'est ainsi que fut rétabli l'historique du *Manteau de Joseph* :

> Putiphar était comme veuve ;
> Son vieil époux en faisant fi.
> C'est toujours une rude épreuve
> Que d'être délaissée ainsi,
> Lorsqu'on est jeune et bien portante,
> Sous un ciel distillant le feu
> Sur tous les sens, et que vous tente
> Un amant digne d'être Dieu.
>
> O Vénus, fais-moi ta prêtresse !
> Disait-elle en rêvant l'ivresse
> Et suppliant la volupté.
> Elle se tordait de caresse
> En espérance, œil excité !
> Son cœur pressentait la venue
> Du plus récent élu du jour.
> . . . .
> Elle s'est mise demi-nue,
> Et sa lèvre frémit d'amour.
>
> Joseph lui paraît si novice,
> Qu'il faudra sans doute aviver.
> Son ardeur pour le sacrifice,
> Et l'aider peut-être à monter
> Les marches de l'autel suave ;
> Mais ce n'est qu'un attrait de plus.
> Elle veut être son esclave,
> Tendre et soumise avec abus.
>
> C'est son pas, il approche, arrive,
> Se place, et patient, discret,
> Frappe par l'extase naïve

Qu'on trouve sur son moindre trait.
Ce n'était là que comédie ;
On le vit bien en dernier lieu,
Lorsque la scène fut finie,
La scène du suprême feu.

L'histoire est vraiment mensongère,
Qui lui fait laisser son manteau
Plutôt que d'aller à Cythère
Avec Putiphar. Le tableau,
Reconstitué par la Bible,
Authentique et digne de foi,
Est que pour aller à la cible
Joseph avait pris avec soi

Une dentelle fort légère,
Et qu'il l'oublia sur l'autel.
Un jour l'intrigante Angleterre,
Qui se faufile, sans appel,
Chez tous les peuples de la terre,
Retrouva cette invention.
Prudente autant que séculaire,
On sait que la vieille Albion
En prend toujours fort à son aise
Lorsqu'est en jeu son intérêt,
Elle appela dentelle anglaise
Ce manteau léger et discret.

N'allez pas crier au scandale
En lisant ce léger récit,
J'ai pour moi science et morale :
C'est un quaker fort érudit
Qui me conta sa découverte
Par un beau soir d'expansion
J'ai saisi cette occasion
De rendre ma Muse diserte,

Le marquis de S. L... fut ravi de voir présenter en termes ainsi gazés ce qu'il appelait son commentaire de l'histoire sacrée.

— Monsieur, dit-il à l'auteur, j'ai trouvé votre voie. Continuez à écrire sur des sujets aussi aimables et aussi difficiles à traiter sans être trivial ou grossier. Vous serez apprécie des hommes de goût et des femmes légères Le suffrage de ces dernières est le plus agréable et le plus enviable de tous. Mon appui vous est désormais assuré; on lui accorde quelque valeur. Je me charge de vous faire connaître et apprécier. Je répandrai vos louanges; comptez-y.

Le vieux marquis avait toujours autour de lui un essaim de jeunes gens ne voyant que par ses yeux. Cette promesse était donc pour le poète la meilleure fortune qu'il pût espérer. Il a suivi le conseil de ce Parisien par excellence, et l'on verra publier bientôt un recueil de contes rhythmés par lui sur des idées rabelaisiennes.

— Me voici devenu le Mécène de vos salons appartenant au genre aimable et excitant, dit un soir le marquis de S... L... à la directrice de l'oasis érotique, qui attire les viveurs dans la petite rue voisine du Palais-Royal.

— Qu'est-ce que c'est donc qu'un Mécène? répondit la bonne femme. Encore une invention nouvelle, un mot nouveau! On ne s'y reconnaît plus.

— Le mot et la chose remontent assez haut, reprit le marquis. Le nommé Mécène était simplement contemporain du Christ, dont vous n'êtes pas sans avoir entendu parler dans votre enfance. Une femme a toujours eu une enfance, même vous.

— J'ai ma religion, l'interrompit la proxénète.

— Oui, elle répand même quelques bienfaits sur l'humanité, j'en conviens, et je continue... Le susdit Mécène s'était donné mission de protéger les poètes. Comme j'appartiens à l'école moderne, j'ai fait plus que lui. J'ai inventé un poète, et dans votre maison encore... Quelle gloire pour vous!

— On apprend toujours quelque chose lorsqu'on a l'honneur et le plaisir d'être autour de vous. Malheureusement je n'ai pas de mémoire. Sans cela je deviendrais vraiment savante.

— Vous avez pour pensionnaires une

corbeille de jeunes femmes possédant la vraie science, celle du plaisir. Cela vaut mieux que tout le reste ici-bas; c'est une réalité trop sensible pour qu'on puisse la mettre en doute.

Cet épicurien se complaisait à faire le talon rouge dans cet établissement peu digne de lui, mais où il avait su attirer pour lui servir de courtisans tout un clan de fidèles viveurs de tous les âges, qui venaient là s'initier ou s'exercer à la haute vie.

Bientôt le nombre s'en accrut si fort qu'il fallut louer un appartement voisin pour ce monarque de la mode. Un cénacle de plaisir fut formé ainsi; n'y était pas admis qui voulait. Il fallait appartenir à l'aristocratie de la naissance ou du talent. L'argument d'une grande fortune avait moins de prix que partout ailleurs. En un mot il fallait être bien présenté, ou se recommander par soi-même.

Le vieux marquis avait ainsi fondé une sorte de cercle d'élégants débauchés; leur lieu de réunion servait d'antichambre aux salons de plaisir offerts par la directrice à sa clientèle. On se préparait à sacrifier à Vénus impudique, en commentant avec esprit et gaîté les plus intimes

mystères de son culte. Le meilleur ton
régnait toujours là ; aucun mot grossier
n'était toléré. On procédait par expres-
sions à double entente, ou par périphra-
ses choisies.

C'était une sorte d'hôtel de Ram-
bouillet renouvelé par les partisans
d'amour facile. Les dames étaient très
friandes d'y être admises, les dames
artistes surtout et quelques grandes mondaines des plus hardies, quelques coco-
dettes sentant sourdre en leur fantaisie
le désir de faire cascader leur jupon par
dessus le devoir et la pudeur féminine.

A la vue de cet empressement, le raffiné marquis eut l'idée d'organiser des
raouts et des fêtes de nuit, comme on fait
dans les cercles parisiens. Il trouva drôle
et divertissant de donner non pas des
bals, mais des sauteries légères où quelques pas accentués de la danse échevelée
furent fort appréciés. Les invitations
firent prime.

Le désir s'excite par lui-même ; le
succès plein d'éclat fait songer à briller
plus encore. C'est dans la nature humaine. L'ambition s'accroît par la réus-
site.

Il n'est donc pas étonnant que le mar-

quis de S. L. eut la pensée de frapper
quelque coup hardi et d'étonner le Tout-
Paris ayant l'œil sur lui.

Il fit demander celui qu'il nommait
son poète, et lui dit avec une vivacité
qui sortait un peu de ses habitudes :

— J'ai besoin d'ici à quelques jours
d'un acte d'opéra-bouffe. Je me charge
de trouver un musicien qui ne me fasse
pas attendre plus longtemps que vous-
même. Voulez-vous vous mettre à l'œuvre?
Je ferai représenter l'ouvrage immédiatement. On en parlera, car je me suis
mis en tête de découvrir pour le jouer
une étoile entièrement inédite, et j'y
arriverai.

Le poète, ébloui de cette chance inespérée, ne sut que balbutier quelques
mots de remerciement. Il rentra chez
lui et se mit au travail. -

Il était à peine sorti que le valet de
chambre vint annoncer un jeune homme,
insistant pour se présenter devant le
marquis, et prétendant avoir une offre
des plus intéressantes à lui faire.

Le marquis était en bonne humeur. Il
donna ordre de faire entrer ce solliciteur
obstiné.

C'était Marcellus Dereddy,

Il avait conçu l'idée folle et pris l'infernale résolution de venir consulter le roi des débauchés parisiens, et de lui demander son aide pour vaincre la froideur sensuelle de sa jeune femme.

— Comment pourrais-je vous aider? répondit le marquis intéressé tout d'abord et flairant une piste attrayante, comme un limier de grande race devine du premier coup une chasse passionnante.

— En m'admettant dans votre cénacle des environs du Palais-Royal, et me permettant d'y conduire ma femme. Elle est fort belle.

Une pareille proposition n'était pas faite pour déplaire à un raffiné d'émotions inaccoutumées comme le vieux marquis. Bien qu'il fût habitué à ne s'étonner de rien, il demanda à Marcellus :

— La jeune femme, dont vous venez vous plaindre et que vous voudriez éveiller à une vie plus aimable pour vous, est-elle votre maîtresse ou votre femme?

— C'est ma femme.

— Alors le cas est nouveau et tentant. J'accepte.

Il réfléchit un instant et ajouta :

— Il faut procéder avec tact et délicatesse. Votre femme est-elle intelligente?

— Très-intelligente.

— A-t-elle de la voix ?

— Peu d'artistes chantent aussi bien qu'elle ; aucune n'est meilleure musicienne.

— Alors tout va bien. J'en ferai mon étoile inédite... Voudriez-vous et pourriez-vous jouer vous-même un rôle dans un petit acte d'opéra bouffe ?

— J'ai été élève au Conservatoire dans la classe de Beauvallet, et je puis chanter.

— Mais c'est parfait, ravissant, inouï, inédit, étourdissant, original, inattendu, très-parisien.

Ce qualificatif de très-parisien était chez le marquis le nec plus ultra de l'approbation.

Il reprit :

— Vous jouerez donc un rôle et votre jeune femme vous donnera la réplique dans votre acte d'opéra bouffe. Nous ne saurions mieux la préparer aux excitants que vous désirez pour elle, ce sera le prologue d'actes plus sérieux. Nous allons préluder ainsi. Ensuite nous ferons jouer des cordes plus entraînantes dans leurs provocations chaleureuses. Vous faites du plaisir sensuel le but de votre vie; c'est agir en sage, car lui seul ne peut tromper, lorsque l'on sait s'y prendre.

— Je me confie à vous, monsieur le marquis; permettez-moi de vous témoigner mon admiration profonde dans le présent et de vous assurer ma reconnaissance sans bornes dans l'avenir.

— C'est beaucoup, c'est trop, répondit le marquis avec un sourire méphistophélique... Vous pouvez sans crainte vous confier à moi pour le cas de votre jeune femme, cas assez ordinaire, du reste; je suis trop vieux pour qu'il y ait aucun danger en votre défaveur. Je ne travaille plus que pour l'art seul... Savez-vous que vous êtes un mari très-parisien... Dans quelque temps nous aurons fait de votre statue une vraie femme. C'est ce que vous désirez, n'est-ce pas?

— Oh! oui, s'écria Marcellus Dereddy avec un accent de lubrique folie.

— Il ne nous manque plus pour réussir que le consentement de votre jeune femme. Il a son importance... Êtes-vous assuré de l'obtenir?

— J'imposerai ma volonté, s'il le faut. Je sais me faire obéir.

— Diable! diable!... Vous auriez dû naître en Orient... Le despotisme marital appliqué dans cet ordre d'idées, ça ne manque pas d'originalité. Aussitôt que j'aurai les rôles de notre piécette, je vous ferai prévenir et je vous les montrerai. A bientôt.

Le poète avait travaillé avec une ardeur sans égale. Il ne tarda pas à venir lire sa petite œuvre au marquis, auquel le titre plut tout d'abord et qui la trouva à son gré, après en avoir pris connaissance. Le titre était : *Chassé croisé d'amour*. Il y avait deux rôles de femme et deux rôles d'homme. Ils permettaient à chacun de briller dans leur interprétation.

Le marquis de S. L... manda immédiatement Dereddy et songea à la distribution des deux autres rôles de la pièce.

— Il me faut, se dit-il, une partenaire digne de la jeune femme que son mari m'annonce comme un phénomène de charme et de séduction. Quelle femme un peu compromise ou déclassée pourrai-je bien trouver ?... M'y voici. La comtesse Litoska devra accepter; je connais plusieurs de ses péchés mignons et maintes de ses escapades. Si elle faisait quel-

que difficulté, je pourrais la contraindre
de se plier à mes instances. Son caractère et sa nature sont du reste assez fan-
taisistes, pour qu'elle soit ravie de se
produire ainsi... Ce sera une nouvelle
incarnation... Et l'autre rôle d'homme
nécessaire à mon quatuor. Là je ne dois
pas être embarrassé. Tous ceux de nos
petits jeunes gens, qui ont un peu de voix
et de diction, viendront me supplier de
leur accorder ce moyen de briller... Les
répétitions vont marcher ferme. Nous
passerons dans quinze jours au plus tard...
Je dis : Nous passerons ! Me voici avec
une passion de plus, celle d'être directeur de théâtre en chambre... Elle man-
quait à mon répertoire si varié. .Mettons-
nous en campagne sans plus tarder.

Le vieux libertin commanda d'atteler
son élégant coupé, et le remarquable
trotteur du Norfolk, qui était chargé de
le véhiculer, l'eut bientôt déposé à la
porte de l'hôtel habité par la comtesse
Litoska, dans l'avenue du Bois de Boulogne.

La comtesse était la nébuleuse de cette
pléiade d'étoiles exotiques, qui donnent
au ciel du monde parisien un cachet de
gaieté et de séduction inconnu partout

ailleurs. Paris a toujours été fort indulgent et très-hospitalier aux étrangères. Il ne leur demande que de l'intéresser et de le charmer, et se plaît à fermer les yeux sur tant de petits détails, que son aveuglement semble presque toujours voulu.

La jeune femme, qui entre en scène dans notre récit, était une de ces blondes aux yeux noirs jetant du feu, comme la Pologne nous en a tant envoyé. La noblesse de sa naissance était reconnue. Son mariage était authentique, mais on voyait si peu son mari et toute indépendance lui était tellement laissée par lui, que le surnom de *la veuve mariée* lui avait été donné par le marquis de S. L...

Elle mettait à profit cette indépendance pour contenter tous ses caprices. Malgré cela, son mari ne courait aucun risque d'éprouver les accidents de ménages dépeints à tant de reprises par Molière, sans doute parce que ce grand poète soulageait sa douleur en se dépeignant lui-même. Les appétits sensuels de cette fleur du Nord n'étaient pas tournés vers le sexe fort. En revanche, quand on lui parlait de quelque femme jeune, belle et encore inconnue, on lisait immédiatement dans son regard une sorte de délire de la connaître et de l'approcher. Elle était friande de ce genre de primeur animée.

Tous ces détails étaient connus du marquis de S. L... Il avait donc plus d'une corde sensible à faire jouer pour réussir dans sa demande. Il avait ses grandes et ses petites entrées chez la comtesse, qui lui avait dit plus d'une fois :

— Bien que je n'aime les hommes ni en général ni en particulier, je fais une exception en votre faveur, et je suis presque tendre avec vous, sans trop m'expliquer cette préférence.

— Mon âge me l'explique trop, répondait le marquis.

— Plaignez-vous donc. Je vous accorde ce que je refuse à l'élite des solliciteurs attelés au char de ce qu'ils appellent ma séduction et ma beauté. Je vous admets dans mon boudoir et même dans ma chambre, qui pour tout autre, demeure un sanctuaire infranchissable.

— Parce que vous êtes certaine que la permission accordée aux enfants de tout voir sans toucher à rien peut, sans danger, être accordée à l'amour des vieillards.

— Je ne m'y fierais pas trop avec vous...

D'où me vient donc le plaisir de votre visite un peu matinale ?

— Je viens vous demander un service.

— C'est accordé d'avance.

— Ne vous engagez pas trop... Je suis président d'une société aimable comme vous le savez, puisque vous êtes venue m'applaudir dans mes fonctions. Un honneur ou un caprice mène à un autre. Me voici directeur de théâtre. Nous allons bien à la société des *Emancipés*, comme j'ai nommé notre réunion.

— Vraiment... Alors je deviens votre pensionnaire,...si vous voulez m'accepter.

— Je venais vous le proposer.

— Et quel théâtre avez-vous acheté ?

— Aucun. Ma salle aura un caractère essentiellement privé. Acteurs comme spectateurs formeront un cénacle soigneusement choisi.

— Où est-elle située !

— La représentation aura lieu dans le grand salon de la société que vous connaissez et dont j'ai accepté la présidence.

— Vous voulez plaisanter, je pense.

— Jamais avec une femme de votre valeur.

— Je ne puis faire cette folie. On connaît la communication de votre domaine avec celui des *Lampes roses*.

— Permettez-moi d'insister. Vous en avez fait de plus marquantes.

— Jamais.

— Ce n'est point à moi qu'il faut dire cela. Je suis trop bien informé. Je connais vos visites assez fréquentes à certaine maison de la rue J...

— Que dites-vous ? C'est une calomnie.

— Oh ! voici un gros mot et une, disons une inexactitude, pour mitiger ma pensée et mon expression. Acceptez d'interpréter ma pièce, et je resterai muet. Si vous refusez, je ne réponds pas de mon dépit, et peut-être laisserai-je échapper quelque indiscrétion.

— Vous me mettez le couteau sur la gorge. Ce n'est pas d'un gentilhomme.

— Eh ! oui, j'ai un peu dérogé. Excusez-moi ; c'est le directeur de théâtre qui est devant vous. Ma nouvelle et dernière passion a droit à quelque indulgence.

La comtesse hésita encore quelques instants, mais elle lut dans le regard du marquis une résolution inébranlable d'obtenir son consentement, et se laissa aller à lui murmurer.

— Vous êtes irrésistible. Je jouerai.

— Alors je vous deviens tout dévoué, et voici votre récompence immédiate. Ma piécette est à quatre personnages : deux hommes et deux femmes. Celle qui doit jouer avec vous est une ravissante jeune mariée, que son maître conjugal trouve trop froide dans l'intimité et qu'il désire initier aux doux ébats de la folle Vénus. Il m'a chargé de diriger cette métamorphose; voulez-vous être mon aide-de-camp, je vous permettrai de songer à faire votre part. C'est gentil, n'est-ce pas?

La Polonaise tressaillit de désir passionné, mais elle se contint devant un observateur comme le vieux marquis, et répondit :

— Vous êtes un diable tout puissant... Avouez que ce mari est absolument fou de vous choisir pour grand prêtre d'amour.

— Mais non, il est vraiment sage. Avec moi, son front ne court aucun danger d'être boisé comme une tête de cerf. Je vous ai déjà dit que j'étais trop vieux.

— Ce n'est pas ce que prétendent quelques jolies femmes.

— Ce sont des flatteuses désirant se

lancer par ces mensonges, ou voulant
faire accroire qu'elles possèdent des secrets et des excitants d'une puissance
miraculeuse... Je me suis fait ermite ; je
ne m'occupe plus que de littérature, et
même de science.

— C'est si grave que ça ?

— En voici la preuve. Elle appartient
au genre gai, et je vous dois ce mot de
la fin pour être venu vous déranger sans
crier gare... J'en suis au chapitre des
étymologies. Connaissez-vous celle du
mot cornard ?

— Non.

— Celle que j'ai trouvée m'a paru
drôle. Quand on veut faire pousser vite
et fortement les cornes d'un taureau ou
d'un cerf, il n'y a qu'à le castrer. C'est
un fait notoire que les ennuques quadrupèdes sont beaucoup plus cornus que
les étalons.

— Je ne sais pas quel rapport...

— Voici... Quand la femme trompe
son mari elle lui fait subir une sorte de
castration morale, et par cela même lui
fait pousser des cornes.

— C'est ingénieux.

— Mais non. C'est une déduction d'histoire naturelle appliquée à l'observation

humaine... Assez bavardé pour aujour-
d'hui, chère belle; j ai votre consentement; je vais vous envoyer la pièce.
Étudiez votre rôle; nous commencerons
les répétitions dans deu jours. Il faut
que ça marche. Gare aux amendes si
vous n'êtes pas exacte. Je vous condam-
nerai à m'embrasser.

— La punition ne serait pas dure.

— Dites-le plus bas. Si l'une de vos
préférées venait à en connaître, comme
disent les avoués ou les huissiers, elle
pourrait croire que vous allez vous con-
vertir.

— Pourquoi terminer notre charmante
entrevue par une méchanceté?

— Je vous préviens simplement. Vous
pouvez compter sur ma discrétion personnelle la plus absolue. Méfiez-vous;
je sais que vous êtes épiée avec un soin
des plus jaloux et des plus redoutables,
puisqu'il est féminin A bientôt, et n'oubliez pas d'étudier votre rôle.

Le marquis rentra aussitôt à son hôtel,
où il trouva Marcellus Dereddy qui était
accouru à son appel et l'attendait avec
impatience.

— Je suis charmé de votre empressement, dit le marquis avec un accent pres-

que bon, qui n'était pas ordinaire chez lui. De mon côté, je viens de faire une démarche qui a réussi. Notre pièce demande deux interprètes appartenant au sexe que l'on dit faible, mais que, pour mon compte, je trouve très-fort, et deux du sexe qu'on qualifie de fort, mais dont j'ai constaté la faiblesse pendant toute la durée de ma vie, soit que j'aie jugé par les autres ou par moi-même... J'ai décidé la comtesse Litoska à accepter l'un des deux rôles féminins. Cette acceptation est pour nous un très-grand élément de succès, car la comtesse brille en ce moment sur le ciel parisien comme un véritable météore. En outre, elle chante comme peu d'artistes en vue peuvent chanter ; elle a une instruction que seules les femmes du Nord s'astreignent à acquérir ; enfin, c'est une personnalité très-marquante... Votre jeune femme sera là en excellente compagnie pour être lancée et mise en joyeuse humeur... A t-elle accepté de jouer le rôle que vous lui avez destiné dans notre petit opéra bouffe ?

— Elle a fait quelques difficultés, mais ce que vous me dites va certainement la décider. Et puis, si elle persiste dans ses observations, je commanderai, il faudra

14

bien qu'elle obéisse. J'ai déjà su la faire obéir.

— Prenez garde. Il faut user de ménagements auprès des jeunes femmes. Croyez-en ma vieille expérience ; il n'y a rien de plus dangereux qu'une timide révoltée. On n'obtient rien de ces êtres fragiles en apparence, indomptables en réalité, qui descendent d'Ève la blonde par la curiosité et la résistance, encore plus que par la séduction... Par tempérament, par caractère et par tradition de famille je suis très-autoritaire, mais il faut vivre avec son temps. Nous ne sommes pas en Russie, où le maître pourrait faire jouer par ordre. Je vous engage à user de persuasion ; c'est la meilleure de toutes les armes pour tout le monde, mais surtout pour un mari. Le Code civil a beau avoir été fait par les hommes et pour les hommes contre les femmes, ces dernières ont toujours en main mille révoltes et mille vengeances.

Le valet de chambre entra, apportant une carte élégante sur un plateau d'argent finement ciselé, et où rayonnaient les armes du vieux marquis.

C'était la carte du jeune Raoul Sergent, le fils du banquier archi-millionnaire

chez lequel le marquis avait son argent
déposé depuis nombre d'années, et dans
lequel il avait pleine et entière confiance.

— Que peut me vouloir ce gamin? fit
le vieux gentilhomme. Dites qu'il re-
vienne, je suis occupé.

Le serviteur bien stylé s'inclina, et se
dirigea vers la porte de sortie.

— Non, s'écria le marquis. J'ai réfléchi;
faites le entrer. Il a une assez jolie voix
et bonne tournure, quoique roturier. Il
tiendra fort bien l'emploi du rôle qui est
encore à prendre. Je voudrais bien voir
qu'il allât refuser.

Raoul Sergent fut introduit. C'était un
grand jeune homme blond, dont les traits
réguliers et la physionomie fadasse, les
yeux fatigués avant l'heure et le visage
glabre représentaient assez bien le type
des gommeux de l'époque.

Le marquis l'avait vu élever, s'était un
peu attaché à lui jusqu'à lui donner quelques leçons de tenue et de bon ton. Le
jeune homme était intelligent; il en avait
profité et grâce à quelques conseils d'un
maître sans égal il passait pour un charmant cavalier. Il avait cette maigreur
maladive, cette miévrerie anémique qui
est qualifiée de distinction par les bour-

geois et le vulgaire, mais qui, aux yeux
des poètes, des sculpteurs, des peintres
et des artistes, est une déchéance de la
belle et primitive nature humaine.

— C'est bien ce qu'il me faut pour représenter le vicomte Valentin de notre
piécette, se dit le vieux marquis. Asseyez-
vous, jeune homme. Ce qui vous amène
est-il bien pressé?

— Non, monsieur le marquis. Je suis
envoyé par mon père. Vous avez quelques signatures à donner. Voilà tout.

— Alors, commençons par nous occuper des affaires aimables avant de traiter
les affaires sérieuses. Vous arrivez bien
à point. Je vais faire jouer, en mon pèle-
rinage des environs du Palais-Royal, un
opéra bouffe. Les quatre rôles seront
tenus par des personnages du monde.
La comtesse Litoska en tiendra un, M.
Marcellus Dereddy ici présent un autre,
et sa jeune femme le troisième. Voulez-
vous prendre celui qui reste? C'est un
emploi de jeune premier, qui fera très-
bien valoir vos qualités. Acceptez-vous?

— Si j'accepte? s'écria avec enthousiasme le jeune homme, mais je vous
serai reconnaissant toute ma vie d'avoir
songé à moi.

— C'est bien. Donnez-moi vos pape-
rasses que je les signe, et retournez vers
votre père. J'ai à causer avec M. Dereddy. Ses avis nous seront d'un grand
secours aux répétitions; malgré sa grande
fortune il a voulu être élevé au Conservatoire, et y a fait de très-bonnes études.

Raoul Sergent promit son concours le
plus actif, fit signer le marquis, salua et
opéra sa sortie avec autant de correction
apprise qu'il en avait montré à son entrée.

— Il est fort bien aux yeux des gens
superficiels, dit le vieux marquis, en re-
prenant la conversation avec Marcellus
Dereddy, mais il lui manque cette nuance
de ton, ce naturel exquis qui distingue
l'aristocratie de naissance, ou ce don du
ciel accordé seulement à quelques plé-
béiens privilégiés. Dans toutes ces natures bourgeoises il reste quelque chose
de l'homme lige, du serf ou du laquais.
Jamais vilain ne se décrasse entièrement.
C'est la punition de ces gagneurs d'argent, et c'est ce qui les met le plus souvent en rage. On a beau les styler et ils
ont beau s'observer, ils sont corrects,
mais ils demeurent obséquieux comme
les larbins parvenus. Un seul sentiment

14.

peut corriger cette hérédité du sang roturier et commun, c'est le sentiment artistique. Vous l'avez, monsieur Dereddy,
voici pourquoi je puis m'exprimer ainsi
devant vous, sans manquer de délicatesse ou de tact.

Marcellus fut excessivement flatté de
cet hommage rendu à ses études fantai-
sistes du Conservatoire. C'était, pour le
marquis, la façon la plus sûre de s'in-
féoder ce vaniteux, dont l'amour-propre
et l'orgueil étaient les cordes les plus sen-
sibles, les mobiles les plus puissants.

Le marquis de S. L... l'avait compris
tout d'abord et avait mené la conversation.

Ce vieux débauché était un véritable
charmeur. Il savait juger vite tous les
êtres humains avec lesquels il se trouvait
en rapport, et les prendre par leur côté
faible pour s'en faire des admirateurs
zélés ou des amis dévoués.

Il continua :

— Lorsque cet ambassadeur de banque
est arrivé, nous en étions, mon cher
monsieur, au chapitre du consentement
de votre femme Il est d'une importance
extrême de bien s'y prendre. Il faut renoncer à toute idée de violence ; le système persuasif est le seul bon, croyez-

moi. Dites à Mme Dereddy qu'elle aura
des partenaires dignes d'elle : une grande
dame et le fils de l'un des plus riches
banquiers parisiens. C'est fort tentant ;
plus d'une jeune femme dans toutes les
classes de la société désirerait pouvoir
prendre la place que nous lui offrons.
A vous de savoir la décider. Une fois
lancée sur cette pente, une fois intro-
duite sur ce terrain du plaisir, je vous
promets de vous accorder les plus raffinés conseils de mon expérience, ainsi
que je vous l'ai promis. Commencez par
réussir de votre côté, et nous arriverons
au but que vous voulez atteindre. Qui
sait ? Peut-être ferons-nous une bacchante
de cette Galathée ?

Marcellus avait écouté avec une attention presque religieuse cette homélie du
libertin de haute vie, dont la verve était
excitée encore plus qu'à l'ordinaire par
le rôle que cet étrange mari venait lui
faire jouer.

Il répondit :

— Monsieur le marquis, veuillez me
faire donner un exemplaire de l'opéra
bouffe en question ; je le lirai à ma femme, en me conformant à toutes vos ins-
tructions et je vous promets de vous ap-

porter son consentement en venant vous
la présenter, car je tiens à ce que vous
puissiez juger que je n'ai pas exagéré son
charme et sa beauté.

— Très-bien ; vous recevrez demain
deux exemplaires de la pièce. Venez à
trois heures de l'après-midi, et amenez
Mme Dereddy consentante et heureuse de
consentir.

Quand il fut parti, le marquis se laissa
aller à son sourire satanique en faisant
les réflexions suivantes :

— Quel dommage que pareille aventure ne me soit pas arrivée vingt ans
plus tôt ! Comme j'en aurais profité ! Aujourd'hui, ce sera plus difficile. Baste ! si
la jeune femme est aussi belle que le dit
son étrange mari, peut être opérera-t-elle
quelque miracle ? Nous verrons bien. En
tout cas, c'est drôle. Très-parisien, ce
mari, très-parisien !

En venant demander les conseils et la
protection du marquis de S. l...., Marcellus se trouvait, presque dès le début,
être allé à l'encontre de l'idée infernale
qui l'avait guidé. Marie d'Almée avait
trouvé presqu'un allié dans le vieux libertin, au lieu de rencontrer un ennemi.
Il avait prêché la douceur et le ton per-

suasif, au lieu de la violence et du despotisme dont son mari l'avait accablée jusqu'alors.

Elle fut tout étonnée en constatant ce changement et le fit remarquer à Marcellus, qui répondit pour les besoins de sa cause :

— Chaque jour apportera une nouvelle amélioration dans mon caractère et ma manière d'être auprès de vous. Vous devrez ça aux bons conseils du marquis de S. L..., dont j'ai fait la connaissance. Je vous présenterai à lui demain, si vous voulez me promettre de chanter le rôle dont je vous ai parlé. Vous serez en bonne compagnie. La comtesse Litoska jouera avec vous ; nous aurons aussi pour nous donner la réplique le fils du richissime banquier Sergent. Je vais vous lire le scénario de la pièce.

— Lisez, et nous verrons.

Marcellus, on a pu le voir dans l'un des premiers chapitres de cette histoire vraie, lisait et disait fort bien. La pièce était gaie ; elle plut à Mario d'Almée.

La jeune femme avait eu si peu occasion de se distraire depuis son mariage, et elle avait tant souffert, qu'elle accepta cette nouvelle fantaisie de son mari comme une sorte de trève qui lui était offerte, comme un acheminement vers la fin, ou du moins l'adoucissement de la tyrannie dont elle était victime.

Elle était trop ignorante de la vie pour soupçonner le nouveau piège qui lui était tendu, et ne pouvait avoir aucune défense contre le guet-apens infâme dans lequel on voulait la faire tomber.

Toutefois, par ce sentiment de prudence et de doute qui vient à tous ceux qui ont déjà beaucoup souffert, pour donner sa réponse définitive, son consentement formel ou son refus, elle demanda jusqu'au lendemain, jusqu'au moment où elle aurait vu le marquis de S. L...

Marcellus ne fit aucune objection à cette réserve. Il remercia au contraire en disant :

— Vous verrez comme désormais nous nous entendrons bien.

Quand Marcellus et sa jeune femme furent reçus le lendemain à trois heures par le vieux gentilhomme, il les prévint qu'il avait convoqué la comtesse Litoska et Raoul Sergent.

— Ils ne devront pas tarder à arriver, ajouta-t-il. Je leur ai fait dire de venir à trois heures et demie. J'ai voulu vous

mettre en rapport ici même, pour que
vous puissiez faire connaissance et voir
si vous vous convenez mutuellement,
avant d'accepter d'une façon définitive
de jouer ensemble. J'aime à tout prévoir.

— Permettez-moi de vous en remercier, monsieur le marquis, répondit
Marie d'Almée.

La beauté de la jeune femme avait fait
impression sur le vieux libertin, moins
encore que sa tenue modeste et son air
digne sans affectation et sans pruderie. Il
lui fit un accueil rempli de bienveillance
respectueuse, accueil très-rare chez ce
roi des débauchés, qui affectait de traiter
cavalièrement les femmes, à quelle classe
qu'elles appartinssent.

— Elle est vraiment de race, s'était-il
dit.

Chez lui, cette appréciation formulée
ainsi avait une grande valeur. Il n'avait
accordé ce titre qu'à bien peu des nombreuses femmes qu'il avait jugées, dans
sa vie si mouvementée.

— Les parchemins les plus authenti-
ques ne font rien à la chose, disait-il
souvent. La nature est la meilleure dis-
pensatrice de la noblesse du physique,
comme du moral. Les bourgeois seuls

sont exceptés ; c'est une race de parasites, comme les chevaux de demi-sang. Chez l'ouvrier, chez le paysan surtout, on trouve des sujets de vraie race.

Le marquis se plaisait à emettre cette théorie, qui trouvait l'approbation de beaucoup de ses pareils, réfractaires aux idées modernes.

Dès son entrée, la comtesse Litoska fut captivée par le charme grisant que Mme Dereddy faisait rayonner autour d'elle, sans le moindre effort, sans la plus légère coquetterie. Elle vint lui prendre la main dans un élan ému, avec une étreinte ardente qui ne laissa pas d'étonner un peu la jeune femme.

— Combien je suis heureuse, madame, d'entrer en relation avec vous. Je veux que nous devenions amies intimes. Je suis toute de première impression ; vous m'attirez irrésistiblement. Etes-vous contente de votre rôle?

— Mais, madame, je n'ai pas encore accepté de jouer dans cet opéra?

— Oh! consentez, je vous en supplie.

— J'ai demandé pour donner mon consentement jusqu'à aujourd'hui. J'étais fort hésitante, mais votre gracieux accueil et la bienveillance que m'a témoi-

gnée monsieur le marquis lèvent mes hésitations. Je veux bien faire ma partie auprès de vous; je crains seulement de ne
pas m'en tirer trop bien.

— Je suis persuadé du contraire, s'é-
cria le vieux marquis, et l'on vante fort
mes intuitions. Nous voici au complet.
car j'entends les pas de Raoul Sergent.
qui doit jouer le rôle du jeune premier.
Dieu me pardonne, il s'est fait attendre !
On reconnaît bien à ce manque d'égards
un fils de bourgeois. Ces gens-là peuvent
devenir à peu près polis, mais ils n'ont
pas le sentiment de la politesse.

Le marquis ressentait une franche
sympathie pour Raoul Sergent, mais
c'était une habitude, un besoin, presque
un tic chez lui, de tirer à boulet rouge
sur les classes bourgeoises, chaque fois
qu'il en trouvait l'occasion. Ceux qui le
connaissaient y étaient tellement accou-
tumés, qu'ils n'y prêtaient guère plus
attention et pensaient simplement :

— Nous connaissons la boutade.

Raoul entrait. Le marquis l'accueillit
par ces mots :

— Approchez, jeune homme, et mettez
genou à terre pour demander pardon à
ces dames de votre manque d'exactitude.

Si, aux répétitions qui vont commencer dès demain, vous vous permettez pareil oubli, vous aurez affaire à moi.

— J'ai été retenu par mon père, insinua Raoul très-confus.

— C'est une excuse, mais une autre fois elle ne suffirait pas à votre directeur; songez-y.

— Vous n'aurez aucun autre reproche à me faire. Je sais déjà la moitié de mon rôle, et je ne l'ai reçu que ce matin.

Le vieux gentilhomme demanda :

— Vous avez tous les quatre bien lu notre pièce. Vous plaît-elle?

— Oui, répondit en chœur le quatuor.

— Eh bien, alors, mettez-vous au travail dès aujourd'hui, et demain à trois heures revenez ici. Nous répéterons. Je prends mon rôle d'impresario tout à fait au sérieux, je vous en préviens. Il faut que nous obtenions un triomphe essentiellement parisien. Aidez-moi, je vous mènerai à la victoire, et je vous la promets.

Les répétitions marchèrent très-bien. Les amateurs, surtout les néophytes, ont toujours plus de zèle que les artistes de profession.

Le marquis avait dit :

— Nous passerons dans quinze jours.

Il ne fut pas déçu dans sa confiance.
La pièce était sue, réglée et parfaitement
interprétée dès la première semaine.

Marie d'Almée était vraiment ravissante dans son rôle de diva de café-con-
cert. La comtesse Litoska raffolait d'elle
chaque jour davantage et le laissait voir
à un tel point, que le marquis dut la
prier plusieurs fois de modérer son enthousiasme et sa passion.

— C'est dans votre intérêt que je parle,
lui dit-il, vous pourriez vous trahir vous-
même et avant l'heure heureuse. Soyez
plus calme ; sachez attendre. Occupons-
nous d'abord de notre représentation. La
gaieté du souper que j'offrirai ensuite à
mes artistes permettra plus d'une privauté. Il faut commencer par griser de
succès notre idole. Nous serons plus libres avec elle ensuite ; elle sera mieux
disposée à entendre et peut-être à comprendre.

— Quel psychologue vous êtes ! murmura la comtesse.

— Oui, un psychologue sybarite et
très-orthodoxe, mais qui a bon œil, s'il
n'a plus bon pied et le reste.

Le grand soir de la représentation est
arrivé. Le directeur-gentilhomme a été

très-sévère dans ses invitations. Il a reçu
des avalanches de demandes, mais il n'a
accordé de réponse favorable qu'aux personnalités marquantes dans tous les
mondes. Jamais on n'a pu voir réuni
dans une salle plus de talent et plus d'esprit chez les hommes, plus de beauté et
de jeunesse chez les femmes.

Les premiers critiques des journaux parisiens les plus lus sont venus là comme à
une première représentation des plus importantes. Raconter les moindres faits et
gestes du marquis de S. L... était depuis
longtemps un régal friand pour les chro-
niqueurs. Voici le tour des critiques de
théâtre ; ils sont ravis. Ils vont avoir de la
copie certainement intéressante à fournir à leurs journaux.

Au lever du rideau, tous les yeux sont
éblouis et fascinés par l'éclatante beauté
des deux actrices qui se trouvent en
scène, beauté blonde et beauté brune se
faisant valoir l'une par l'autre.

Pour mieux les mettre en relief, le
marquis leur a fait adopter les costumes
galants et pittoresques du Directoire,
prétextant qu'une diva peut se permettre toutes les fantaisies et avoir réponse
à toutes les accusations d'anachronisme.

Marie d'Almée est sculpturale dans sa robe de chambre s'entrouvrant au moindre geste ou au moindre mouvement, et laissant entrevoir le corps le mieux dessiné par la main divine du Créateur que jamais inspiration d'artiste ait pu rêver. On dirait un marbre de Paros animé, après avoir été ciselé par la main de Praxitèle ou de Phidias, célestement guidée.

La comtesse Litoska savoure du regard tous ces trésors charnels, mais elle voudrait les ravir à l'admiration des spectateurs, les cacher à tous les autres yeux, les garder pour elle seule, les emporter dans une nuit emparadisée.

La jeune femme de Marcellus Dereddy nuance avec feu un duo d'amour, qu'elle chante avec la maestria d'une musicienne consommée.

Elle arrache un cri d'admiration au vieux marquis de S. L..., tout blasé qu'il soit. Dans la coulisse il va trouver Marcellus et lui dit brusquement :

— Monsieur, vous m'avez trompé ou vous vous êtes trompé ; votre femme ne saurait être froide. Elle vient d'interpréter trop bien ce passage brûlant d'amour charnel.

— C'est qu'elle commence à s'éveiller. Combien je vous serai reconnaissant si la cure réussit.

— Il y tient, murmura le marquis. Laissons-le dire et laissons-le faire.

De son côté, la comtesse fut très-applaudie, et à très-juste titre, mais lorsqu'elle eut dit quelques couplets où l'auteur avait pris la défense des gommeux, on put entendre plus d'une remarque méchante :

— Elle, défendre les hommes ou prendre simplement leur parti, — s'écria un des plus affolés parmi ceux qu'elle avait impitoyablement repoussés, — c'est la nature renversée.

La représentation tout entière marcha on ne peut mieux. Quand Marcellus Dereddy vint dire le nom de l'auteur à ce public d'élite qui se laisse empoigner très-difficilement par une œuvre nouvelle, il y eut unanimité d'éloges et d'applaudissements. Le pauvre poète était désormais connu, admis et classé. Il faillit s'évanouir d'émotion et ne sut que balbutier quelques mots de remercîments. Il demeura maladroit, même dans le triomphe.

Ces natures timides sont vraiment à plaindre.

Quant aux interprètes, ils purent être fiers de l'accueil enthousiaste fait à leur tentative et à leur début.

— Et maintenant songeons au souper, s'écria le marquis de S. L... C'est mon terrain personnel ; je vais livrer bataille, et je veux obtenir victoire.

Ce fut une agape tout intime. Les préférés du marquis avaient seuls reçu une invitation. Le couvert avait été mis dans la pièce la plus voisine des prétendus salons de commerce, où la vieille proxénète attirait le Tout-Paris de haute vie. On pressentait et l'on espérait qu'au moment où les têtes se trouveraient assez échauffées, où les sens seraient déjà convenablement éveillés, le vieux roi de haute débauche ferait un signe, et comme un magicien moderne offrirait à ses invités des scènes dignes des jours les plus corsés de la décadence romaine.

Le galant gentilhomme fit placer la comtesse Litoska à sa droite et Marie d'Alméc à sa gauche. Il s'occupa tout le temps de celle-ci, prit plaisir à la faire causer, à gagner sa confiance, et peu à peu se laissa attendrir par la douce fierté et la résignation qu'il constata chez elle. Il se trouva subjugué par cette candeur sans pruderie, par cette ignorance du danger couru.

Oui, ce vieux loup de plaisir se laissa attendrir par la douce victime qu'un mari affolé lui avait conduite, presque livrée. Son mérite est fort atténué par son âge et le calme forcé de ses sens, mais combien d'autres à sa place auraient voulu essayer de se rajeunir quelques instants auprès de tant de séduction et de tant de charme.

Quand vint le dessert, la conversation était si multiple et si bruyante, que chaque petit groupe se trouvait comme isolé au milieu de tous. Le marquis en profita pour dire à la comtesse, un peu inquiète de l'intimité dans laquelle il s'était isolé avec Marie d'Almée :

— Avant de mettre nos projets à exécution contre cette jeune femme, voulez vous que nous l'étudions un peu? Je me sens pris de scrupules et comme de remords anticipés en voyant sa candeur vraie, son innocence de cœur, sa grandeur de pensée.

— Diable ! Quel enthousiasme ! Faibliriez-vous ?

— Je n'en sais rien encore. Je m'en vais donner ordre de passer dans le salon de danse, et pendant que nos fous seront occupés au plaisir, nous causerons avec Mme Dereddy, si vous voulez venir en tiers dans la bibliothèque. C'est l'endroit le plus sévère et le mieux approprié à la gravité de cette sorte d'enquête.

— Voudriez-vous déjà me faire jouer les duègnes?

— Pas du tout. Vous êtes mon alliée dans l'entreprise insensée dont nous a chargé cet horrible mari ; je vous informe de mes opérations, et je vous y fais assister loyalement.

— C'est parfait.

Le marquis envoya aux excellents musiciens, qu'il avait engagés pour former son orchestre, l'ordre de jouer une valse. Ce fut aux accents de la voluptueuse musique de Métra que les divers couples se levèrent de table.

— C'est aux artistes, venant d'interpréter l'opéra bouffe qui nous a charmé, d'ouvrir le bal, s'écria quelqu'un.

Raoul Sergent s'élança pour inviter Marie d'Almée. Elle répondit qu'elle ne dansait pas. La comtesse Litoska, invitée par Marcellus Dereddy, prétexta une migraine, et les deux jeunes femmes demeurèrent auprès du marquis Il les fit passer dans sa bibliothèque.

Il fit asseoir Marie d'Almée sur une
causeuse, prit place à côte d'elle, après
avoir indiqué un fauteuil à la comtesse,
et commença ainsi :

— Mon enfant, vous avez l'air triste
malgré vous ; votre physionomie reflète
une douleur touchante et résignée. Je me
sens à votre égard une affectueuse sympathie dont je ne me rends pas bien
compte, car elle n'est pas dans mes habitudes, mais qui existe réellement. Je
crois que vous avez besoin de protection,
et je voudrais pouvoir vous protéger.
Pardonnez à la brusquerie et à l'indiscrétion de ma demande, mais je vous
porte déjà trop d'intérêt pour m'arrêter
aux usages ordinaires... N'avez-vous pas
à vous plaindre de la conduite de votre
mari à votre égard?

— Les maris parfaits ne doivent pas
exister, répondit la jeune femme avec
une froide dignité, mais je connais mes
devoirs et je sais qu'il faut être indulgente.

— C'est bien ; vous ne voulez pas parler encore; vous ne voulez pas vous
plaindre. J'estime votre fierté, mais je
veux vous venir en aide malgré vous,
et tout va dépendre d'une demarche su-

prême que je veux faire auprès de M. Dereddy. Je vais aller moi-même le chercher et l'amener ici. Placez vous avec la
comtesse derrière ce paravent ; il est utile
que vous assistiez à notre entretien.

— Mais c'est de l'espionnage.

— Votre honneur est en jeu, madame,
et je vous donne ma parole de gentilhomme qu'il est utile, indispensable
même que vous nous écoutiez.

— J'ai confiance en vous, monsieur le
marquis, et je vous obéis comme à un
ami. J'ai si peu d'affection autour de moi.

— Je vous remercie, madame, répondit le vieux blasé avec une émotion dont
il n'était ni le coutumier ni le maître. Je
ferai mon possible pour que vous n'ayez
qu'à vous louer de m'avoir écouté.

Le marquis prit la main de la belle
comtesse polonaise, l'entraîna un peu à
l'écart, et lui dit tout bas :

— Promettez-moi de la respecter
comme je la respecte, jusqu'à nouvel
ordre.

— Mais...

— Je le veux !

Le ton, dont furent accentués ces trois
mots, était si imposant, il indiquait tant
de force et d'énergie, que la comtesse

n'osa résister et répondit avec un soupir :

— Je vous le promets.

— C'est bien.

Il fit placer les deux jeunes femmes derrière le paravent dont nous venons de parler et alla lui-même chercher Marcellus Dereddy dans le salon où l'on dansait.

Quand il l'eut amené, il lui demanda avec brusquerie, fiévreusement, sans aucun préambule, et sans nul avant-propos :

— Persistez-vous dans vos projets vis-à-vis de votre jeune femme?

— Certainement, monsieur le marquis. Je ne suis pas homme à abandonner une résolution mûrement prise.

— Ainsi, vous voulez corrompre et mener à la boue du vice celle à qui vous avez donné votre nom, comme vous pourriez faire d'une fille ramassée dans la rue pour la bestialité de vos sens. D'après ce que j'ai pu deviner pendant les quelques instants où j'ai observé Mme Dereddy, — et vous savez quel hommage l'on rend à mon flair comme à mon jugement en pareille circonstance, — votre jeune épouse est une grande et belle âme. Vous voulez ne vous occuper que de son corps; sous prétexte que vous

la trouvez trop froide envers vous, vous
voulez essayer de l'exciter en mettant
sous ses yeux les scènes de la débauche
la plus libertine... Réfléchissez. Il est
temps encore de renoncer à votre projet.
La voie où vous voulez entrer confine à
la folie, puisqu'elle me fait reculer moi-
même, le roi des blasés.

— Ma résolution est inébranlable, répondit Marcellus avec dureté. J'ai épousé
Mlle d'Almée, comme j'aurais cueilli
une rose, pour mon plaisir et pour sa-
vourer tout son parfum. Je m'inquiète
peu de son âme; c'est la quintessence de
sa chair que je tiens à avoir. Pour moi
la femme est une fleur à jouissance matérielle, une reine de nuit faite pour
exciter nos sens, et leur obéir.

— J'avais déjà constaté vos théories
orientales sur ce sujet. Avec une nature
comme celle de Mme Dereddy, vous prenez un chemin contraire au but que vous
voulez atteindre. Je vous l'ai déjà dit :
méfiez-vous d'une timide révoltée... Ainsi
vous persistez dans vos projets de haute
corruption conjugale.

— Oui, monsieur le marquis.

— C'est bien ; j'irai vous retrouver
dans quelques instants.

— Vous continuerez à me prêter aide et concours. Je ne puis croire que votre opinion se s it modifiée sur ce que vous appeliez *les sujets féminins*, et vous m'a-viez promis. .

— Mme Dereddy tient de l'ange beau-coup plus que de la femme. Rentrez dans le bal; je vous ai déjà dit que j'irais vous y rejoindre.

L'air, avec lequel le vieux gentilhomme mit fin à cet interrogatoire suprême, ne souffrait aucune réplique. Marcellus dut se lever et rejoindre les danseurs, qui achevaient de se monter la tête en fai-sant pirouetter leurs jambes.

Le marquis alla vers le paravent der-rière lequel Marie d'Almée avait constaté toute l'infamie de celui qui était devenu son despote marital. Elle était affaissée, presqu'anéantie, comme une belle fleur tranchée par la main brutale d'un rustre incapable de l'apprécier.

La comtesse Litoska lui soutenait la tête avec amour.

Ces deux jeunes femmes, également belles, également séduisantes, formaient un groupe ravissant. La couleur fauve de l'épaisse chevelure de la Polonaise, venant presque s'emmêler aux bruns cheveux de la créole parisienne, avait des reflets étranges, de scontrastes faisant rêver.

Le vieux marquis trouva un mot pour caractériser la situation :

— C'est, dit-il, l'aurore boréale venant jeter ses feux de météore sur la plus poétique et la plus belle des nuits ; c'est le démon du mal voulant se jeter aux pieds de l'ange du bien, pour l'entraîner dans sa voie infernale... Heureusement que je suis là, et qu'au contact de cette jeune femme, de cette honnête et douce nature, je suis devenu presque bon. Je vais opérer un sauvetage de femme. Le plus étonné de tous, c'est moi, mais cette bonne action à la fin de ma carrière émaillée de désordre devra m'être comptée.

Il s'approcha de la comtesse, et lui dit :

— Laissons Mᵐᵉ Dereddy seule pendant quelques minutes. Elle doit se remettre peu à peu de l'indignation légitime que lui a causée le cynisme de son mari. J'ai à vous parler pendant ce temps-là.

Ils s'éloignèrent, mais sans perdre de vue la jeune femme. Chacun d'eux s'inquiétait d'elle à un point de vue différent. Le marquis était mu par une tendresse

inconnue de lui jusqu'alors, par une
affection presque paternelle. La comtesse
avait l'aspect sauvage et inquiet, qui caractérise les amantes de femmes. Jamais
sa passion contre nature n'avait été
excitée à un tel point.

— Ah! ces Lesbiennes, quels volcans
féminins, se dit le marquis, mais j'em-
pêcherai les dangers et les ravages de
l'éruption.

Il se mit tout de suite au cœur de la
question :

— Comtesse, commença-t-il, je vois
combien le charme de cette jeune victime
du mariage vous a impressionnée. Votre
rêve serait de faire au profit de votre
passion son éducation sensuelle. Je vous
avertis qu'il faut y renoncer.

— Que dites-vous? Songeriez-vous à
me trahir? C'est vous qui m'avez parlé
d'elle et qui me l'avez amenée.

Oui, mais dès à présent je m'établis
son défenseur, et vous savez qu'il ne fait
pas bon vouloir attaquer qui je défends.

— Oh! vous avez été touché par sa
grâce.

— Vous l'avez dit: par sa grâce et surtout par sa douleur résignée.

— Je me révolte; nous combattrons.

— A votre aise, mais je vous préviens que dès demain je ferai connaître vos goûts et vos visites fréquentes à la rue J... Au besoin je préviendrai le préfet de police. Vous et vos pareilles, vous êtes la plaie de notre cité parisienne. On vous donnera la chasse avec plaisir. C'est moi qui me chargerai de la conduire; vous verrez comme je serai bon chien de tête.

— Vous êtes impitoyable.

— Oui, en cette occasion, et ce que vous avez de mieux à faire c'est de vous rendre noblement en me promettant votre concours, pour que la jeune femme sorte sans tache de la fange où nous voulions la faire tomber et où elle avait déjà les pieds engagés.

— Il faut bien vous le promettre.

— Franchement et loyalement, comme vous faites lorsque vous voulez être un honnête et bon garçon.

— En franc garçon, je vous le promets.

— Je vous remercie, comtesse. N'oubliez pas qu'en échange vous pouvez compter entièrement sur moi dans toute circonstance difficile. Maintenant revenons à notre protégée. Il est temps de s'occuper d'elle d'une façon plus efficace et de la sortir de là... On peut dire que son ignorance de haute débauche est revenue de loin. Livrée à vous et à moi, le Charybde et le Scylla du clan des raffinés, et livrée par son mari. C'est à n'y pas croire. Quel mari extra parisien! J'en rirai longtemps.

Marie Dereddy était abattue dans une stupeur nerveuse. En entendant le marquis et la comtesse venir à elle, elle supplia en murmurant ces mots douloureux:

— Oh ! laissez-moi seule. C'est trop d'humiliations !

— Pour votre indigne mari, oui madame, mais non pour vous, car plus il vous persécute et essaie de vous profaner, plus vous grandissez aux yeux de ceux qui sont à même de vous apprécier, et devant votre conscience, cette consolatrice suprême des tourmentés et des victimes... Prenez confiance ; nous vous arracherons à ce joug intolérable.

— Comment le tenter ? Mon mari est trop prudent, même dans ses brutalités. Lorsqu'il croit pouvoir être vu ou entendu, il se montre doux et bienveillant, attentionné même envers moi.

— C'est pourtant vrai, s'écria le marquis avec rage ; il garde la loi pour lui... Et dire que nos législateurs, inféodés

aux préjugés du monde, repoussent l'idée
du divorce, dont la nécessité s'impose au
nom des martyrs du mariage, au nom de
la morale elle-même... Je suis loin d'être
un homme de progrès dans l'acception
qu'on donne à ce terme, mais en voyant
un tel exemple de la routine je maudis
les usages anciens et surannés.

Le marquis jugea que la jeune femme
avait surtout besoin de calme, de repos
et de solitude, après la scène écœurante
à laquelle il l'avait fait assister.

Il reprit :

— La comtesse Litoska va venir avec
moi vous accompagner jusque chez vous.
Je me charge d'expliquer votre départ à
votre mari. Ainsi, vous n'aurez pas à subir sa présence immédiate, après avoir
perdu la dernière illusion sur son compte
qu'il vient lui-même de vous enlever. Je
m'occuperai aussi de vous protéger contre son despotisme conjugal, autant que
je le pourrai. Mon dévouement absolu
vous est acquis.

— Je vous remercie, répondit la jeune
femme, mais je crois que je ne dois plus
avoir d'espoir qu'en Dieu, et d'apaise-
ment que dans la mort.

Le marquis respecta cette douleur si

légitime et si sobre dans son expression.
Il fit demander son landau, installa les
deux jeunes femmes, et se plaça auprès
d'elles.

Le trajet fut vite parcouru par ses chevaux allant toujours aux grandes allures.
Après avoir vu la porte de sa demeure
d'infortune se refermer sur Mme Dereddy, le marquis se tourna vers la comtesse et lui dit :

— Une fois dans notre vie de désordre
nous aurons été vertueux. C'est dur et
maussade la vertu, mais elle donne des
satisfactions d'un ordre élevé, presque
voluptueux. Nous devrions la pratiquer
plus souvent... Si nous nous convertis-
sions... Oh ! non, vous êtes trop belle et
trop jeune.

— Pouvez-vous plaisanter ainsi, répondit la jeune femme, après avoir été
aussi sérieux et aussi digne que vous
venez de l'être ?

— La vie n'est appréciable que par les
contrastes, riposta le marquis. Ce que j'ai
trouvé de plus frappant dans notre soirée,
ça été de vous voir, vous l'ange déchu,
auprès de Mme Dereddy, l'ange avant la
chute. Elle ne saura jamais à quel danger elle a échappé, elle ne se doutera ja-

mais que ce danger venait de vous. Et ce dénouement moral a été mené par moi, le vieux diable incarné !

Le mauvais sourire du débauché avait reparu.

Il continua :

— Il est juste que je vous dédommage de la privation que je vous ai imposée. Je me dois à moi-même une récompense vicieuse, en l'honneur de ma vertu... En rentrant je vais faire venir l'élite des jeunes femmes qui font les délices des *Lampes roses* ; je vous promets des merveilles ; vous assisterez à un vrai régal de corruption. Nous ferons opérer, suivant vos goûts, ces artistes.

— Je ne suis pas d'humeur à folâtrer, répondit assez brusquement la comtesse... Je veux rentrer chez moi.

— C'est grave... Est-ce que mon accès de vertu serait contagieux ?

— Vertu ou non, veuillez me reconduire. J'ai besoin d'être seule.

Le marquis n'insista plus.

Aussitôt rentré, il fit venir Marcellus Dereddy dans sa bibliothèque, et lui dit avec autorité :

— Je viens avec la comtesse Litoska de reconduire votre jeune femme chez

vous. Je ne voulais pas la laisser une
minute de plus dans cette atmosphère
libertine, pour laquelle elle n'est pas
faite. J'avais accueilli votre demande
extravagante avant de connaître Mme Dereddy, mais après avoir apprécié sa nature d'élite je me ferais horreur à moi-
même, si j'avais été plus longtemps votre
complice. Vous êtes un monstre et un
idiot, si vous ne rendez pas justice à la
jeune épouse que votre bonne étoile vous
a donnée.

— Monsieur, voulut s'écrier Marcellus.

— Silence imposa la voix du marquis,
si vous ne voulez pas que j'appelle et que
je vous fasse jeter dehors honteusement...
Mme Dereddy est au courant des vi-
lains et honteux projets que vous m'aviez
soumis. Si vous ne me promettez pas de
changer de conduite vis-à-vis d'elle, je
vous affirme que je ferai publier dans
tous les journaux parisiens la proposition
que vous, mari, tyran légal, vous êtes
venu me faire pour corrompre et salir
votre jeune femme.

Marcellus bondit et voulut se jeter sur
le vieux marquis. D'une main celui-ci
pressa le bouton d'une sonnette, et deux
grands gaillards accoururent aussitôt;

de l'autre, il avait saisi un revolver qui calma l'indigne mari.

— Reconduisez monsieur, dit le vieux gentilhomme avec un accent de souverain mépris.

Il ajouta :

— Et maintenant, j'ai bien mérité ma petite fête.

La porte de communication avec l'établissement des *Lampes roses* fut ouverte. Une orgie quintessenciée, commença. Il nous serait facile d'intéresser nos lectrices et nos lecteurs en la décrivant, mais nous sommes l'homme des faits et non des descriptions.

Ce que nous avons voulu portraiturer dans ce chapitre, c'est la physionomie toute parisienne du marquis de S. L... Dans aucune de ses nombreuses aventures, il n'est apparu sous un pareil contraste.

●

CHAPITRE XIV

Vengeance de femme

Le marquis de S. L... avait eu une attention fort délicate pour un raffiné de débauche parisienne. Il avait songé à prier les journalistes, conviés à sa représentation et à sa fête, de ne pas désigner dans leurs articles Marie d'Almée par son nom, mais simplement par ses initiales. Malgré cela le succès de la jeune femme, comme beauté et comme interprétation, avait été tel que l'on voulut connaître et admirer cette étoile se levant sur le Tout-Paris.

Marcellus prit ombrage de cette attention et de cette notoriété. Brutalement jaloux, malgré le cynisme de sa con-

16

duite, il acheta une maison de campagne aux alentours de Poissy et y relégua sa victime conjugale.

Sur aucun autre point la Seine n'est aussi belle, l'horizon aussi pittoresque, les rives plus riantes ou plus ombreuses. Marie d'Almée se plaisait dans cette solitude d'exil.

Elle travaillait beaucoup, surtout son piano et l'admirable voix dont la nature l'avait douée.

Elle pouvait aisément se livrer à son goût favori pour le canotage. Elle avait su arranger sa vie de manière à avoir une accalmie relative dans sa douleur incessante.

Les journées se passaient assez bien, mais le soir amenait toujours un moment pénible pour la jeune femme. C'était l'heure où elle avait à craindre que Marcellus Dereddy ne vînt réclamer ses prérogatives d'époux. Sa répulsion pour lui ne faisait qu'augmenter, on le pense bien.

Il avait tenu la promesse faite au docteur, et n'employait plus l'hypnotisme pour contenter sa passion sensuelle auprès de sa victime. Le supplice de Marie d'Almée était donc grand; elle ne pou-

vait cacher ses répugnances, et la colère
de Marcellus devenait chaque jour plus
intense.

Il tenta à nouveau de la froisser dans
son amour-propre de femme, et cette fois
il le fit si effrontément qu'il y parvint.

Il fit poster sur la route, où il devait
passer en voiture avec Marie d'Alméc,
une actrice cascadeuse du théâtre de
Versailles ou de Saint-Germain. Arrivé
auprès d'elle, il s'arrêta pour lui parler
en affectant de braver la femme légitime
et de la faire assister à son dévergon-
dage.

Un jour il poussa le cynisme jusqu'à
demander à sa victime conjugale d'inviter elle-même à dîner cette fille de rue.
Marie eut un mouvement de rancœur et
de révolte.

Elle s'écria :

— Je vous affirme, monsieur, que si
vous continuez à m'humilier ainsi, je
me vengerai.

— Et comment?

— Vous même m'avez appris, par les
lectures indignes que vous m'avez forcée
de vous faire plus d'une fois, comment
une femme peut se venger. J'en userai.

— Et avec qui ?

— Avec le premier venu, avec le plus laid et le plus bête, pour mieux vous faire sentir mon parti pris de vengeance.

— Je voudrais bien voir cela.

— Vous le verrez. Pour commencer je quitte votre voiture; je vous laisse la place. Restez avec la personne de votre choix.

Et la jeune femme sauta à terre, bien que les chevaux marchassent au grand trot. Elle tomba et se fit grand mal; on dut la rapporter inanimée à la maison. Marcellus eut la pudeur de laisser là l'indigne créature, dont il avait imposé la présence et presque le contact à sa victime.

Quand Marie d'Almée fut revenue à elle, son tyran légal lui dit durement:

— Ah! vous vous révoltez. Eh! bien, vous verrez ce que vous gagnerez à cette lutte.

Le soir même il lui versa un narcotique dans le thé qu'on lui faisait prendre, et pendant le lourd sommeil occasionné par cette drogue, il se livra sur elle à une polissonnerie de véritable gamin.

Quand Marie d'Almée s'éveilla, sa colère fut à son comble; dès lors la résolution vengeresse de cette timide révol-

tée fut prise immuablement. Elle se promit
d'employer l'arme féminine de la trom-
perie, de se venger en ridiculisant son
mari, de le frapper et de le faire souffrir
dans son amour-propre et son immense
orgueil.

Qui pourrais-je prendre pour complice
ou plutôt pour plastron de vengeance, se
dit-elle tout d'abord ?... Mais, puisque je
le veux bête et laid, n'ayant rien pour
lui, je n'ai pas loin à aller. Ce M. Rasoir,
qui est le seul ami de mon tyran, le seul
homme jeune qu'il laisse approcher de
moi, parce qu'il ne lui inspire aucune
crainte en raison de ses désavantages
physiques et intellectuels, va me servir
de sujet, comme disent les expérimenta-
teurs. Je n'aurai pas grand'peine à le sé-
duire, car déjà il a essayé de me faire
une cour assidue dont j'ai souri. Il est
venu s'établir auprès de nous dans cette
campagne ; il nous suit comme une ombre. Je blesserai ainsi M. Dereddy dans
son amitié pour un indigne, comme dans
sa passion jalouse envers moi... L'œuvre
est fort pénible ; abordons là le plus vite
possible et laissons nous surprendre par
mon despote légal.

Beaucoup d'adultères se commettent

16,

avec l'ami du mari, mais c'est toujours une preuve que l'ami et le mari sont l'un et l'autre de nature basse, mauvaise et indigne d'affection. Tout homme n'ayant trouvé d'autre ami intime qu'un homme capable de lui prendre sa femme ou sa maîtresse, mérite son sort et n'est pas digne d'un amour réel et grand.

Marie d'Almée, par le choix même de son plastron de vengeance, marquait d'une façon sanglante le mépris qu'elle voulait jeter au visage de son tyran.

L'occasion de se venger fut fournie à la jeune femme par Marcellus lui-même.

Il lui dit pour la narguer :

— Qu'allez-vous faire pendant que je vais passer une soirée agréable à Saint-Germain, en compagnie de femmes aimables que j'ai mandées de Paris ?

— Comme toujours je vais travailler, ou m'occuper de musique.

— Pourquoi n'iriez-vous pas faire une promenade en canot avec mon ami Rasoir ? Le temps est superbe, et le crépuscule sera poétique comme vous l'aimez. La nuit étoilée viendra vous apporter ses effluves et ses relents de rêverie intime, bien conformes à vos rêves éthérés.

— Je veux bien, si votre ami est de cet avis et a cette complaisance.

— Il va être ravi. Je me charge de le prévenir. Pour moi, j'irai trouver plusieurs belles Gabrielles *au pavillon Henri IV*.

Marcellus crut devoir ponctuer d'un gros rire sa plaisanterie cynique. La jeune femme ne sourcilla pas.

Ainsi, au moment psychologique d'être trompé, cet indigne et jaloux mari introduisit lui-même, sans s'en douter, l'ennemi dans la place, le loup dans la bergerie.

Le destin a de ces punitions inattendues pour les oppresseurs et les méchants d'ici bas.

Le mari s'en alla à l'orgie, pendant que la jeune femme marchait à l'adultère vengeur, qui pour elle devait être un supplice de la chair au lieu d'être un plaisir.

Avant de monter en canot, Marie d'Almée écrivit la lettre suivante à l'adresse de Marcellus :

« Je vous ai prévenu que je me venge-
» rais de toutes les avanies que vous me
» faites subir chaque jour, et que pour
» me venger je vous tromperais avec le

» premier venu, avec le plus laid, le plus
» bête et le plus repoussant. Quand vous
» reviendrez de votre orgie habituelle, je
» me serai livrée à votre ami M. Rasoir,
» dont tout est ridicule, même le nom. A
» ce moment il sera encore moins ridicu-
» lisé que vous.

» Vos brutalités et votre emportement
» bestial m'ont rendue incapable d'en-
» fanter, et vous m'avez donné le droit
» de me venger ainsi.

» Je ne puis même plus être retenue par
» la crainte de devenir mère et d'intro-
» duire du sang étranger dans la famille.

» Vous pouvez nous surprendre en
» flagrant délit, si vous voulez. Vous
» n'avez qu'à accourir, au reçu de ma
» lettre. Je vous méprise et je vous
» brave. Venez.

» MARIE D'ALMÉE. »

Elle sonna pour donner l'ordre suivant
à un domestique en lui remettant la lettre :

— Vous prendrez un cheval de selle,
vous partirez de la maison à dix heures,
et vous porterez ceci à M. Dereddy. Il
doit être au pavillon Henri IV. Il y a ur-
gence de le trouver et de lui faire parvenir mon envoi.

Le domestique sourit méchamment. Tous les gens de Marcellus Dereddy étaient au courant de ses habitudes.

M. Rasoir était arrivé et monta en canot avec Marie d'Almée.

La position de la jeune femme auprès de ce jeune homme, qu'elle était décidée à élever jusqu'à elle dans ses faveurs intimes pour lesquelles les plus nobles et plus distingués auraient tout sacrifié, était vraiment étrange. La nuit brillait radieuse, calme et splendide, une nuit voluptueuse et tendre, une vraie nuit d'amour. Et c'était à un véritable sacrifice que se préparait Marie d'Almée, cette chaste révoltée.

Involontairement elle songea au vicomte Jean de Mémin, le loyal et beau gentilhomme qui avait fait tant d'impression sur son cœur, qu'elle aimait en silence et qu'elle désirait peut-être... Quel rêve de l'avoir ici près d'elle, à ses genoux, en place de ce M. Rasoir.

— Mais non, se dit-elle. Avec lui ma vengeance ne serait pas accentuée, et indéniable. On pourrait dire que je me suis laissée entraîner par l'amour ou le désir, tandis qu'avec le Rasoir le doute est impossible... Si j'ouvrais le feu.

Elle se mit à chanter cette admirable mélodie composée par Niedermeyer sur les stances du *Lac* de Lamartine. Sa voix de contralto était merveilleusement apte à faire valoir cette musique si large d'expression mélancolique, si tendre et si humaine dans sa divine rêverie. Elle eut enivré un saint et un ascète, lorsqu'elle dit, avec une langueur remplie de volupté :

Un soir, t'en souvient-il, nous voguions en silence;
On n'entendait au loin sur l'onde et sous les cieux
Que le bruit des rameurs qui frappaient en cadence
    Les flots harmonieux?

Que le vent qui gémit, le roseau qui soupire,
Que les parfums légers de ton air embaumé,
Que tout ce qu'on entend, l'on voit ou l'on respire,
    Tout dise : ils ont aimé !

Après avoir préparé ainsi les avances qu'elle voulait faire à M. Rasoir, la jeune femme lui dit en se penchant vers lui :

— Par une nuit aussi radieuse, dans un cadre aussi sensuellement tendre, croyez-vous que je ne suis pas excusable de maudire l'abandon dans lequel me laisse mon mari et même de songer à accueillir auprès de moi quelque consolateur?

Rasoir était habitué à voir tant de réserve chez Marie d'Almée, il fut tellement interloqué de l'entendre parler
ainsi, qu'il demeura un instant sans pouvoir répondre un seul mot, mais sa nature vaniteuse eut vite repris le dessus.
Il avait, comme tous les sots, la plus
grande confiance en sa personne. Il crut
à un entraînement irrésistible chez
Mme Dereddy, et résolut de tirer prompt
parti de ce qu'il regardait comme une
faiblesse de cœur ou de désir, comme
un caprice, et non comme une vengeance
de jolie femme blessée dans son amour-
propre.

Il se jeta aux pieds de Marie d'Almée
et lui débita ce banal aveu :

— Le consolateur, c'est moi ! Si je
vous ai suivie depuis si longtemps, si je
me suis fait votre ombre, c'était dans
l'espérance que le moment de vous
avouer mon amour arriverait et que vous
m'accueilleriez. Seul, je sais vous comprendre et vous apprécier ; seul, je saurai
vous adorer comme vous le méritez.

Marie d'Almée sourit avec malice à la
vue de tant de fatuité chez un aussi vilain monsieur, mais dans l'intérêt de ses
projets elle répondit :

— Je vous avais deviné et je veux
vous accorder votre récompense. Repre-
nons le chemin de la maison ; nous serons plus tranquilles et plus libres pour
passer tendrement la fin de la soirée.

Jamais héroïne s'élançant au combat,
jamais martyre marchant au supplice, jamais chef d'expédition brûlant ses vais-
seaux pour ne plus pouvoir reculer ne
mirent autant de feu dans leur résolution,
que cette victime révoltée du mariage
n'en sentit sourdre dans sa volonté de
hâter sa chute vengeresse.

En descendant du canot elle prit le
bras de M. Rasoir et s'appuya langoureu-
sement sur lui, comme elle aurait pu le
faire avec un véritable élu de son entraînement sensuel. Il bouffissait d'orgueil. La vanité de ce sot était si grande
qu'il se laissait faire, comme si une pareille bonne fortune lui était due.

Les imbéciles sont les heureux de la
vie ; ils s'applaudissent eux-mêmes.

La causerie était loin d'être agréable
avec M. Rasoir. Il fallait en faire tous les
frais ; ses réponses ne pouvaient être
que des banalités ou des idioties. La
jeune femme brusqua la situation et résolut d'en arriver tout de suite au fait

brutal. Du reste. il était plus de onze heures, et Marcellus devait être près de venir la surprendre en faute. Il fallait se hâter.

Elle avait toujours dans ses appartements une grande quantité de fleurs. D'une main énervée elle saisit plusieurs bouquets de roses et vint les effeuiller sur sa chaise longue. Puis elle s'y étendit comme pâmée, en s'écriant :

— Prenez une poignée de ces fleurs et venez m'en faire respirer le parfum enivrant, monsieur le consolateur, je vous permets de vous mettre à mes genoux.

. . . .

. . . .

. . . .

La destinée humaine est véritablement étrange. M. Rasoir, sous tous les rapports, était bien l'être le moins fait pour détourner de ses devoirs une femme comme Marie d'Almée. Son absence de tout mérite lui servit et lui fit obtenir des faveurs dignes d'un roi d'intelligence et de séduction.

Marcellus ne rentrait pas, et M. Rasoir, inquiet sans doute à la pensée d'un retour importun ou menaçant, demandait à s'en aller, parlait raison au lieu de

17

parler d'amour, devenait hideux par la peur qui l'envahissait de plus en plus.

— Assez de bonheur comme ça pour une fois, se disait-il dans son égoïsme pusillanime. Il est temps de partir ; soyons prudent.

Marie d'Almée craignait que le domestique envoyé par elle pour porter sa lettre n'eût pas trouvé Marcellus Dereddy ; et elle avait peur de voir son sacrifice demeurer inutile, sa vengeance rester sans effet.

— Je ne voudrais pas être obligée de recommencer, se disait-elle ; je crois même que je ne pourrais pas une seconde fois dominer mes rancœurs. Il faut que je retienne ce plastron.

Minuit et demi venait de sonner, et l'on n'entendait aucun bruit de voiture, même dans le lointain. Rasoir avait réparé tout désordre dans sa toilette, et se composait le maintien d'un visiteur simplement attardé. Il ne songeait qu'à opérer sa retraite, malgré les câlineries de la jeune femme.

Enfin, l'on entendit le galop furieux d'un cheval. Rasoir devint blême et s'élança vers la porte. Marie d'Almé lui barra le passage en s'écriant :

— Que craignez-vous? M. Dereddy
est parti en voiture. Il ne rentrera pas
avant le jour, vous connaissez bien ses
habitudes. C'est un cavalier étranger
qui passe sur la route. Restez; vous
n'avez rien à craindre, et je le désire.

La frayeur de cet indigne poltron
choisi par une vengeance féminine était
telle qu'il ne voulait rien écouter, et résistait à la séduction infinie de la jeune
femme, oubliant sa pudeur pour arriver
au but qu'elle s'était tracé. Il était devenu
une sorte de Joseph après la lettre ;
Mme Dereddy était obligée de le retenir
par le pan de ses habits.

Au moment où il cherchait à s'enfuir
en abandonnant au besoin sa jaquette en
place du manteau légendaire, la voix de
Marcellus retentit, et il apparut terrible
dans sa furie d'ivrogne et de jaloux.

Le domestique l'avait bien trouvé au
pavillon Henri IV, mais dans un tel état
d'ivresse qu'on ne put même le réveiller.
Une des femmes, qui faisaient partie de
l'orgie, trouva drôle de lire cette lettre si
pressée.

Quand elle en eut pris connaissance,
elle n'eut point de cesse jusqu'à ce que,
par des révulsifs énergiques, elle eut fait

sortir Marcellus de sa prostration bachique. Ce fut long et difficile. Voici pourquoi ce jaloux prévenu mit si longtemps à regagner son habitation pour surprendre les coupables, que la lettre lui dénonçait.

Aussitôt que Marcellus fut en état de comprendre l'avis envoyé par sa femme, l'indigne créature qui l'avait arraché à sa torpeur dégradante lui mit la lettre entre les mains en disant :

— Tu vois que nous valons autant que les femmes mariées, que la tienne, surtout.

Marcellus se leva fou de colère, à demi dégrisé par les morsures cruelles de la jalousie. Pour aller plus vite, il prit le cheval de selle amené par le domestique. La dénonciatrice l'approuva en disant :

— Mes compagnes et moi, nous allons faire la route dans ta voiture. Nous aurons le coup d'œil de la scène finale ; nous serons la galerie. Soigne tes effets et ton dénouement.

M. Rasoir, en reconnaissant la voix de Marcellus, comprit que pour sortir sans encombre de la position où il se trouvait, il avait besoin d'un aplomb extraordinaire. L'extrême frayeur qui le bouleversait lui donna le sang-froid et la ruse nécessaires.

Il soutint sans sourciller le regard in-
quisiteur que lui jeta Marcellus en entrant,
et montra tant d'étonnement de voir son
irritation contre lui, que ce mari outragé
s'écria :

— Non, c'est impossible !

Il alla vers Marie d'Almée et demanda :

— Pourriez-vous me dire, ce que si-
gnifie la lettre que vous m'avez envoyée.
Je ne puis croire à ce que vous m'avez dit.

— Vous avez tort, c'est la vérité. Si vous
étiez rentré plus tôt comme je l'espérais,
vous auriez pu nous prendre sur le fait.

— Est-il vrai, Rasoir, que tu m'as
trompé avec madame ?

Ce pusillanime eut un trait d'audace
inspiré par sa lâcheté même.

Il répondit :

— J'aurais pu te tromper, mais j'ai
résisté en souvenir de notre amitié.

— Entendez-vous, madame, rugit Marcellus.

— J'entends un menteur et un lâche,
repondit la jeune femme. J'exige qu'il
sorte immédiatement de ma présence. Il
me fait horreur.

— Très-bien. Nous réglerons mieux en
tête-à-tête le compte que nous avons à ré-
gler. A demain, Rasoir. Je veux te croire.

Le trembleur se hâta de déguerpir.

Marcellus se tourna vers Marie d'Almée et s'écria blême de furie :

— A nous deux, maintenant !

— Voulez-vous la preuve, répondit la jeune femme, que j'ai dit vrai dans ma lettre et que je me suis livrée à ce goujat?

— Je crois mon ami et ne vous crois pas. Vous vous vantez, vous vous parez d'un vice que vous n'avez pu avoir.

— Je ne vous demande que quelques secondes pour vous donner la certitude de votre déshonneur.

— Je n'ai rien à vous accorder.

— Eh bien ! tant pis ; c'est un sacrifice de plus à ma dignité de femme, mais je l'accomplirai.

Cette pudique révoltée devint terrible et belle d'insolence dans sa hardiesse de femme outrageusement blessée et voulant une juste vengeance.

Elle s'écria :

— Voici les traces irrécusables de votre déshonneur. Vous avez assez d'expérience pour les reconnaître et ne plus douter.

Marcellus avait reçu la preuve en pleine figure. Il bondit de rage sans égale en reconnaissant qu'aucun doute

n'était possible. C'était une sorte de flagrant délit rétrospectif.

Le mari trompé arma un petit revolver de poche, mais sa main était mal
assurée ; les balles passèrent à côté de
Marie d'Almée et Marcellus tomba évanoui, moitié de colère, moitié du retour
soudain de son ivresse torpide, combat-
tue un moment et dominée par sa jalousie, mais non passée.

Pendant les péripéties de cette scène,
les filles de rue que Marcellus avaient con-
viées à son orgie du Pavillon Henri IV,
étaient arrivées dans sa voiture, ainsi
qu'elles l'avaient annoncé.

Elles eurent l'audace d'entrer, comp-
tant bien qu'il y aurait mort d'homme
ou de femme, peut-être coup double.

Celle qui avait mis la lettre entre les
mains de Marcellus eut l'impudeur de
s'écrier, en voyant que tout était fini par
une syncope du mari trompé, par une
défaillance d'ivrogne :

— Nous sommes volées. Nous avions
cru venir assister à un drame émouvànt,
et ce n'est qu'une comédie renversée, où
le mariage avait eu lieu eu commençant.
Ça manque d'intérêt. Je préfère les dé-
nouements de l'Ambigu.

CHAPITRE XV

Le duel.

Le lendemain, Marcellus revenu de sa prostration d'ivresse demeura longtemps à mûrir la détermination qu'il allait prendre. Il avait voulu tuer sa jeune femme, mais il sentait bien qu'il ne pouvait se passer d'elle, et il préférait toutes les concessions à la perspective de ne plus l'avoir sous sa domination, de ne plus vivre avec passion dans son rayonnement.

Il alla trouver Marie d'Almée et lui dit avec un calme douloureux :

— Le destin a voulu que mon revolver ne vous ait pas atteinte. Je veux oublier cette scène, comme si elle était un mauvais rêve. On mettra ma colère sur

17.

le compte de l'ivresse, et personne ne connaîtra votre outrage, car je tuerai Rasoir. Je puis donc vous pardonner, et je le veux, mais il faut me promettre de m'en savoir gré.

— Je n'ai rien à vous promettre, répondit la jeune femme avec un accent sauvage fort contraire à ses habitudes et à sa nature.

Marcellus s'était fait une loi de garder la mansuétude la plus complète dans cet entretien, préparé en vue de reprendre possession de Marie d'Almée.

Il domina sa nature irascible et reprit avec douceur :

— Vos rapports avec Rasoir ont-ils eu quelques préliminaires? Vous a-t-il écrit et lui avez-vous répondu? S'il avait quelques lettres de vous, il faudrait les réclamer et vous les faire rendre? Je veux qu'il ne puisse demeurer aucune trace de votre aventure.

— Moi, avoir écrit à un Rasoir? Vous n'y songez pas... J'ai pu aller jusqu'à la folie de la vengeance et lui livrer mon corps, mais jamais je ne me serais abaissée à lui accorder la moindre parcelle de ma pensée.

— Je vous remercie; c'est ce que je

voulais connaître. Je sais ce qui me reste à faire.

Marcellus passa chez Rasoir, se montra affable envers lui comme si rien n'était arrivé, et le pria de l'accompagner à Paris pour déjeuner au café Riche. Pendant le trajet, le mari trompé ne fit aucune observation à l'amant d'une minute.

A l'arrivée du train en gare Saint-Lazare, Marcellus dit à Rasoir :

— J'ai quelques courses à faire. Tu viendras me rejoindre à midi au café Riche. Nous déjeunerons dans la grande salle. Sois exact.

— Je le serai, répondit Rasoir.

Marcellus voulait un duel sans merci, un combat mortel. Comme il n'avait pas d'amis assez dévoués à qui demander assistance en pareille rencontre, il alla trouver deux anciens sergents d'infanterie qui avaient été employés chez son père et qui, sur ses instances, consentirent à lui rendre le service demandé.

Il leur expliqua ainsi le rôle qu'ils auraient à jouer :

— Vous viendrez déjeuner au café Riche. Mon adversaire déjeunera avec nous.

— Ce n'est pas correct, remarqua l'un des sergents.

— Mon copain a raison, répondit l'autre comme un écho de régiment.

— Laissez-moi finir et vous allez voir le contraire. Je n'ai pas encore eu la querelle que je veux avoir avec le monsieur en question. Nous la ferons naître, et je lui infligerai une injure tellement sanglante qu'il devra se battre sans retard et sans réflexion. Il faut vous procurer deux anciens camarades de troupe, pour servir de témoins à mon adversaire futur. Vous pourrez leur promettre une forte récompense, si besoin est .. Vous m'avez compris.

— Oui, monsieur Marcellus répondirent en chœur les *deux vieilles brisques*.

— Alors préparez tout, et soyez ponctuels à l'appel de midi, au café Riche.

— A quelle arme se battra-t-on ? demanda l'un des sergents.

— Ah ! oui, à quelle arme ? répéta l'autre.

— Peu importe, mais il est probable que mon adversaire choisira l'épée. Il est assez bon tireur.

— L'arme blanche est l'arme des braves, s'écrièrent à la fois les deux vieux troupiers.

Ils étaient tout regaillardis à la pensée du fin déjeuner qu'ils devaient déguster. L'un deux demanda à Marcellus d'attendre le moment où l'on aurait savouré le dessert et le café pour chercher querelle *au pékin*. L'autre approuva fort cette idée gastronomique.

— Je veux bien, répondit Marcellus, mais à une condition, c'est qu'après le café vous entamerez quelque question politique. Elle me fournira l'occasion de la querelle cherchée. Et puis il faudra faire boire autant que possible mon adversaire ; il a besoin d'avoir la tête un peu montée pour me répondre.

Les soudards promirent avec empressement.

Aussitôt que Marcellus les eut quittés, ils se mirent à chercher quel sujet politique ils pourraient découvrir. Les idées ne leur venaient pas très-aisément, et leur ancien maître leur avait beaucoup demandé en leur confiant pareille charge.

— Que n'a-t-il choisi lui-même son sujet... dit l'un d'eux. Baste, nous parlerons de Rochefort et de sa *Lanterne*. C'est la controverse du moment.

— Tu as raison, approuva l'autre, un vrai Pandore.

Ils allèrent trouver deux anciens camarades et s'assurèrent leur concours. Puis ils rentrèrent chez eux pour faire la sombre toilette de circonstance, en se donnant rendez-vous à onze heures afin de se préparer au déjeuner en absorbant quelques verres d'absinthe régimentaires.

Rasoir fut exact. Quant aux troupiers, ils ne connaissaient que l'heure militaire, surtout lorsqu'il s'agissait de s'asseoir à une table aussi engageante, avec la distraction d'une rencontre armée comme complément et digestif.

Marcellus les présenta à Rasoir comme d'anciens employés de son père, qu'il était heureux de traiter en compagnie d'un ami. Ils firent honneur à la cuisine et surtout à la cave du café Riche. Lorsqu'ils eurent absorbé leur café et leur fine champagne, sur un signe de Marcellus, l'un d'eux demanda :

— Avez-vous lu la dernière *Lanterne* de Rochefort ?

— Ah ! oui, reprit l'autre, la dernière *Lanterne* ?

— Je la trouve bien faible, s'écria Rasoir. Ce Rochefort est vidé ; il n'a plus d'esprit.

— Diable, répondit Marcellus, tu es
ien difficile et bien sévère aujourd'hui...
tochefort plus d'esprit! Que te faut-il
onc?

— Il ne respecte rien, reprit Rasoir
vec plus d'aigreur, pas même la bour-
geoisie qui est aujourd'hui la quintes-
ence de la nation. Il a du succès parce
qu'il est méchant, mais le premier venu
peut en avoir à ce prix !

— Même toi.

— Certainement mais je ne veux pas
passer à l'état de rabâcheur enragé comme
ui.

— Les typographes pourraient faire
les *coquilles* sur ta signature, et mettre
Raseur en place de Rasoir. Ce serait plus
actif.

Les deux sergents s'esclaffèrent de rire
à ce gros jeu de mots.

Rasoir, dont le caractère et le tempérament avaient les plus grands rapports
avec ceux de l'agneau, devenait tigre
aussitôt qu'on lui faisait cette plaisanterie
le mots; lorsqu'il était simple collégien
il en avait cruellement souffert, et en
avait conservé un souvenir fort irascible.
C'était son côté le plus vulnérable. Marcellus le savait et avait calculé son effet

de manière à placer le mot au moment
précis où il voyait son ami de la veille
très-émoustillé par les vins capiteux qui
avaient été servis. Rasoir était allé de lui-
même au devant de ce coup droit.

L'attaque porta. Tous les sots sont
d'une susceptibilité outrée.

Rasoir se leva furieux, jeta sa serviette
avec une violence inouïe sur la table en
s'écriant :

— On ne se conduit pas ainsi envers
un invité, lorsqu'on est galant homme.

— Que t'es-tu permis de dire? riposta
Marcellus. Tu vas me demander pardon,
ou tu seras châtié comme un avorton in-
docile.

— Moi, demander pardon ! hurla l'at-
taqué.

— Oui, toi... Tu ne veux pas ?

— Non, mille fois non !

Marcellus se leva à son tour. Il dominait
Rasoir par la taille comme par la force
physique. Il le prit par la barbe, le ren-
versa sur son bras et lui cracha au visage.

Un sentiment pénible fit frissonner
tous les spectateurs de cette scène, im-
primant une honte que seul le sang pouvait laver. Les deux vieux troupiers en
blémirent eux-mêmes.

Rasoir se dégagea en s'écriant :

— Il me faut ta mort !

— Allons tout de suite prendre nos dispositions dans un salon attenant, répondit Marcellus.

Quand ils furent seuls, l'époux outragé prit l'air sombre et fatal qu'il avait souvent, et dit à cet étrange amant, élu par un dépit féminin :

— Vous m'avez lâchement menti hier soir, j'en ai eu la preuve irrécusable. Vous concevez bien qu'il me fallait un prétexte autre que le vrai pour me battre avec vous. Voici pourquoi je vous ai fait venir ici. Malgré cela je vous laisse le choix des armes. Nos deux convives seront mes témoins. Je désire que cette affaire se termine aujourd'hui même. Cherchez des témoins immédiatement. Si vous n'en trouvez pas, deux anciens sous-officiers sont prévenus et prêts à vous assister.

— Je les accepte et je choisis l'épée de combat, répondit Rasoir.

Il était fort surexcité, et, de plus, son orgueil de vaniteux lui disait que ce duel allait le bien poser auprès des femmes. Il conçut presque des rêves donjuanesques. Il avait confiance dans son adresse, et croyait à son étoile, surtout depuis son aventure de la veille.

L'on se rendit au Vésinet. Le petit hippodrome de courses, créé par Adolphe Dennetier, l'excellent cœur enlevé trop tôt à ses amis et aux véritables amateurs de sport, sert de rendez-vous fréquents aux duellistes. Le garde du terrain est tellement habitué à ce genre de visites, qu'il va presqu'au devant des visiteurs avec un sourire des plus aimables et leur indique les places convenables suivant l'heure à laquelle ils arrivent. Quand il pleut, il tolère que l'on se mette à l'abri sous l'un des toits des tribunes. On n'est pas plus hospitalier.

Il faut dire que cette complaisance forme une partie de ses bénéfices. Peut-être est-elle portée en compte par lui, et le rend-elle plus coulant sur la question des appointements qui lui sont alloués par M. Daudé, le plus charmant des administrateurs que je connaisse.

Les anciens sous-officiers, qui servaient de témoins aux deux adversaires, résolurent, en raison de la gravité du duel, de les faire mettre nus jusqu'à la ceinture, comme cela se pratique dans les rencontres entre militaires.

Cette habitude de l'armée, où souvent les duels sont anodins, et où un prévôt d'armes est là pour écarter les coups trop sérieux, devrait être adoptée presque toujours. On éviterait ainsi plus d'une contestation et plus d'un accident, lorsque le combat doit cesser à la première blessure. Aucune atteinte ne pourrait être douteuse ou passer inaperçue. On rendrait impossibles et inutiles plusieurs subterfuges, tels que celui des chemises empesées à outrance, ou des plastrons qu'on a trouvés quelquefois sur des combattants peu scrupuleux.

L'endroit où se placèrent les deux adversaires était juste devant le cabinet réservé au commissaire de police pour les jours de courses. Il est des plus convenables.

L'un des témoins de Marcellus lui dit au moment où la lutte allait commencer :

— Je suis certain que vous triompherez. J'ai pris immédiatement à droite en descendant de wagon, pour forcer nos adversaires à prendre la gauche.

— Je vous croyais esprit fort, athée même, répondit Marcellus.

— Ça n'empêche pas, dit l'ancien sergent.

Le combat fut trop acharné de part et d'autre pour pouvoir durer longtemps. Marcellus reçut le premier une blessure au front. Il recula malgré lui, mais revint aussitôt à la charge. Dans un corps à corps il fut touché de nouveau à l'épaule, mais il enfonça son épée en plein cœur de son adversaire qui tomba mort, foudroyé.

Quand on rapporta le mari trompé à son habitation, sa jeune femme était dans le parc attenant au jardin. Il donna ordre de la prier de venir le voir.

Elle se présenta sans aucune émotion, bien qu'on lui eût dit que Marcellus avait reçu deux blessures.

— J'espère, lui dit-il, que vous allez me soigner, comme vous l'avez déjà fait. Je vous ai débarrassée d'un homme dont la présence eût toujours pu vous faire rougir. J'ai droit à mon pardon.

— On n'a rien à pardonner à ceux qui vous sont indifférents, répondit Marie d'Almée

— Et vos devoirs d'épouse.

— Je les ai remplis avec trop de zèle pendant longtemps. Aujourd'hui je m'en regarde comme déliée.

— Vous auriez peut-être préféré que je fusse tué en place de Rasoir.

— Pourquoi? Je le méprisais encore plus que je ne vous abhorre.

— Auriez-vous vu avec plaisir notre mort mutuelle?

— Non, parce que je ne suis ni cruelle ni méchante, mais j'avoue que j'aurais appris ce double résultat avec une entière indifférence. Comment aurais-je fait des vœux pour l'un ou l'autre de vous? M. Rasoir s'était conduit comme un lâche et vous n'avez été que mon tortureur, mon bourreau sans merci et sans pitié. Jamais duel engagé pour une femme ne s'est passé dans des conditions semblables. Celle qui était cause du combat était absolument indifférente à son issue, quelle qu'elle fût; aucun des deux champions n'était digne d'avoir un simple sourire de sa pensée, un seul instant de son attention.

— Vous dites ne pas être cruelle, et vous parlez ainsi?... Avouez que vous auriez été contente de me savoir mort. Vous feriez une jolie veuve.

— Vous pouvez être certain que je ne me remarierais pas, et pourtant : j'aime!

— Comment? vous aimez, et vous vous êtes donnée à Rasoir!

— Oui, pour me venger de vous. Jamais je ne me serais donnée à celui que

j'aime ; vous auriez pu nier mon sentiment de vengeance.

— Pourquoi ne voulez-vous celui que
vous aimez ni pour amant, ni pour époux ?

— Je ne suis plus digne d'être sa
femme, et je n'aurais jamais accepté
d'être sa maîtresse. Je l'aime tant !

— Et vous le dites à un homme qui
vient de risquer sa vie pour vous, à un
blessé. Oh ! comme vous vous vengez de
mes torts envers vous !

— C'est vous qui me faites dire tout
cela... Ne cherchez pas à m'émouvoir.
Vous avez tué en moi toute compassion,
presque tout sentiment. Je ne veux pas
rester auprès de vous, même pour remplir ce rôle de sœur de charité qui plai-
rait à mon naturel et à mon cœur vis-à-
vis du premier venu... Vous n'êtes plus
un être humain à mes yeux.

— Alors, partez, hurla Marcellus, et
que je ne vous revoie plus.

Il perdit connaissance dans un accès
de rage, et la jeune femme apitoyée malgré elle veilla à ce qu'il reçût les soins
les plus minutieux.

Le cœur d'une femme vraiment digne
de ce nom ne peut longtemps demeurer
sans pitié devant la souffrance.

CHAPITRE XVI

Jeu et ruine.

Lorsqu'il fut remis sur pied, Marcellus comprit que c'était bien fini avec sa jeune femme, que jamais il ne pourrait la ramener à lui, et que, par conséquent, il était inutile d'essayer. Il était forcé de reconnaître qu'il avait mérité le dégoût et l'horreur qu'il lui inspirait. Il l'abandonna dans son exil campagnard et revint s'installer à Paris pour se jeter dans toutes les débauches.

Mais le dépit et le remords le minaient sourdement; l'ivresse ne lui procurait même plus l'oubli, et les femmes savantes en lascivité eurent bientôt perdu tout attrait et toute puissance sur lui.

Alors il eut recours aux émotions du

jeu poussé jusqu'à la folie. Les couvents
de la Trappe ou de la Grande-Chartreuse
sont peuplés par des blessés d'amour qui
viennent demander la consolation, sinon
l'oubli, aux rigueurs monastiques et à la
grande idée divine. Les salles de jeu servent de réceptable aux désespérés de désirs inassouvis, comme Marcellus. Ainsi
les premiers ne sortent pas de l'idéal, qui
est la passion des grandes âmes, et les
seconds s'abandonnent à la matière, qui
est leur objectif.

Dans l'après-midi Marcellus pariait aux
courses ; la nuit il ne quittait la table de
baccarat d'un cercle que pour aller s'installer à celle d'un tripot. Il se multipliait
pour jouer.

Les paris sont en même temps l'attrait
et la plaie des courses. Ils constituent et
excusent la grande objection répétée sans
cesse par les hommes antisportifs, ou par
les trop nombreux messieurs Prud'hommes, contre la voie suivie depuis cinquante ans par le Jockey-Club, voie si
féconde, si noble et si méritante dans son
désintéressement. Ils forment un accessoire indispensable, mais il faut déplorer
que l'accessoire ait tendu depuis quelque
temps à dominer le principal. Ce n'est

point la faute des courses, mais du public, et il n'y a rien à faire contre ce courant humain.

Nous ferons simplement remarquer que ce jeu est viril, et demande plus d'intelligence que tout autre. Rien ne peut empêcher le joueur de se livrer à sa passion. Il trouvera toujours à la satisfaire, quoi qu'on dise et qu'on fasse. Ne vaut-il pas mieux qu'il la contente en plein air, en plein soleil, qu'à la lueur du gaz ?

N'est-il pas plus sain de tenter le sort sur les jambes d'un cheval, que sur l'apparition ou le retour d'une carte ? N'est-il pas plus français de tenter la fortune sur les hippodromes, que dans la pléiade trop nombreuse de cercles plus ou moins orthodoxes ?

Nous défions tout vrai moraliste de n'être pas de notre avis.

L'amiral Rous, le plus convaincu des grands maîtres du vrai sport, l'homme qui s'était occupé du turf anglais toute sa vie et n'avait jamais parié, a dit : Les courses sans paris sont une utopie.

Cette question est tellement à l'ordre du jour et le goût des paris de courses fait chaque année tant de progrès, qu'on lira probablement avec plaisir quelques renseignements sur ce sujet. Ils nous ont été fournis par le propriétaire de l'une de nos écuries françaises les plus importantes et doivent être exacts, car ce sportsman militant se préoccupe sans cesse de l'avenir des courses, parce qu'il croit à leur utilité.

Ces renseignements, il les tenait du gros Morris, le bookmaker, mort dernièrement. Sous les dehors et sous les habitudes d'un Falstaff du turf, le jovial Morris cachait une intelligence peu ordinaire. Aucun autre faiseur de livre ne possédait aussi bien que lui toutes les branches de cette question des paris ; aucun ne connaissait mieux son public et son métier.

Le roulement de fonds sur les courses est d'environ cinq millions cinq cent mille francs. Je ne parle que pour mémoire de ce que gagnent les entrepreneurs des réunions suburbaines, qui représentent la cagnotte. Ce sont des spéculateurs ; ils n'ont pas oublié que, chez les Grecs, Mercure était le dieu de la fraude en même temps que celui du commerce. Il paraît que ces idées sont très à l'ordre du jour. Tant pis pour le courant actuel, et espérons qu'un avenir prochain en fera saine justice.

Ces cinq millions cinq cent mille francs, sortant de la poche du public parieur, passent en diverses mains, dans les proportions suivantes :

La tribu variée des bookmakers grands ou petits, anglais ou français, gagne, bon an mal an, quatre millions. Les quinze cent mille francs restant deviennent la récompense de calculs divers, de secrets achetés de toute façon, ou d'aptitudes spéciales.

Parmi les gagnants il faut compter en première ligne ceux qui sont assez raisonnables pour n'écouter aucun raccontar d'écurie, pour ne jouer que sur quelques courses en suivant leur idée, en un mot les tempéraments froids.

Puis viennent les entraîneurs, les jockeys et les femmes qui ont réussi à devenir leurs favorites ou leurs crampons.

Les propriétaires n'arrivent qu'en troisième lieu.

Tout parieur assez fou pour jouer sur toutes les courses est destiné à être décavé.

Depuis quelque temps l'on a beaucoup écrit contre les bookmakers. L'envie et la jalousie de les voir gagner des flots d'or en quelques minutes ou la rancune d'avoir perdu en pariant auprès d'eux, a fait noircir tout ce papier. La vérité est qu'ils font un métier où ils courent beaucoup de risques, où souvent ils ne sont pas payés de ceux qui ont joué et perdu à crédit et où il est juste que les bénéfices soient en raison directe de l'aléa. Certainement il y en a de malhonnêtes, mais on ne les voit pas réussir, tandis qu'il est peu de métiers où l'on puisse citer deux noms aussi honorables que celui de M. Carra, parmi les bookmakers français, et M. Saffery, parmi les anglais.

Ce qui est surtout la cause de la perte forcée du public, c'est son empressement à se précipiter sur les listes dès qu'elles sont ouvertes. On dirait qu'il a hâte de risquer son argent. De cette façon les bookmakers lui font accepter aisément de la marchandise pour beaucoup plus qu'elle ne vaut.

En effet, un cheval courant est une marchandise ayant sa valeur, tout comme la marée. Un jour il est à point, l'autre jour il ne l'est pas. Une fois il est trop frais, l'autre il est faisandé.

Si les parieurs, au lieu de se précipiter sur les listes des bookmakers, à chaque ouverture de course, passaient froidement devant leurs tableaux, ils ob-

tiendraient de bien meilleures cotes, et
la lutte serait beaucoup moins inégale.

Les Anglais ont une manière fort hu-
moristique d'indiquer la chance puissante qu'ont pour eux les faiseurs de livre.
Ils disent qu'avec six chevaux partants
dans une course, il s'en trouve encore un
septième pouvant gagner. Ce cheval ad-
joint figure les accidents ou incidents de
toute sorte, mettant un atout de plus
dans le jeu des donneurs.

La perte des cinq millions cinq cent
mille francs dont nous avons parlé est
supportée, sans sourciller et sans se plaindre, pour trois millions environ, par l'a-
ristocratie de naissance ou de fortune. Le
reste est à la charge du gros public ; voici
pourquoi il se renouvelle chaque année.

Les raisonnables, venant là pour se
distraire et ne risquant aucune somme
dont la perte puisse les gêner, restent
seuls sur la brèche. En réalité les bookmakers sont des banquiers de courses.
De tout temps, les banquiers se sont en-
graissés aux dépens de leur clientèle.
Leurs gains rapides n'ont donc rien que
de très-normal.

Ce monde des parieurs de courses est
composé en grande partie de boursiers et

de joueurs habitués des divers cercles parisiens. C'est pour eux le petit jeu, l'es-
carmouche de jour préludant aux batailles
de la nuit. Le baccarat, voilà leur vie.

(1) La prudhommesque loi de 1836, en
supprimant les jeux en France et privant
le Trésor de douze à quinze millions par
an, a obtenu le très peu moral résultat de
faire vivre et vivre somptueusement plus
de deux mille individus, fort peu inté-
ressants, par la seule ressource du jeu.
Comptez combien il leur faut de dupes,
car ces gens-là jettent l'argent aussi aisément qu'ils le font venir à eux.

Les tripots, appelés cercles, sont ac-
tuellement de véritables affaires indus-
trielles. On monte une souricière de jeu
comme on organiserait une usine des
plus sérieuses, et les capitaux affluent en
plus grand nombre pour le tripot que
pour l'usine. On est si bien rémunéré par
la cagnotte.

Voici comment l'on a procédé depuis

(1) Je dois tous les détails qui vont suivre à
Henry Le Clère, qui, sous le pseudonyme d'Henry
De Creyfont, s'est fait connaître par des articles
pleins d'humour. Je n'ai fait que transcrire les
notes qu'il m'a remises.

E. C.

déjà pas mal d'années et comment on procède aujourd'hui encore pour organiser un salon de jeu.

Il s'agit de trouver vingt personnes honorables, ou paraissant telles, pour signer la demande d'autorisation d'ouvrir un cercle. Le moyen d'éviter toute espèce d'enquête de la part de l'autorité, ou tout au moins de n'avoir à subir qu'une enquête très-superficielle, est bien connu. L'entrepreneur a soin de s'adresser tout d'abord à des gens influents, des députés ou des sénateurs, mais surtout à des conseillers municipaux. Le conseiller municipal est très-recherché comme président de tripot; il fait prime, car on a l'espérance, presque la certitude, que la préfecture de police, toujours en délicatesse, sinon en lutte, avec l'édilité parisienne, hésitera à sévir contre la maison de cagnotte qu'un conseiller municipal couvre et patronne.

Le propriétaire ou gérant du cercle a mille moyens de déterminer les personnages influents à signer la demande d'autorisation et à faire partie du conseil d'administration. Tout d'abord il donne une part des bénéfices à chacun des signataires; les administrateurs ont en outre leur couvert toujours mis à la somptueuse table du cercle. S'ils ont une politesse à faire ou à rendre, quelqu'un à inviter à dîner par exemple, ils le mènent au club, et l'entrepreneur se fait un véritable plaisir de bien traiter administrateurs et invités. C'est la douce cagnotte qui paye.

Il est, enfin, bien des tripots où les administrateurs touchent une mensualité, indépendamment de leurs dîmes et redevances de toute sorte. Cette mensualité varie de 5 à 600 fr. par mois, suivant l'importance de l'établissement.

Sous le proconsulat d'un préfet de police qu'on pourra reconnaître aisément, il était admis en principe que les tripots devaient se tuer eux-mêmes par la concurrence, et qu'il valait mieux accorder toutes les permissions demandées que de laisser subsister les monopoles résultant des premières autorisations. Ainsi les prétendus cercles pullulèrent.

Aujourd'hui l'on fait tout le contraire; non-seulement on rejette les demandes, mais on ferme les cercles toutes les fois qu'on en trouve l'occasion. Malgré cela on ne peut sévir contre tous les tripots qui l'ont mérité. Il y a trop de hautes influences à ménager.

Quand l'établissement est ouvert, il s'agit d'organiser et de faire marcher la partie de jeu, dont les bénéfices constituent l'affaire. On offre bien des dîners périodiques et gratuits presque à tous venants, et chaque jour les membres du cercle trouvent là une table très bien servie et fort économique, mais la concurrence est grande. De la Madeleine au Château-d'Eau, il existe près de cent maisons de jeu, qui s'arrachent la clientèle. L'entrepreneur intelligent emploie des allumeurs et des racoleurs pour faire venir l'argent à sa cagnotte.

Voyez-vous cet homme d'âge et d'expérience, qui mène grand train sans que personne lui ait jamais connu aucun moyen d'existence? Sa tenue est des plus soignées; il dîne bien et dans les bons endroits; il est généreux avec les femmes, parie et perd gros aux courses, etc.

D'où lui vient donc tout l'argent qu'il dépense? C'est qu'il est allumeur, racoleur et, disent les mauvaises langues, quelque peu philosophe, c'est-à-dire, assez fort pour écumer les joueurs sans avoir besoin d'aucun aide.

Ces diverses professions ont pris une grande importance, depuis que le nombre des maisons de jeu est devenu si considérable, sous couleur et sous prétexte de cercle. Aujourd'hui, grâce aux racoleurs et à la facilité avec laquelle on accepte tous ceux qu'ils amènent, il n'est pas un commis de nouveautés, pas même un garçon de café un peu dégourdi qui ne soit membre d'un ou plusieurs clubs. Celui-ci appartient aux *Bonnets Verts*, celui-là au cercle de la *Nouvelle Calédonie*, cet autre au *Cercle de la Grèce;* toutes ces qualifications expressives ont été trouvées par les joueurs eux-mêmes.

Le rôle du racoleur est des plus agréables, mais demande beaucoup de tact et de finesse. Il s'agit de plumer le pigeon sans le faire crier, et sans qu'il s'en doute.

Un bon racoleur doit aller partout où l'on s'amuse et où l'on dépense de l'argent. Il doit se lier avec les ivrognes, les prodigues et les jeunes émancipés, de manière à les amener à la table de jeu. Là son rôle change; il devient allumeur. Joue-t-on au *chemin de fer?* Un banco est-il long à se faire? L'allumeur doit s'écrier avec feu : *Banco!* La partie languit-elle? L'allumeur a pour mission de la ranimer par ses bons mots, sa gaîté, ses encouragements.

L'un des racoleurs et allumeurs les
plus habiles de Paris est Auguste Berley. Intelligent, spirituel, beau garçon, il aime à bien vivre et l'on s'ennuie
rarement avec lui. Il possède une qualité
encore plus précieuse pour un entrepreneur de cercle. Il n'a pas son pareil pour
filer une carte, et tous les tours des phi-
losophes ou des grecs lui sont connus.
Quand l'un d'eux s'introduit dans la salle
de jeu, et dévalise les pontes sans trop
les faire crier, Berley s'approche doucement de lui et lui murmure de son air le
plus gracieux :

— Vous avez, monsieur, un fort joli
talent et j'ai apprécié comme elle le mérite l'habileté, avec laquelle vous venez de
préparer les trois petits abattages qui ont
si heureusement terminé votre banque.

— Monsieur ! riposte l'accusé avec une
indignation bien jouée.

— Pas de bruit. Je vous répète que
j'apprécie votre talent à toute sa valeur.
Je serai heureux de vous voir travailler
ici quelquefois, mais à la condition d'un
partage qui me paraît équitable.

— Une accusation semblable est indigne et je vais...

— Trouver le commissaire des jeux,

qui va vous faire arrêter sur mes indications. Venez alors; je vous précède.

La scène se termine toujours par une
sage et fraternelle association.

Quelques jours plus tard le grec revient
dans le tripot où trône Berley, et celui-ci
est le premier à ponter sec contre lui.

— Un guignard fini, ce cher un tel,
s'écrie-t-il. Enfin, la fête des pontes va
commencer, car il est beau perdant.

La galerie entraînée par Berley, qu'on
sait être un malin, s'emballe et perd sans
compter.

Ce fut aux courses qu'Auguste Berley
fit la connaissance de Marcellus Dereddy.
A la façon hardie dont il le vit parier, il
flaira un homme pouvant devenir un
joueur effrené. Il le tâta en l'invitant à
des parties carrées et essayant de l'entraîner d'abord aux fêtes libidineuses
que chaque année le *Philosophia Club,*
un des cercles les plus prospères et où
l'on joue le plus cher, offre à ses invités,
mais ces sortes de séductions n'avaient
plus de prise sur Dereddy. L'ivresse et
les femmes lascives ne lui apportaient
plus ni plaisir, ni distraction. Il voulait
s'étourdir par les émotions âcres du jeu,
encore inconnues de lui, car jusqu'alors

il n'avait fait qu'effleurer cette passion
et ses amis n'avaient pu le faire asseoir
aux tables de baccarat que par intermit-
tence et en le priant beaucoup. En ce
moment il était mûr pour ce dernier vice.
Berley le reconnut et en tira parti. Marcellus arriva à lui demander de lui-même
de faire son éducation de vrai joueur.

— Les filles de plaisir ont fait leur
temps pour moi, lui dit-il un soir, et je
ne veux pas de femme de cœur. A moi
la reine de pique !

— Devenir joueur est facile, mais gagner au jeu voilà l'essentiel, répondit
Berley pris d'un accès de franchise et
d'une sorte de remords anticipé en pres-
sentant qu'il allait jeter un fou à l'abîme.

— Que m'importe le gain? Ce que je
veux, ce sont les émotions du jeu, ces
émotions captivantes et fiévreuses qui
font tout oublier et tout sacrifier : fortune, famille, honneur même. Mon portefeuille est bien garni, j'ai pignons sur
rue et terres au soleil. Il me semble que
j'aurai plaisir à faire danser tout cela ;
j'entrevois plus de volupté âcre dans la
perte que dans le gain.

— Alors vous ne serez jamais un vrai
joueur, car j'ai entendu dire à l'un de

nos plus enragés cartonneurs : « Je jouerais la gale, que je voudrais la gagner. » Un autre, faisant tous les jours une partie de bézigue avec sa maîtresse, qu'il n'a aucun intérêt à gagner puisqu'il gagne son propre argent, se met dans des colères horribles quand il perd. J'ai vu un troisième se disputer avec sa bonne pour un sou, alors qu'il avait fait une différence de 50.000 fr. à la partie de baccarat de la nuit précédente, et comme je le regardais un peu étonné, je l'avoue, je l'ai entendu me répondre : « Ça, c'est les affaires. Au jeu je puis être prodigue, parce que je gagne vite. »

— Je voudrais avoir la fortune de Rothschild pour pouvoir la perdre.

— Comme vous y allez ! C'est donc par esprit de vengeance que vous voulez jouer ; vous marchez au suicide de votre fortune. Eh bien ! vous avez tort. Croyez-moi, et le gain vous intéressera, vous consolera de tout. Pour qui sait se posséder et être calme, le jeu n'est point aussi terrible qu'on le dit. Je connais de fort honnêtes gens qui trouvent moyen d'y gagner.

— Quels phénomènes ! Je les plains.

— Vous connaissez comme moi le vi-

comte de Puymaly. Venu à Paris avec
200.000 fr. tout au plus, il dépense près
de 100.000 fr. par an et en met bien davantage de côté, ce qui est très-moral,
et tout cela par le jeu seul.

— Ce doit être ennuyeux, comme tout
ce qui est moral.

Berley continua imperturbablement,
comme un orateur interrompu à la
Chambre, mais ayant un discours à placer et ne voulant pas faire grâce d'un
mot ou d'une syllabe :

— Il est vrai que le vicomte est une
nature très-forte et très-observatrice.
Il a remarqué qu'il arrive toujours un
moment dans les groses parties de jeu,
où les pontes sont quinteux, nerveux,
agacés et ayant perdu tout sang froid
et tout sens commun, jouent tout de
travers et comme s'ils trouvaient plaisir à perdre, ainsi que vous en ma-
nifestez le goût déplorable et l'intention mauvaise. C'est ce moment tout
à fait psychologique que chaque soir
le vicomte attend patiemment et dont
il profite. C'est la tempête attendue par
ce corsaire honnête, c'est l'orage appelé par cet irréprochable boucanier du
jeu. Il pousse alors la banque aux prix

les plus élevés et l'obtient quand même.
Puis il tire sa montre, et dit : « Messieurs, quel que soit mon gain ou quelle
que soit ma perte, je taillerai pendant
une heure ». Quand l'heure est expirée,
il se lève, qu'il perde ou qu'il gagne.

— C'est-à-dire remarqua Dereddy, que
ce froid vicomte est une simple machine
à remuer des cartes.

— Non, c'est un spéculateur en jeu,
un commerçant aussi honorable et peut-
être plus que bien d'autres, car dans
toute espèce de commerce il y a toujours
la part du jeu, et beaucoup se la font
belle en trichant de plus d'une manière.

— Ce n'est pas ainsi que je veux jouer,
reprit brusquement Marcellus. Dans le
jeu je ne cherche qu'un désordre de plus.
Il faudra plus d'un cercle pour tenir en
haleine ma fièvre de chaque nuit ; voulez-vous me servir de pilote ?

— Très-volontiers, et vous tombez
bien. Il y a justement ce soir grande fête
à la *Petite Calédonie ;* la partie sera plantureuse, un vrai combat doré. Je suis au
mieux avec les membres du comité et
puis vous faire admettre séance tenante.

— C'est entendu, et je vous remercie.
Venez dîner avez moi ; j'irai garnir mon

portefeuille comme pour une attaque royale, et vive la perte !

A dix heures Berley et Dereddy faisaient leur entrée à la *Petite Calédonie*. Situés à quelques pas des grands boulevards, les salons de jeu de ce cercle très-prospère et très-suivi sont immenses. Les meubles sont luxueux, les canapés et les divans sont doux et si bien rembourrés que les décavés sont sûrs de trouver là un très-bon lit.

Ce cercle est dirigé par un vrai bohême de la vie parisienne. Il s'est fait tour à tour entrepreneur de toute espèce de choses et de personnes, même de femmes, et il s'est toujours montré tellement madré dans ses divers métiers qu'il a constamment réussi.

La Nouvelle, comme on l'appelle, par abréviation familière, est un des rares tripots où la cotisation se paie régulièrement. C'est aussi l'un de ceux où les chevaliers de la palette travaillent le mieux. Sous l'œil engageamment ouvert du directeur, ils excellent à faire disparaître, avec un zèle et une prestesse méritant d'être bien rémunérés parce qu'ils soignent ardemment les intérêts de la cagnotte, les plaques de vingt-cinq et de cinquante louis. Malheur au banquier qui a la bonhomie ou la distraction de quitter des yeux un instant, un seul, son enjeu. Il est surveillé dans ses moindres inattentions, et mis en coupe réglée.

Quand Marcellus et Berley arrivèrent aux salons de jeu, la partie était dans tout son plein, et le directeur contemplait avec amour sa cagnotte, qui s'engraissait à chaque nouvelle banque, mais il s'empressa de quitter son occupation béate, lorsqu'un grand larbin fort bien stylé et très proprement mis vint lui annoncer que Berley avait à lui présenter un nouvel arrivant, dont le portefeuille était des mieux garnis.

La présentation fut des plus simples et des plus sommaires. L'employé de service inscrivit les nom et prénoms de Marcellus Dereddy, avec le domicile qui lui fut donné. Berley et le directeur signèrent après lui, et les formalités, exigées par la préfecture de police, furent remplies.

Supposez que Marcellus, au lieu d'être un novice et une future dupe, fût un grec de profession ou un philosophe, il aurait pu entrer au cercle avec la même facilité. Le raccoleur et le gérant lui auraient délivré avec autant d'insouciance cette sorte de permis de chasse, qui l'autorisait à dépouiller les malheureux naïfs destinés à jouer contre ses banques. Dès le soir même, et sans qu'on eût pris aucune information sur son compte, Marcellus put tailler toutes les banques qu'il voulut.

La veine lui sourit, comme elle fait presque toujours aux débutants, ou aux joueurs qui sont demeurés longtemps sans tenter le sort du carton peint. La fortune du baccarat est plus capricieuse que la plus mobile des filles d'Ève. Elle se plaît à encourager de ses plus riantes faveurs ceux qui viennent ou qui reviennent à elle avec l'ardeur des néophytes. Elle semble avoir la nostalgie du fruit nouveau et rechercher les hommages qui jusqu'alors l'avaient évitée.

Les diverses banques, taillées par Marcellus avec une insouciance et une hardiesse de fou ou de grand seigneur, furent d'un *rasoir prodigieux,* suivant l'expression de ces lieux où fleurit l'argot du jeu. Mais l'époux désespéré de Marie d'Almée n'était pas le seul à profiter de sa veine inouie. Les croupiers avaient reconnu en lui un apprenti joueur, un

insouciant facile à exploiter. Ils travail-
laient à la fois pour la cagnotte et pour
eux-mêmes. Le plus jeune d'entre eux,
le nommé Randu, aussi adroit qu'un
prestidigateur, prélevait à chaque coup
de gain une partie du bénéfice. Sa façon
de procéder était assez originale pour
mériter d'être racontée.

Randu avait pour vêtement un veston
aux larges poches. Celle de gauche con-
tenait les jetons nécessaires aux joueurs,
et celle de droite était vide, ressemblant
à un antre profond. Le banquier ga-
gnait-il les deux tableaux, mons Randu
ramassait d'abord le premier et transpor-
tait tous les enjeux sur le second, en
prenant bien soin de mettre les grosses
plaques tout auprès de lui, c'est-à-dire
ce qui représentait le plus d'argent.
Quand tout était ramassé et rassemblé,
il avait un mouvement adroit et gracieux
pour enlever tous les enjeux sur le bout
de sa palette. Puis il faisait reposer im-
perceptiblement l'extrémité de son arme
ratissante sur sa vaste poche de droite,
donnait une légère pression et faisait
osciller les jetons, dont les plus gros
tombaient dans la caverne de sa poche
aux larges flancs entr'ouverts. Lorsque

la banque était finie, il n'y avait plus moyen de rien contrôler et du reste personne n'y songe jamais.

Le bonheur au jeu dura, pour Marcellus, plus d'un mois presque sans alternative de pertes, ou du moins sans pertes marquantes. Ce n'était pas là ce qu'il désirait, et il déclara un soir à Berley que, si la veine continuait à le poursuivre de ses faveurs il renoncerait au jeu.

— C'est monotone, prétendait-il ; toujours ou presque toujours gagner. Faites moi donc perdre ; amenez moi auprès de joueurs plus habiles.

Mais Berley mettait, au contraire, de l'amour-propre à écarter du chemin de cet endiablé tailleur de banques ouvertes tous les grecs connus et à connaître. Sa protection était pour beaucoup dans la veine constante qui favorisait Marcellus. On en vint à demander à celui-ci s'il n'avait pas un fétiche tout puissant pour le protéger.

Une nuée de fétiches a paru et a été en vogue, depuis l'éléphant à la trompe béatement contournée jusqu'au jeune petit porc, dont l'appendice caudal affecte une frisure guerrière. Les bijoutiers ont eu recours à presque tous les animaux

19.

de la création, pour vendre des prétendus porte-veine, mais l'on doit constater
que le petit porc, malgré son inélégance,
l'a emporté d'un très grand nombre de
longueurs sur tous ses concurrents ; il les
a même distancés.

Qu'est-ce qu'un fétiche, demanderont
les lecteurs qui ont l'avantage et la sa-
gesse de n'avoir jamais mis les pieds
dans un club ?

Le fétiche est une chose quelconque,
animée ou inanimée, à laquelle le joueur
attribue une vertu mystérieuse, celle de
le faire gagner à coup sûr. Serait-il sorti
de l'école la plus supérieure en intelligence, aurait-il cultivé les sciences les
plus ardues et les plus positives, qu'il
croirait à son fétiche avec autant de conviction que les bonnes femmes et les es-
prits faibles croient à la corde de pendu
comme porte-veine. C'est une sorte d'a-
mulette du jeu.

Paris est assurément la ville du monde
qui rencontre le plus de sceptiques, mais
celle aussi qui renferme le plus de féti-
cheurs. Parmi eux, le plus remarquable
et le plus original est sans contredit Paul
Boissières. Il faut ne pas être Parisien
pour n'avoir pas connu Boissières. Il est

impossible de ne pas l'avoir rencontré et
de n'avoir pas demandé son nom, si l'on
a tant soit peu arpenté le boulevard si
vivant qui va de la rue Drouot à la rue
Halévy, de la rue de Richelieu à la rue
de la Paix. C'est un vrai gentleman, spirituel et très instruit, quoiqu'un peu an-
nihilé par la vie à outrance ; il se montre
toujours prêt à obliger, qualité devenue
assez rare.

L'énumération des fétiches de Boissières remplirait un in-folio. On lui a vu
dans les mains des fers d'âne qu'il avait
ramassés sur une grande route, des ailes
de chauve-souris, des plumes de vieux
perroquets, des perruques du grand siècle, etc. Sa foi est d'autant plus méritante, que ses fétiches lui ont coûté
plus de billets de mille francs qu'il ne
nous en faudrait pour tenir un rang honorable dans la société. S'il a quelque
jours de veine, il les attribue à son amu-
lette, et plein de confiance il risque d'un
seul coup tout ce qu'il a gagné pénible-
ment dans cette série heureuse. C'est
alors qu'il perd. Au diable le fétiche
d'hier et d'aujourd'hui ! il lui en faut un
autre pour demain, car il ne peut se passer d'un fétiche quelconque.

Une de ses manies quand, fatigué du baccarat, il se livre aux douceurs des jeux de commerce, c'est de se fâcher tout rouge si un joueur vient à s'appuyer sur sa chaise. Il se recule vivement, repousse l'intrus et déclare que la partie est perdue. Si, en effet, le hasard veut qu'il ait très mauvais jeu, il s'écrie avec conviction :

— Parbleu, je le savais bien ; on a touché ma chaise.

Bien mieux, s'il n'a qu'un jeu médiocre, mais avec lequel il est possible de se défendre, il fait exprès de mal jouer et de compromettre la partie, sans souci des joueurs qui ont parié dans son jeu. Si on veut lui adresser quelques remontrances, il réplique sans s'émouvoir :

— Tant pis pour vous, il faut veiller à ce qu'on ne touche pas à ma chaise.

Une de ses monomanies est encore de ne jamais donner un coup sans s'être assuré que tous ses jetons sont retournés du côté face. Les joueurs ont beau s'impatienter pendant que, sans se presser, méthodiquement, avec un flegme imperturbable, avec une gravité de sénateur romain, il se livre à cette opération sans pareille pour lui, il ne consent à donner les cartes que lorsqu'il a terminé son petit rangement D'autres fois, il forme avec ses jetons des figures cabalistiques.

Il n'est pas un restaurant de nuit qui n'ait eu la visite de Boissières. C'est qu'il croit à la vertu des femmes, non comme l'entend le vulgaire. mais en matière de fétiche et de porte-veine. C'est ainsi qu'on l'a vu honorer successivement de sa confiance Lætitia, Hortense, Andréa, Berthe et tant d'autres, dont la seule réputation est de porter la veine, peut-être en raison de leur bêtise sans égale. Mais le pauvre Paul est si souvent déveinard au club, que pas une de ces demoiselles plus ou moins aimables ne peut se vanter de l'avoir possédé plus de huit jours, à l'exception de Pauline la Pucelle, qui l'a gardé plus de six semaines.

Pauline est une gaillarde adroite. Elle savait ménager son féticheur. Pas du tout jolie et déjà presque vieille, ce porte-veine femelle connaissait le faible de Boissières, et avait su trouver le joint. Un soir elle lui disait :

— Tu peux aller au cercle ; je te garantis que tu gagneras.

Et Paul gagnait en effet.

Le lendemain il voulait retourner au jeu, mais la rusée coquine savait le retenir en lui disant :

— Vas-y si tu veux, mais sois assuré que tu perdras. J'ai la double vue.

Le hasard ayant fait réaliser ce funeste présage, Paul se laissa conduire avec une docilité remarquable. Durant ces six semaines, dont la rusée profita largement, il n'alla que six fois au cercle, et six fois il revint victorieux. Mais comme ici-bas les meilleures choses ont leur revers, il arriva que Paul perdit dans une seule nuit tout ce qu'il avait gagné dans les six séances précédentes. Il lâcha Pauline, qui put partir les mains pleines. Elle avait su pendant le moment de veine se réserver de quoi faire face aux jours de famine.

Deux aventures de Boissières l'ont surtout rendu célèbre : celle du *bain de pieds* et celle du *marié*. Racontons-les pour donner une idée de ce que peut faire un féticheur.

Paul, fatigué de perdre sans cesse, déclara un jour qu'il ne mettrait plus les pieds dans un club. Il tint parole, mais tomba bientôt dans une noire mélancolie. Il dut reconnaître qu'il souffrait de cette maladie si commune aux joueurs enracinés, que les circonstances tiennent éloignés du tapis vert : la nostalgie du jeu. Ses amis se firent un plaisir de le railler sur sa stoïque résolution. On décida de le mettre à l'épreuve, et de lui faire oublier sa parole.

Un soir, où il semblait plus morose que d'habitude, on lui proposa une mignonne partie de baccarat. Ce serait anodin, sans cagnotte, presqu'en famille, chez un comte polonais qui ne dédaignait pas de temps à autre de mettre sa chambre d'hôtel à la disposition de ses amis et connaissances. Cette amabilité lui constituait plus d'un bénéfice, on peut le penser d'autant mieux que cet amphitryon complaisant n'avait pas manqué à l'usage de beaucoup de gens exotiques, se faisant appeler princes à Paris après avoir été marmitons dans leur pays. Celui-ci, en sa qualité d'ancien cuisinier modeste et obscur, s'était contenté du titre de comte. Il était Russe au lieu d'être Polonais. On connut tous ces détails un certain jour où le faux comte et faux Polonais eut maille à partir avec la police correctionnelle.

Boissières s'était promis de ne plus aller au cercle, mais non de ne pas jouer

chez les comtes polonais. Il fut avec la
Pologne des accommodements; le bou-
deur de la dame de pique se laissa entraîner.

Le commencement de la soirée ne lui
fut pas favorable. Il était cependant venu
en pleine confiance, et se croyait certain
de gagner, par cette haute raison de fétichisme qu'il était resté assez longtemps
sans jouer pour avoir laissé passer la dé-
veine. Vers deux heures du matin, il ne
lui restait plus que trois billets de mille
francs et une affreuse migraine. La souffrance devint si intolérable qu'il allait se
retirer lorsque le Polonais, complaisant
et obséquieux en sa qualité d'ancien laquais du Nord, lui proposa de commander un bain de pieds et de le lui faire
apporter.

— Je veux bien, dit Boissières, mais
à condition que je ne cesserai pas de
jouer.

— Très-original, s'écria l'un des assis-
tants. Ainsi le proverbe : *il jouerait le
corps dans l'eau,* se trouvera réalisé. Il
n'y a que Boissières pour justifier les
proverbes.

Un quart d'heure plus tard, Boissières
qui venait de prendre la banque, plon-

geait ses pieds dans l'eau bouillante, et
se mettait à tailler dans cette situation
excentrique.

Sa veine fut prodigieuse. A part le
comte polonisé, très-prudent en sa qualité d'étranger et d'homme du Nord,
toute l'assistance se décava au profit de
Boissières, qui attribua son triomphe à
ce bain de pieds providentiel.

Dès le lendemain il se rendit au grand
cercle des *Progressistes*, dont il faisait
partie dès sa fondation. Il fit rassembler
le comité, sous prétexte d'une communication très-importante à lui exposer.

— Je m'engage, dit il avec un sérieux
inéluctable, à tailler banque ouverte huit
jours durant, si on consent à me laisser
prendre un bain de pieds à la table de jeu.

Vous pensez bien que sa proposition
excentrique eut un insuccès complet.
Froissé dans son fétichisme, Boissières
donna sa démission, mais en voyant son
club préféré se montrer si intolérant, il
n'osa réitérer son offre en d'autres lieux.
Ce fut dommage, car il en aurait certainement trouvé de plus accueillants.

Son aventure avec un nouveau marié
n'est pas moins plaisante.

Boissières avait eu la chance de tailler

plusieurs banques très-heureuses, qui
lui avaient été coupées par un sous-chef
de bureau au ministère des finances. Ce
bureaucrate ne venait au cercle que pour
y lire les journaux, se montrer dans une
toilette irréprochable, faire craquer ses
souliers vernis sur les parquets, et tenir
en haleine de courtisanerie un person-
nage important qui devait le faire monter en grade au ministère.

Boissières l'avait adopté comme fétiche et le comblait de toutes sortes de
prévenances. Il le prenait à sa sortie du
bureau, le conduisait en voiture découverte au bois de Boulogne, l'invitait à
diner dans les meilleurs endroits, lui
offrait des havanes exquis, riait de ses
moindres bons mots ou lui en soufflait,
et semblait écouter avec intérêt les potins
du bureaucrate sur ses collègues. Puis,
il lui faisait prendre doucement le chemin du club, et ne lui demandait, pour
tant de chatteries, qu'une seule chose :
lui couper deux ou trois banques.

Le sous-chef devint amoureux, non
pas d'une femme, mais d'une dot. Il garda
le plus grand secret sur la découverte
d'une héritière qu'il avait faite, et la déconvenue de Boissières fut très-grande

lorsque son homme-fétiche lui annonça qu'il se mariait le lendemain.

— Et la coupe de mes banques? s'écria le féticheur.

— Oh! c'est bien fini, dit l'employé. Une fois marié je consacrerai tout mon temps à la famille, et ne sortirai qu'avec ma femme.

— Mais, sapristi, vous deviez me prévenir. Je me serais pourvu ailleurs. Demain, c'est la grande partie et j'avais compté absolument sur vous.

— Je le regrette, dit froidement l'ingrat sous-chef.

Le lendemain, Boissières assista au mariage de son fétiche, se fit inviter au dîner, dansa au bal, et se montra si charmant que toute la famille et tous les gens de la noce ne voyaient que par lui. Vers minuit, comme il entraînait la mariée dans une valse langoureuse, il lui demanda la permission de lui enlever son mari pendant une toute petite heure, disant qu'il avait absolument besoin de lui pour une affaire d'où dépendait sa fortune. Il promit de le lui ramener plus souriant et plus empressé. La jeune femme accorda l'autorisation si diplomatiquement demandée. Le sous-chef se laissa entraîner. On prit une voiture, et l'on galopa vers le club où Boissières se fit couper une banque, qui lui rapporta plus de trente mille francs. Mais le marié fétiche avait disparu pour aller remplir ses devoirs conjugaux ; il ne put couper une seconde fois, et Boissières reperdit aussi vite qu'il avait gagné. Depuis ce jour, il ne cesse de déblatérer contre le mariage, institution barbare qui lui a enlevé son meilleur fétiche.

Marcellus Dereddy se lia avec Boissières par la force et la promiscuité du jeu. Il lui demanda un soir avec beaucoup de sang-froid :

— Est-ce que vous ne croyez pas aux fétiches de la guigne, comme aux porte-veine ?

— Fichtre si, s'écria Boissières, et mon plus grand soin est de les éviter.

— Savez-vous les reconnaître ?

— Que trop... Je les sens.

— Voudriez-vous m'en indiquer quelques-uns ?

— Il y a d'abord les classiques, mais on peut les conjurer. Quant aux romantiques, ils varient à l'infini, et c'est une affaire d'intuition pour chaque joueur. Il faut les éviter à tout prix.

— Indiquez-moi d'abord les classiques.

— Les enragés prétendent que la rencontre d'un prêtre porte toujours malheur ; je ne m'en suis pas aperçu moi-même, et l'on peut aisément remédier à la fatalité de cette rencontre. Il n'y a qu'à toucher sans retard un morceau de fer... Ceux que je crains par dessus tout, ce sont les gens qui viennent vous féliciter quand vous venez de gagner ; les emprunteurs et les anciens débiteurs ; les gens qui vous disent : bonne chance ; les épiciers et les bourgeois prudhommesques.

— Passons aux romantiques.

— Redoutez entre tous l'aveugle blond qui se promène sur les boulevards depuis le Grand-Café jusqu'à la place de l'Opéra.

— Comment un aveugle peut-il avoir le mauvais œil ?

— C'est justement en raison de sa cécité qu'il n'y a aucune conjuration possible contre sa jettatura... Mais assez sur ce sujet. Je n'aime pas à en parler ; ça porte malheur.

— Alors tant mieux pour moi, car je veux rechercher les porte-guigne, comme vous recherchez les porte-veine. Je vou-

drais perdre et perdre beaucoup, **perdre**
toujours.

— Alors vous n'êtes qu'un profane ;
vous n'êtes pas digne d'être joueur.

— Avec ça que vous n'avez pas perdu
plus souvent que vous n'avez gagné.

— C'est vrai ! mais j'ai toujours pour
horizon la fortune souriante. Jouer pour
perdre ! Quelle hérésie ! Je vous quitte ;
vous me faites peur. Si ça se gagnait,
votre maladie ; merci.

Marcellus fit si bien que ses désirs
furent exaucés. La veine se retourna
complètement contre lui, et il perdit
presque chaque jour des sommes consi-
dérables. Toute sa fortune y passa peu à
peu. Lorsqu'il eut épuisé son argent, il
vendit ses maisons et ses propriétés
rurales. Il n'eut même pas la délicatesse
de réserver la modeste dot que Marie
d'Almée lui avait apportée. Ce fut plus
qu'un désastre ; ce fut un écroulement.

L'affolé de perte souriait nerveusement en marchant à sa ruine complète.
Il espérait ainsi forcer sa jeune femme à
lui adresser quelques observations ou à
lui faire quelques reproches, mais il ne
put y parvenir. L'indifférence et le mépris qu'il lui avait inspirés demeurèrent

implacables ; Marie d'Almée se laissa
conduire au dernier dénûment sans proférer une plainte, comme une martyre
fanatique de souffrance. Que lui importait la vie de pauvreté? Ce serait une
douleur de plus à supporter. N'était-elle
pas habituée à toutes les tortures, et
n'avait-elle pas épuisé le calice de tous
les tourments? Que pouvait lui faire la
misère matérielle? N'avait-elle pas subi
toutes les misères morales?

CHAPITRE XVII

Gentilhomme et communard.

Nous voici arrivé à la phase la plus douloureuse et la plus dramatique parmi le calvaire de souffrances que Marie d'Almée eut à gravir dans sa vie tourmentée.

La néfaste guerre de 1870 était venue torturer les cœurs vraiment français. Marcellus était patriote en sa qualité de Parisien; il était brave, comme l'on a pu en juger dans le courant de cette histoire; il fit son devoir contre les envahisseurs de race germaine, il se battit en désespéré au dernier combat de Buzenval, livré sans conviction par un chef beau parleur, mais incapable d'agir.

En raison même de l'ardeur qu'il avait

mise à défendre son pays, la capitulation le transporta de rage comme la plupart des enfants de Paris, fort orgueilleux de leur cité. Dans sa vie de désordre il s'était lié avec plusieurs des exaltés qui menaient le parti de la Commune. Au 18 mars, il se mit de leur côté contre l'armée régulière et les gouvernants timides qui s'étaient enfuis à Versailles. Chaque jour, depuis ce premier pas, il ne fit que se lancer plus avant dans le parti des révoltés.

On le créa colonel d'état-major. Il fit meilleure figure dans ce grade que la plupart de ses confrères, moins dignes que lui de le remplir sous tous les rapports. On le trouva partout où il y avait un danger à courir, ou l'exemple de la résistance à donner.

De son côté, Marie d'Almée se conduisait en véritable héroïne. Parmi les dames parisiennes qui avaient formé cet admirable bataillon des ambulancières, et qui faisaient l'honneur du siège pénible, soutenu contre les troupeaux d'Allemands rapaces, elle fut remarquée entre toutes par son ardeur à aller soigner les blessés sur le champ de bataille même au milieu des balles sifflantes. Elle voulait mourir; voilà pourquoi peut-être la mort, cette grande capricieuse, fuyait devant elle.

Marcellus Dereddy la força à rester auprès de lui, lorsqu'il entra dans le parti de la Commune. La politique lui importait peu. Elle ne vit là que des blessés à soigner, des faibles à secourir et l'espérance de se faire tuer, mais la délivrance suprême et mortelle ne devait pas lui être octroyée par la main de Dieu. Elle était réservée à de nouvelles épreuves.

Marcellus rendit de brillants services à la Commune. Il entraînait les plus timides par son mépris de tout péril. Il se multipliait pour être tous les jours au point d'attaque, donnant le plus d'espoir, ou bien au lieu de défense le plus menacé. Il s'était donné corps et âme au triomphe du parti qu'il avait embrassé.

Espérait-il ce triomphe?

Nous ne l'affirmerons pas, et nous croyons plutôt que s'il courait ainsi au devant des plus grands dangers, s'il exposait sa vie avec un empressement surhumain, c'était par désespoir de jamais arriver à vaincre la répulsion de sa femme à son égard. Il sentait que cette répulsion était juste et inéluctable, et le malheureux aimait plus que jamais.

Son amour s'était épuré. Il avait renoncé à toute brutalité vis-à-vis de sa
femme, qui lui en savait gré et était re-
devenue douce vis-à-vis de lui. Sous
cette influence bienfaisante, il améliorait
chaque jour sa nature ; par un contraste
étrange, il avait sans cesse au cœur des
pensées d'idylle idéale, tout en versant
des flots de sang. Si le destin lui en eût
donné le temps, il fût peut-être devenu
bon, mais sa fin était proche, ses jours
étaient comptés.

Dans les dernières phases de la résistance, au moment où la Commune entrait
en agonie, Marcellus redoubla de courage pour soutenir les défaillants. Il allait
de quartier en quartier, de barricade en
barricade, soutenait les forts, ramenait
les faibles.

Son étoile de mort le conduisit aux
environs de la Roquette, au moment où
arriva l'ordre de fusiller les ôtages. Il en
fut prévenu et résolut de tout tenter pour
empêcher cette horrible exécution.

Au moment où son père débutait dans
le commerce, il avait été fort aidé par le
président Bonjean, que Marcellus savait
être au nombre des victimes désignées

par l'ordre envoyé. L'origine de la fortune paternelle venait de là. Il en avait conservé une grande reconnaissance.

Il s'élança donc sans hésiter au secours du bienfaiteur de sa famille, mais il n'aboutit qu'à périr misérablement le premier.

Malgré l'autorité qu'il avait conquise par ses services de chaque jour, il fut repoussé des hommes choisis pour l'exécution. Vainement il les traita de lâches, leur dit qu'ils devenaient bourreaux au lieu d'être citoyens et soldats, qu'ils feraient mieux de le suivre contre les troupes de ligne avançant à chaque minute dans Paris, au lieu d'égorger des vieillards sans défense.

Il avait trop raison pour ne pas exciter la colère et la vengeance des forcenés qu'il avait devant lui.

— Ah! c'est ainsi, s'écria l'un d'eux. Tu nous abandonnes, mauvais citoyen, colonel aristocrate et calotin; tu deviens notre ennemi. Eh bien! tu vas y passer tout le premier. A moi, vous autres

Vingt furieux s'élancèrent sur Marcellus et mirent son corps en lambeaux avant qu'il ne pût se défendre. Ce fut une véritable scène de cannibales.

20.

La mort comme la vie de ce dévoyé eut des phases écœurantes.

Par une coïncidence étrange. au moment même où Marcellus périssait sous les coups de ses camarades de révolte, Marie d'Almée courait grand danger d'être fusillée par les soldats de la troupe assiégeante.

Nous avons dit qu'elle donnait ses soins aux blessés de la Commune, et qu'elle était pour eux une sorte de sœur de charité laïque et bienfaisante. Au moment de la bataille des rues elle se dévoua, sans distinction de parti, à soigner les victimes des assaillants comme celles des révoltés.

Au milieu de l'aveuglement affolé d'une lutte semblable, jouer un rôle aussi évangélique devait être fort dangereux.

Marie d'Almée était si connue et avait su inspirer tant de confiance respectueuse aux fédérés de la Commune, qu'ils lui pardonnèrent de faire ramasser et de tâcher de sauver leurs ennemis blessés. De ce côté elle ne fut pas inquiétée, mais il n'en fut pas de même du côté des assaillants, qui ne la connaissaient pas et ne pouvaient apprécier son dévouement éclectique.

Cette guerre des rues est la pire de

toutes. Les soldats arrivent à une excitation que les officiers sont impuissants à arrêter. Ils ont reçu des blessures légères ou mortelles, sans pouvoir se rendre compte d'où les coups sont partis ; ils sont disposés à voir partout des ennemis ou des traîtres ; ils deviennent cruels sans motif et sans retenue.

Marie d'Almée ne se contentait pas de donner ses soins aux blessés ; toutes les fois qu'elle trouvait à soustraire des fédérés valides et sur le point d'être pris pour être livrés immédiatement au peloton d'exécution, elle n'écoutait que son cœur et les aidait à se sauver.

Une barricade formidable, élevée sous les fenêtres du restaurant du *Cadran bleu*, sur le boulevard de la Villette, à l'entrée de la rue de Flandre, avait fait une résistance désespérée. Derrière des monceaux de cadavres leur servant de remparts et de boucliers, les assiégés ne ralentissaient pas leur feu meurtrier et rendaient le succès indécis.

Plusieurs fois les officiers de la ligne avaient tenté l'assaut ; ils s'étaient fait tuer inutilement et n'avaient pu entraîner leurs soldats. Ils furent obligés de faire demander des renforts.

Le général leur envoya une compagnie des *Volontaires de Seine-et-Oise,* ce corps d'élite qui avait réclamé l'honneur d'obtenir toujours les postes les plus périlleux et d'exécuter les coups de main les plus hardis.

Ils y avaient droit par la pensée même qui avait présidé à leur formation. Tous avaient eu quelques parents guillotinés pendant les plus mauvais jours de la première République. Une sorte de vendetta rétrospective et politique avait armé leur bras ; ils se battaient avec fanatisme dans cette guerre civile, mais il faut leur rendre justice en disant qu'ils s'étaient d'abord battus avec la plus grande énergie contre les Prussiens. Tous étaient chasseurs et sportsmen habitués au danger.

Le capitaine et le lieutenant de ces volontaires furent tués par deux coups de fusil partis des fenêtres du restaurant du *Cadran bleu.* Le sous-lieutenant s'élança en tête, et criant vengeance fut bientôt au sommet de la barricade. Les volontaires le suivirent comme des chats-tigres : en quelques secondes la position était prise.

Avec l'aide des soldats de la ligne

on se mit à fouiller les maisons des alentours. Le sous-lieutenant se réserva le soin de visiter lui-même le restaurant du *Cadran bleu*. Il voulait retrouver les meurtriers de son capitaine et de son lieutenant, mais les recherches demeuraient vaines et l'exaspération était à son comble, car les officiers tués étaient fort aimés. Un morne silence régnait parmi les volontaires. Il fut troublé par les cris forcenés de :

— Fusillons-la ! fusillons-la !

Dans une maison attenante au *Cadran bleu*, les soldats de ligne avaient trouvé Marie d'Almée, qui avait établi là une ambulance pour les blessés des fédérés.

Elle avait résolu de continuer jusqu'à la fin sa périlleuse mission de charité, et reculait avec les assiégés à mesure qu'ils perdaient du terrain.

Les vainqueurs lui auraient peut-être pardonné, mais ils l'avaient surprise en train de faire évader plusieurs hommes valides qui avaient imploré son secours, et ils voulaient la fusiller sur l'heure.

Plusieurs voies de communication avaient été ouvertes entre le restaurant du *Cadran bleu* et la maison où Marie d'Almée recueillait les blessés. Les volontaires accoururent aux cris menaçants qu'ils venaient d'entendre, et se montrèrent les plus acharnés à se faire justice sommaire, lorsqu'ils apprirent que la jeune femme avait aidé plusieurs fédérés à se sauver. Ils crurent que les meurtriers de leur capitaine et de leur lieutenant s'étaient échappés, grâce à l'aide et à la connivence de l'ambulancière. Ils réclamèrent la satisfaction de se venger en la fusillant eux-mêmes.

Ce fut en vain que le sous-lieutenant, qui s'était tenu à l'écart en entendant parler d'une femme à passer par les armes, tenta de les rappeler à des sentiments moins cruels, en leur disant que cette besogne était indigne d'eux. Il désespérait de les retenir, et allait s'éloigner pour n'être pas témoin d'un spectacle aussi écœurant, lorsqu'il aperçut Marie d'Almée.

Il bondit aussitôt au-devant d'elle, en s'écriant :

— Vos balles n'arriveront à son corps qu'après avoir traversé le mien. Quelles que soient les apparences, je réponds de madame. Elle est ma parente.

Il prit la main de Marie d'Almée, et lui murmura :

— Vous me pardonnerez ce mensonge. Je vous sauverai ou je mourrai auprès de vous... Je suis votre adorateur de Bordeaux, le vicomte de Mémin. Vous n'avez pu m'oublier aussi vite et vous devez me reconnaître, malgré cet uniforme poudreux. Je n'ai cessé de vous idolâtrer de loin, bien que je n'aie pu vous revoir.

Pour toute réponse, Marie d'Almée lui serra la main.

On ne pouvait refuser au moins quelques moments de répit à celui qui venait de prendre d'assaut la barricade si meurtrière pour les assaillants et ayant résisté à toutes les attaques des troupes de ligne. Les vainqueurs, enfiévrés de vengeance, s'écrièrent :

— Eh bien ! nous allons faire à la prisonnière l'honneur d'un jugement. Vous serez son avocat, mais il ne faut pas que ça traîne.

Les officiers présents s'érigèrent en tribunal expéditif. Ils semblaient fort mal disposés pour la jeune femme, et auraient probablement obéi à la pression que la colère de leurs soldats exerçait sur eux, lorsqu'un secours inespéré arriva à Marie d'Almée.

Un officier d'état-major, venant porter

un ordre aux troupes engagées aux abords
de cette meurtrière rue de Flandre, la
reconnut pour l'avoir vue, deux jours
auparavant, soigner et sauver plusieurs
soldats de la ligne. Il s'unit immédiatement au jeune sous-lieutenant des volontaires pour prendre la défense de la
vaillante ambulancière.

Jean de Mémin manifesta le désir de
conférer quelques instants avec Marie
d'Almée, avant de présenter sa défense.
On fit droit à sa demande.

— Est-ce que vous ne pourriez me
fournir, l'interrogea-t-il, quelques moyens
de défense particuliers, en outre de l'at-
testation de cet officier d'état-major.
Nous avons à combattre une très-grande
irritation contre vous. Il ne faut rien né-
gliger.

— Êtes-vous bien solidement établis
ici, dit la jeune femme, et ne craignez-vous
pas un retour offensif de vos adversaires ?

— Ils sont en pleine débandade.

— Alors je puis parler... J'ai fait cacher
dans une petite cave voisine trois soldats
de la ligne, qui sans moi auraient été
pris et tués sans aucun délai. Je puis
vous les rendre ; leur témoignage sera
ma meilleure défense.

— Alors je suis certain de vous sauver. Il faudra bien qu'on écoute ma voix.

Il appela deux de ses volontaires, les chargea de suivre Marie d'Almée et d'aller délivrer les soldats. Ceux ci vinrent attester qu'ils devaient la vie à la jeune femme.

Il n'en fallait pas davantage pour gagner sa cause. Comme elle voulait remercier Jean de Mémin de l'assistance dévouée qu'il lui avait apportée dans cette circonstance si périlleuse pour sa vie, le jeune officier lui dit avec amour :

— Voulez-vous me reconnaître le droit de vous demander une concession dans votre zèle de sœur évangélique ?

— J'aurais mauvaise grâce à vous refuser, répondit-elle.

— Promettez-moi de rester avec nos troupes. La lutte est bien près de sa fin et nous ne pouvons être que victorieux. Ici, comme vous l'avez fait dès le début, vous pourrez soigner et protéger les fédérés blessés, en même temps que les soldats de l'armée régulière.

La jeune femme promit. Il voulut alors lui parler de son amour, mais elle l'arrêta doucement par ces mots douloureux :

— Je vous ai déjà dit que je vous

21

aimais ; je n'ai pas à vous le répéter. Mon cœur n'a pas changé et ne changera pas, mais il faut que l'un et l'autre nous renoncions à toute espérance.

— Pourquoi ? Vous pouvez devenir libre ; j'attendrai.

— C'est inutile ; je ne pourrai jamais vous appartenir. Je ne suis plus digne de vous. Ne m'en faites pas dire davantage, car votre vue me fait regretter amèrement ce que j'ai fait, et j'en mourrais de honte auprès de vous.

— Parlez, vos réticences me font souffrir mille tortures plus cruelles que la vérité la plus épouvantable.

— Eh bien, par vengeance des vilenies de mon mari envers moi, pour l'humilier dans son amour-propre et son orgueil, je me suis donnée à un autre devant ses yeux, donnée de corps, vous le pensez bien, mais non de pensée. Cet autre était laid, bête et repoussant ; je l'avais choisi exprès ainsi.

Jean de Mémin demeura atterré, mais il reprit bientôt avec le sourire que dut avoir le Christ accueillant Madeleine repentie, ou défendant la femme adultère :

— Un amour comme le mien peut tout pardonner et tout absoudre.

— Peut-être, répondit la jeune femme, mais je ne me pardonne pas, moi.

Il ne restait plus aux assaillants qu'à prendre possession des Buttes-Chaumont, des hauteurs de Belleville et du quartier de Ménilmontant. L'armée régulière arrivait de tous côtés vers ces derniers refuges des révoltés. La résistance devait être là plus accentuée qu'ailleurs ; les derniers combattants de la Commune expirante savaient que, pour des motifs variés mais inévitables, ils n'avaient aucune indulgence à espérer. Leur résolution de vendre chèrement leur vie, était donc forcée.

Les assaillants s'emparèrent aisément des grands abattoirs de La Villette, situés au bout de la rue de Flandre. De là il leur fut aisé d'arriver à la rue d'Allemagne ; ils n'eurent qu'à traverser le marché aux bœufs et à faire suivre par leurs attelages d'artillerie la route qui longe les fortifications.

On établit une batterie sur le talus des fortifications, à côté de la poterne conduisant aux Prés-Saint-Gervais, et l'on ouvrit le feu contre une barricade renforcée par la nature même, et qui avait été construite en haut du restant des carrières d'Amérique pour défendre l'entrée de Belleville.

Une pluie fine vint rendre le terrain très-glissant et l'assaut fort difficile. Pour grimper sur ces sortes de dunes en terre glaise, repoussant le pied en arrière au lieu de lui donner un point d'appui, il fallait des hommes agiles et déterminés. La place des volontaires de Seine-et-Oise était indiquée à l'avant-garde. Ils furent appuyés et aidés par les plus vaillants d'entre les soldats du 88e de ligne, ayant à leur tête le colonel en personne.

Les Prussiens étaient établis à Pantin, c'est-à-dire à cinq cents mètres de là. Ils regardaient ces braves monter au combat comme s'ils eussent été à la parade, malgré les difficultés du terrain et la grêle de balles pleuvant sur eux.

L'admiration de ces lymphatiques Germains pour ce courage calme et froid, malgré son énergie et sa fougue gauloises, était mêlée d'une sorte de crainte venant après coup. Ils ne pouvaient se défendre d'un tremblement nerveux au souvenir de la dernière guerre où ils avaient eu la victoire, grâce à leur nombre et à leur organisation supérieure. Ils se disaient :

— Si de pareils hommes avaient été conduits par des chefs dignes de commander à leur courage et de guider leur bonne volonté, nous aurions été massacrés au lieu d'être victorieux.

J'ai vu plusieurs personnes ayant assisté à cet assaut héroïque auprès des Prussiens stupéfaits de tant de hardiesse calme ; leur véracité et leur bonne foi sont pour moi certaines. L'observation que je rapporte ici est donc authentique. Nos ennemis vainqueurs rendirent en ce jour à la valeur française l'hommage le plus accentué et le plus indéniable, par l'appréhension rétrospective qu'elle leur causa.

Jean de Mémin marchait en tête des volontaires. L'ordre était d'aller à la barricade sans tirer un seul coup de feu et de l'emporter d'assaut à l'arme blanche. Les balles passaient autour de lui sans même l'effleurer, il semblait protégé par quelque main invisible. Un assez grand nombre de ses camarades avaient été atteints avant d'arriver ; on serrait les rangs et l'on continuait à monter.

Marie d'Almée courait autant de danger que les assaillants, car elle était à côté d'eux pour faire ramasser et emporter les blessés sans aucun retard. Elle ne quittait pas de l'œil Jean de Mémin, et lui-même ne se distrayait du soin de guider et d'entraîner ses camarades, que pour envoyer un regard ou un sourire d'amour à la jeune femme.

C'était une idylle muette en plein combat.

On était arrivé au pied de la barricade.

— Qu'on me donne un drapeau, commanda Jean de Mémin.

On lui apporta le guidon des volontaires. Il le prit de la main gauche et s'élança sabre haut vers la terrible barricade.

Trois fois les assaillants furent repoussés, mais trois fois le jeune sous-lieutenant les ramena, en montant assez avant pour exposer sa personne et son drapeau à être pris par les révoltés. Il était sûr ainsi que les volontaires vaincraient.

Les soldats du 88ᵉ de ligne, électrisés par l'exemple, étaient venus combattre au lieu de rester en réserve. On frappait avec furie, comme à l'abordage de deux navires étreints l'un à l'autre par leurs grappins de fer. Il y avait une émulation héroïque pour braver la mort et forcer la victoire.

Jean de Mémin réussit à planter le

guidon tricolore sur la barricade. Son sabre égorgeait tout autour de lui et faisait place aux assaillants. Malgré leur résistance désespérée, les révoltés furent obligés de se mettre en retraite. Ils ne tiraient plus que quelques coups de feu isolés.

L'un d'eux vint frapper en pleine poitrine Jean de Mémin, qui dans l'ardeur de la lutte avait reçu à peine quelques égratignures. Il tomba sans proférer une plainte, mais quelques secondes après il ne put retenir un cri de douleur, en voyant Marie d'Almée atteinte à côté de lui par une balle qui lui traversa le bras.

— De quoi vous inquiétez-vous, dit la vaillante jeune femme? Il me reste encore une main pour vous soigner.

— C'est inutile, répondit le blessé, je sens que je suis frappé à mort, et c'est le mieux puisque nous ne pouvons être l'un à l'autre.

— Que parlez-vous de mort? Je vous sauverai.

Il ne put répondre que d'un signe de tête négatif, et il s'évanouit.

La jeune femme, sans songer à sa propre blessure, le fit transporter dans une maison voisine et fit demander le meilleur des chirurgiens qui s'empressa de venir à son appel. Elle ne lui dit pas l'intérêt particulier qu'elle portait à cette victime de la dernière victoire sur les révoltés. Elle voulut avoir son avis, comme s'il se fût agi d'un étranger.

Le chirurgien répondit avec une brutalité insconsciente, qu'il était impossible de songer à extraire la balle et que la blessure était mortelle.

Elle pâlit affreusement, mais eut la force de supporter sa douleur. Elle songea à donner ses soins jusqu'au dernier moment à son cher blessé, et pour cela elle fit panser son bras.

Le chirurgien, malgré cette dureté de cœur, encore plus apparente que réelle, qui caractérise les hommes de sa profession, ne put s'empêcher d'admirer l'abnégation de la jeune femme, oubliant son propre mal pour songer à ceux qu'elle voulait soigner.

Jean de Mémin avait repris un peu connaissance. Il revint complètement à lui, lorsqu'il entendit une conversation de Marie d'Almée avec un blessé ramassé dans les rangs des révoltés et qu'on venait d'apporter.

C'était un ancien cocher de Marcellus

Dereddy, qui avait été témoin du martyre conjugal subi par la jeune femme, et qui plusieurs fois avait montré son attachement envers Marie d'Almée et son indignation contre la conduite de Marcellus.

Il avait assisté à la mort épouvantable de son ancien maître, et il s'empressa d'apprendre à la jeune femme ce qu'il regardait comme sa délivrance.

Marie d'Almée demeura indifférente à cette nouvelle. Depuis longtemps son mari avait cessé d'exister pour elle.

Jean de Mémin trouva la force de se lever sur son séant et d'appeler Marie d'Almée :

— Ainsi, lui dit-il, avec une voix douce comme un souffle d'enfant, au moment où j'aurais pu concevoir l'espérance de vivre auprès de vous, d'obtenir votre main et de vous avoir tout à moi, je vais vous quitter. Le dieu d'amour n'aura pas été clément pour nous... J'ai entendu ce que vous a appris cet homme, et je suis heureux que vous soyez enfin débarrassée de votre bourreau... Je vais mourir, Marie, permettez-moi de vous appeler par votre doux petit nom, et dites-moi que je conserverai une bonne place dans votre cœur.

— Vous l'avez tout entier, et vous l'aurez toujours ; mais que parlez-vous de mort ! J'ai arraché à la cruelle faucheuse plusieurs hommes aussi grièvement blessés que vous ; je veux que vous viviez, et mon amour vous conservera à moi.

— Non, je sens ma fin très-proche. Voici pourquoi je vous demande de venir tout auprès de moi, la main dans la main, le regard dans le regard, le cœur près du cœur. Nous allons faire nos fiançailles pour la patrie céleste. Mon âme sera toujours auprès de vous ; promettez-moi donc de me garder votre pensée.

— Je suis toute à vous, murmura la jeune femme énamourée.

— Merci mille fois, mais puisque je vais mourir heureux, il faut songer à faire un peu de bien avant de partir, si nous le pouvons. Vous direz au brave colonel du 88ᵉ de ligne, qui ne refusera pas d'exaucer mon dernier vœu, vous lui direz que je demande la grâce de cet ancien serviteur de votre maison, égaré sans doute parmi les révoltés. Il nous a apporté la bonne nouvelle : remercions-le en le sauvant.

La jeune femme fit un signe de tête affirmatif, et l'agonisant reprit avec un accent, qui semblait un murmure de la harpe éolienne agitée par les baisers d'un vent céleste :

— Au moment de la mort, l'on a droit de devenir un peu exigeant... Je voudrais vous posséder quelque peu avant de partir... Donnez-moi vos lèvres tant désirées... Le voulez-vous?

Marie d'Almée approcha ses lèvres amoureuses, et si jamais la volupté fut obtenue sur la terre par deux amants s'incarnant l'un dans l'autre, ce fut dans ce dernier échange charnel de deux êtres et de deux âmes s'unifiant.

On peut dire que Jean de Mémin quitta la terre dans un spasme d'amour céleste.

CHAPITRE XVIII

L'amour d'un commerçant

Marie d'Almée se trouva seule et abandonnée à l'âge de vingt-deux ans. Son
mari avait entièrement dilapidé sa propre
fortune et la modeste dot qu'elle lui avait
apportée. Il n'avait laissé que des dettes
nombreuses et criardes. La jeune veuve
demeurait sans famille, sans amis, sans
aucune ressource.

Elle essaya de trouver une place lui permettant de gagner honnêtement sa vie,
mais nos usages sociaux sont ainsi faits
que la femme, surtout lorsqu'elle est jeune
et belle, est partout repoussée. Il faut
qu'on lui ait appris un métier dès son enfance ; sans cela elle n'est pas admise à
travailler. La seule ressource qui lui reste,

c'est de vendre ses sourires et ses faveurs.

Elle descendit jusqu'à vouloir se faire femme de chambre. Sa distinction native et son charme enchanteur ne pouvaient la faire admettre dans cette condition. Elle eût été un danger permanent pour les maîtres, une humiliation constante pour les dames du logis.

Elle finit par trouver une vieille titulaire de bureau, qui la prit comme dame de magasin en escomptant sa beauté pour attirer la clientèle.

Une couturière, dont Marie d'Almée n'avait pu solder la dernière note, vint lui faire plusieurs scènes pénibles en lui disant que c'était là une dette personnelle et qu'elle entendait être payée, bien que Marcellus Dereddy n'eût absolument rien laissé en mourant.

La jeune femme, désespérée de cette insistance qu'elle ne pouvait satisfaire, répondit un jour à la créancière :

— Je ne sais comment je ferai, madame, mais je vous promets de vous payer.

— A la bonne heure, répondit cette commerçante patentée et par conséquent réputée morale aux yeux du fisc ; lorsqu'on a votre jeunesse et votre tournure on n'est pas embarrassée.

Il y avait en ce moment dans le bureau de tabac un gros négociant d'ébénisterie et de sculptures sur bois. Il faisait depuis longtemps une cour aussi muette et respectueuse qu'assidue à la jeune femme. Il s'avança pour lui offrir le secours de sa bourse, mais au moment de parler, il n'osa plus et sortit précipitamment.

Il s'était dit :

— Jamais je ne saurais lui expliquer ça moi-même. Je vais lui envoyer mon ami Victor, qui s'exprime si bien.

Victor arriva dès le soir.

— Madame, insinua-t-il, l'usage veut que les grands de ce monde ne traitent pas leurs affaires eux-mêmes. Vous êtes une véritable reine de beauté, et M. Gauthier, le millionnaire qui m'honore de sa confiance, est un prince de la fortune. Regardez-moi donc comme un ambassadeur sérieux, et écoutez-moi comme tel.

— Où voulez-vous en venir ? répondit la jeune femme. Ce début est bien solennel. Cache-t-il une plaisanterie ?

— Je ne m'en permettrais pas à votre égard. Bien que M. Gauthier n'ait pas osé vous parler de l'impression que vous avez produite sur lui, vous avez dû remarquer ses assiduités respectueuses auprès de vous. Votre place n'est pas au comptoir de cette boutique. Voulez-vous avoir une position digne de votre nature princière ?... Je suis envoyé pour vous l'offrir.

L'ambassadeur, ayant remarqué un mouvement de répulsion fière chez la jeune femme, s'arrêta un instant et reprit avec plus d'onction :'

— Acceptez de venir un de ces matins faire une promenade aux environs de Paris avec M. Gauthier et moi, ça ne vous engage à rien, et vous prendrez ensuite la décision que vous voudrez. Votre réponse est attendue avec anxiété. Ne me la donnerez-vous pas affirmative ?

La jeune femme réfléchissait profondément. Elle releva la tête par un mouvement de nervosité extrême, et s'écria :

— Revenez demain ; je vous répondrai.

Le lendemain, la pauvre caissière du bureau de tabac eut à subir une nouvelle persécution plus violente que les précédentes, de la part de la couturière réclamant un à-compte sur sa créance, en faisant sonner bien haut que ses enfants n'avaient pas de pain.

Marie d'Almée répondit :

— Je vous ai promis de vous payer ; vous serez payée.

— Mais quand ?

— Aujourd'hui même.

Sa résolution était prise. Pour pouvoir payer cette note qu'elle regardait comme une dette d'honneur, elle accepterait d'entrer en relations avec M. Gauthier.

Lorsque Victor vint chercher la réponse attendue, elle lui dit :

— Je veux bien me rendre avec votre envoyeur et vous, mais je vous préviens que j'aurai des conditions peu ordinaires à lui poser, s'il veut que cette journée ait une suite.

— J'ai ordre de les accepter toutes, répondit Victor.

— Alors nous arriverons peut-être à nous entendre.

Victor se hâta d'aller annoncer la bonne nouvelle à M. Gauthier, qui fut transporté d'aise lorsque son ambassadeur lui dit :

— Je n'ai pas obtenu victoire complète, mais je vous apporte l'espérance. Votre invitation est acceptée.

On alla déjeuner à Saint-Cloud, sur le bord de la Seine, à cet hôtel *de la*

Tête noire, qui a vu se nouer tant de liaisons d'amour. Le gros négociant fit bien les choses, comme on peut le penser, mais la jeune femme goûtait à peine aux mets les plus exquis et trempait seulement le bout de ses lèvres adorables dans les verres de mousseline, où reluisait le velours moiré des vins les plus recherchés.

Au dessert, Victor s'esquiva doucement, M. Gauthier devint muet, presque tremblant. Il semblait en extase devant son idole. La jeune femme fut obligée de rappeler à la réalité ce puissant du commerce, dont l'apparence et la nature étaient si peu faites pour le rêve, mais qui se trouvait transformé par l'amour.

— Vous êtes sans doute occupé, lui dit-elle, par quelque affaire importante, et vous oubliez presque ma présence auprès de vous.

— Désormais, il n'y a qu'une affaire importante pour moi, répondit-il, c'est votre présence même, tout le reste n'existe plus... Je songeais à vous dire ce que je puis faire, et ce que je puis être pour vous, aidez-moi d'un sourire.

— Ma venue ici n'est-elle pas un encouragement?

— Oh! si... Je vais droit au but...
Malheureusement je suis marié; sans
cela je vous aurais offert ma main. Puisque cela ne m'est pas permis, voulez-
vous accepter une partie de ma fortune?
Elle est à moi seul, car seul je l'ai ga-
gnée, et je n'ai pas d'enfants. Une infir-
mité de ma femme m'interdit toute possibilité d'en avoir. Vous pouvez donc,
sans scrupule, écouter et accepter mon
offre.

— Je vous répondrai franchement, dit
la jeune veuve. Je suis disposée à profiter de votre aide, mais je crains bien
que mes conditions ne vous fassent retirer.

— Je suis disposée à subir toutes vos
fantaisies, à m'imposer tous les sacrifices,
pour vivre simplement autour de vous.

— Alors je vais vous ouvrir toute ma
pensée. Je puis être pour vous une compagne affectueuse, mais nos rapports
devront s'arrêter à une amitié reconnaissante de ma part; peut-être avec le temps
deviendra-t-elle tendre. Ne me parlez jamais d'amour et surtout ne m'en deman-
dez pas, car j'aime ailleurs de toutes les
forces de mon âme. De ce côté n'espérez
aucune parcelle de mon cœur, aucune

concession de mes sens. Vous n'avez pas
à être jaloux, car j'aime un mort, plus que
jamais vivant n'a pu être aimé. Ainsi
vous serez certain que je vous serai toujours fidèle.

— Je vous remercie de cet aveu, répondit M. Gauthier fort ému, et je vous
promets de vous demander seulement
une affection de sœur.

— Je veux vous croire, s'écria la jeune
femme, voici ma main.

Le grand manieur d'ébénisterie se mit
à genoux pour y déposer un baiser respectueux et sceller ce pacte étrange.

L'amour vrai est un magicien d'une
puissance extrême. Il fait naître des délicatesses intimes et raffinées chez les natures les plus grossières ; il rend bons les
plus méchants, il attendrit les cœurs les
plus durs ; il dompte ou domine tous les
autres sentiments.

M. Gauthier était un véritable rustre
avant d'avoir entrevu Marie d'Alméé. Il
se montrait impitoyable pour les hommes
qu'il regardait comme autant de dupes à
exploiter ; il méprisait les femmes qu'il
avait jusqu'alors payées un jour pour les
rejeter le lendemain.

Il était jeune encore, — trente-cinq

ans à peine, — habitué aux succès faciles, car il avait de la prestance et passait pour beau garçon dans le monde secondaire où il vivait. Il avait assez d'argent pour faire désirer ses attentions, mais il oubliait tous ces avantages passés pour s'annihiler présentement dans son amour infini, idéal. Un seul regard de son idole avait suffi à le transfigurer.

Cette liaison d'amour, demeurant platonique malgré une intimité quotidienne, dura trois ans. Elle ne fut rompue que par la mort de M. Gauthier. Des deux côtés le pacte conclu avait été loyalement exécuté. Marie d'Almée n'avait cessé d'être une compagne très-affectueuse, une sorte d'épouse demeurant immaculée, et l'entrepreneur d'ébénisterie s'était montré scrupuleux observateur de sa promesse. Jamais il n'avait parlé d'amour, jamais il n'avait manifesté les désirs ardents qui lui brûlaient la chair.

L'amour-propre du pseudo-amant de la jeune femme n'avait pas eu à souffrir. Avec un tact parfait, avec un mépris souverain de l'opinion du monde, elle avait laissé croire qu'elle était sa maîtresse, et le sort du riche négociant était fort envié, mais le supplice quotidien,

qu'il imposait à ses désirs sans cesse
excités et sans cesse refoulés, était au-
dessus des forces humaines.

Il contracta une maladie de langueur et
mourut de consomption. Jamais il ne fit
entendre la moindre plainte. Sa cruelle inconsciente ne put connaître le mal qu'au
moment où il n'y avait plus de remède.

Il avait pris soin d'assurer pour l'avenir le sort de son idole. Il avait acheté,
au nom de la jeune femme, un magnifique hôtel, avec serre et jardin, dans le
bois de Boulogne même, sur les bords
de la Seine, pour qu'elle pût canoter à
son plaisir, et il lui fit don des trois
quarts de sa fortune en titres de rentes
au porteur.

Au moment de dire adieu à celle qu'il
avait aimée avec tant d'abnégation, à
l'heure solennelle d'entrer dans la sérénité de la mort, M. Gauthier eut une délicatesse suprême. Il attira vers lui la
jeune veuve en lui prenant la main, et il
lui dit avec un accent de voix devenu
presque séraphique :

— Vous seule m'avez fait vivre; mon
existence ne date que du jour où je vous
ai rencontrée. Je vous remercie et je
vous bénis.

— Pauvre ami, répondit Marie d'Almée, je vous ai fait souffrir par ma froideur et ma retenue de tout désir, mais vous devez me pardonner. Je vous estimais trop pour me donner à vous, en gardant au cœur la pensée d'un autre.

— N'ayez aucun regret. Mon sacrifice a moins de mérite que vous ne pensez. D'abord je suis de tempérament lymphatique, et puis j'avais trop abusé de la vie désordonnée avant de vous connaître.

Cet amant sans égal songeait à tout et ne voulait pas laisser l'ombre de la pitié ou des remords rétrospectifs dans le cœur de la jeune femme, pour laquelle il allait mourir.

Il reprit avec encore plus de douceur :

— Vous êtes absorbée par l'amour d'un mort ; je vais mourir aussi. Laissez-moi vous demander une grâce suprème. Promettez-moi d'entretenir des rosiers sur ma tombe, et de venir vous-même en cueillir les fleurs. Il me semble qu'elles auront toujours quelque chose de mon âme et leur parfum comme leur beauté vous feront souvenir de moi.

Elle promit, et cet agonisant, ce martyr d'amour se laissa emporter quelques instants dans un rêve extatique, puis il pria son idole de le laisser seul, en disant qu'il voulait dormir.

Il s'endormit en effet du sommeil éternel.

Ne le plaignez pas, vous qui avez le cœur digne d'aimer, car il mourut tout enivré de ce bonheur d'amour idéalisé, qui est le meilleur de tous les biens terrestres.

CHAPITRE XIX

L'amour d'un gentilhomme

Le journal de ses impressions douloureuses, tenu exactement par Marie d'Almée, se terminait par les faits que nous
venons de présenter au lecteur dans le
dernier chapitre. La jeune femme y avait
ajouté les désolantes réflexions qui vont
suivre :

« L'amour que j'ai inspiré ou que j'ai
» ressenti a été également fatal à ceux
» qui m'ont aimé, et à celui que j'ai
» aimé. Il donne la mort. Je veux y re-
» noncer et passer désormais dans la vie
» en insouciante marmoréenne. Je le
» puis. N'ai-je pas la fortune, qui donne
» l'indépendance et l'indulgence plé-
» nière pour toutes les fantaisies ou

22

» toutes les cruautés de coquetterie raf-
» finée. »

Donnons maintenant par nous-même
la suite de la vie de notre héroïne.

Sous le surnom de la duchesse d'O-
range, elle devint l'étoile de la mode
parisienne. Pour se distraire elle voulut
être *troubleuse d'hommes* (1).

C'était avec une science méphistophélique qu'elle passait des heures entières
à sa toilette, pour se mettre sous les armes
de la séduction. Elle étudiait ses sourires
affilés et rayonnant comme autant d'espé-
rances affriolantes et affolantes dans la
gaine purpurine de ses lèvres charmeuses.
Elle s'exerçait à graduer les œillades de
son regard profond et troublant, à dis-
tiller l'amour et le désir effréné en lançant à travers ses longs cils une nuée d'é-
clairs enchanteurs.

Elle soignait surtout sa jambe incomparable. Elle la savait irrésistible, et se
complaisait à l'entourer d'une auréole de
fine dentelle en procédant aux minutieux
détails de cette toilette de dessous, qui

_____

(1) A mon ami Léo Trézenick je dédie ce chapitre, qui m'a été inspiré par une de ses remarquables chroniques si parisiennes.

est la plus importante de toutes pour une jolie femme.

Aussi, comme elle était sûre de l'effet à produire, lorsqu'elle daignait laisser entrevoir un coin de cet horizon paradisiaque aux yeux mendieurs, qui venaient l'attendre au moment où elle devait monter en voiture ou en descendre!

Elle avait ses fidèles.

On connaissait l'heure à laquelle sa voiture devait s'arrêter aux environs des fortifications, et où elle allait sur les talus, en plein vent, faire sa promenade pédestre, dont l'hygiène semblait le prétexte, mais dont le vrai motif était son rôle accepté et suivi de *troubleuse d'hommes*.

Sous prétexte de boue ou de poussière, ou sous le couvert d'une simple distraction, elle trouvait moyen de relever sa robe et ses flots de jupons en blanche batiste, pour laisser voir ses bas de soie couleur de chair moulant sa jambe sculpturale.

Alors vieux et jeunes étaient également éblouis. Ils avaient fait connaissance par leur admiration enthousiaste pour la même idole; chaque jour ils se retrouvaient à la même place, et en étaient ar-

rivés à se saluer du sourire ou du regard,
comme font les déshérités du bonheur ou
du bien-être en ce monde.

Cette coquetterie était froide et cruelle
dans ses résultats, car elle faisait plus
d'un désespéré d'amour et de désir; mais
il y avait plus d'enfantillage que de férocité féminine dans les allures de la duchesse d'Orange. Ce manège l'amusait et
elle ne s'inquiétait pas de ses conséquences ou les ignorait.

Chaque jour plus coquette et plus dédaigneuse, elle souriait de tant d'hommages, en se disant tout bas :

— Je suis la fée grisante. Il y a beaucoup d'appelés, mais il n'y aura aucun élu.

Elle n'en acceuillait pas moins très-
affablement les hommes d'élite, qui venaient lui faire une cour nombreuse d'a-
dorateurs; elle donnait espoir à tous et
laissait croire souvent qu'elle avait accordé ses faveurs. Elle affectait de dé-
daigner ou de braver l'opinion du monde.

On la classa au cintre du ciel demi-
mondain, et au lieu de protester elle en-
couragea cette classification.

— Ne suis-je pas une déchue, se disait-
elle, puisqu'étant mariée je me suis livrée
à un goujat? Je suis tombée par esprit de

vengeance, mais le fait n'existe pas moins. Ma place est donc parmi les déclassées. Elles sont plus gaies, et apportent une distraction à ma tristesse incessante.

Elle passait dans la haute vie avec des rayonnements de météore, semant des sourires enivrants, accordant des regards donnant le vertige de désirs inextinguibles, alanguie et étourdisante, *troubleuse d'hommes* comme elle voulait être.

Elle se plaisait à rechercher les caresses de l'universelle admiration qu'elle inspirait; un peu plus et elle en eût savouré les charmes.

On lui donnait pour amant le poète auteur de l'opérette où elle avait joué un rôle, ainsi qu'on l'a vu dans le courant de cette odyssée de sa vie; elle laissait dire et croire, mais bien qu'elle prît grand plaisir à recevoir et à lire les vers inspirés par elle et écrits à son souvenir, jamais elle n'avait accordé la moindre faveur intime à leur auteur.

Elle se contentait de donner quelques soirées artistiques pour faire connaître ses œuvres; elle-même ne dédaignait pas de leur prêter le concours de sa diction, fort appréciée.

— Quel dommage, se disait-elle par-

fois, que la nature ne l'ait pas bien doué
physiquement et plastiquement, comme
elle lui a donné la distinction intellectuelle. J'ai horreur de tout ce qui manque d'attrait. Et pourtant j'adore la poésie
et j'aurais voulu aimer ce poète ; j'aurais
voulu le voir réveiller ma paresse de
cœur et me sauver de ma tristesse incessante... Ah ! je voudrais trouver un
homme qui fît tressallir ma jeunesse, car
je n'ai pas encore connu le désir, et je
vais avoir vingt-sept ans.

Un matin où elle faisait sa promenade
à cheval dans une des allées les plus
écartées du Bois de Boulogne, elle aperçut un cavalier dont la pose en selle la
frappa tout d'abord. Il faisait absolument
corps avec son cheval et galopait avec
aisance et souplesse sans faire le moindre soubresaut sur sa selle. Il réalisait
complètement en plein dix-neuvième
siècle la fable du Centaure antique.

Il était suivi par deux autres jeunes
hommes, si attentifs au moindre de ses
mouvements, que l'on pouvait deviner
tout d'abord leur rôle et leur occupation.
Ils avaient dû être pris pour juges dans
quelque pari étrange.

Marie d'Almée, curieuse comme toute

fille d'Eve, suivit la même allée et arriva pour entendre d'unanimes applaudissements.

Voici quel était le pari :

Il s'agissait pour le cavalier de mettre sous chacune de ses cuisses une pièce de cinq francs estampillée d'une marque spéciale, qui la rendait impossible à remplacer ou à changer, et de parcourir mille mètres au galop sans laisser tomber aucune de ces deux pièces.

Il fallait par conséquent rester entièrement collé à la selle, et supporter, sans bouger, tous les soubresauts possibles. L'on avait choisi l'allée la moins fréquentée, pour que le cheval ne fût pas dérangé dans son allure, mais cet avantage devint inutile et la sûreté d'assiette du cavalier fut mise à la plus rude des épreuves, car par deux fois l'allée fut traversée par des chiens égarés et courant après leur maître. Le cheval fit des écarts qui auraient fait perdre tout autre parieur en semblable occasion.

Les deux jeunes gens, qui avaient accepté les fonctions de juges du pari, constatèrent le fait en ne ménageant pas leur admiration pour une difficulté aussi complétement surmontée.

Au milieu des félicitations enthousiastes qui récompensaient le vainqueur
de ce tournoi moderne, celle qu'on appelait la duchesse d'Orange apparut. Les
plus distingués de ce cercle de gentle-
men, en train de se livrer à leur plaisir
favori de l'équitation, connaissaient la
jeune amazone, et quelques-uns d'entre
eux avaient été reçus chez elle, lorsqu'elle donnait des soirées artistiques.

Ils la saluèrent avec empressement, et
l'un d'eux lui demanda :

— Madame et gracieuse duchesse,
pour couronner le vainqueur d'un haut
fait équestre, comme celui que vient
d'accomplir notre ami le comte Henri de
Nigès, que j'ai l'honneur de vous présenter, il nous fallait une reine d'élec-
tion. Vous êtes digne de toutes les cou-
ronnes par votre beauté et votre charme;
voulez-vous être notre reine acclamée
par un suffrage... absolument universel,
n'est-ce pas, messieurs?

— Oui, oui, s'écrièrent tous les assis-
tants.

A peine Marie d'Almée avait-elle jeté
un coup d'œil sur le comte de Nigès,
qu'elle fut prise d'une émotion irrésistible. Elle, si forte d'ordinaire et si vail-

lante contre toute surprise, faillit s'évanouir comme une nervosiste des plus
mièvres. Elle avait cru voir dans le vainqueur une sorte de sosie du vicomte Jean
de Mémin, qu'elle aimait toujours comme
s'il eût été vivant.

Jamais en effet frères jumeaux n'ont
eu plus de ressemblance. C'était la même
distinction native, la même grâce unie à
la force, la même physionomie énergique
s'alliant à un air de bonté, qui était certainement le reflet d'une belle âme.

L'impression ressentie par Marie
d'Almée à la vue du comte de Nigès fut
aussitôt remarquée. Un des juges du pari
s'approcha de lui et lui dit :

— Il paraît que vous n'aviez pas besoin
d'être présenté à cette reine du tout-Paris.
Vous avez dû la connaître plus intimement
qu'aucun de nous, s'il faut s'en rapporter à l'émotion, extraordinaire chez
elle plus que chez toute autre, que votre
rencontre lui a causée... Vilain cachottier !

— Je vous affirme, répondit le comte,
que je la vois à l'instant même pour la
première fois.

— C'est bien étrange, reprit le juge.

Il se tourna vers la jeune femme et lui
demanda :

— Acceptez-vous de donner la palme à notre vainqueur?

— Je le veux bien, répondit Marie d'Almée qui s'était remise assez vite grâce à son énergique volonté. mais que vais-je avoir à faire?

— Accordez-lui simplement une petite fleur du bouquet que vous portez à votre corsage. Je lis dans son regard qu'il s'estimera assez heureux.

En effet le comte Henri de Nigès ne pouvait cacher l'admiration surhumaine, que la beauté de la créole parisienne venait de lui inspirer à première vue. L'impression avait été magnétique, instantanée, irrésistible. Le jeune cavalier s'était trouvé fasciné pour toujours, dès le premier regard de la jeune femme.

La duchesse d'Orange choisit un myosotis et s'écria gracieusement :

— Venez à moi, monsieur de Nigès; vous serez mon chevalier.

Henri de Nigès sauta de cheval et vint mettre un genou à terre pour recevoir la mignonne fleur, en disant :

— Vous méritez d'être adorée comme l'était au bon vieux temps la dame des pensées de tout féal gentilhomme. Je voudrais, comme on pouvait le faire alors, être à même de conquérir un monde pour vous l'offrir.

— Ah! messieurs, si l'on nous observait, s'écria un banquier archi-millionnaire dont la duchesse d'Orange avait constamment repoussé les assiduités, comme nous prêterions à rire! Vraiment nous retardons sur notre siècle.

— Je ne conseille à personne de se permettre de rire, riposta Henri de Nigès en assujettissant avec un soin tendre le myosotis de la duchesse à la boutonnière de sa jaquette. Quiconque l'oserait pourrait s'en repentir.

Le comte avait grand air en lançant ces fières paroles, qui n'étaient empreintes d'aucune fanfaronade et qu'on sentait venir du cœur. On eût dit un chevalier du moyen âge revenu dans notre siècle de sceptiques et de décadents, tant il faisait contraste par sa force et sa foi avec ceux qui l'entouraient.

Marie d'Almée en fit la remarque intime et en fut émue. Elle coupa court à l'incident en priant le comte de Nigès de venir la voir, maintenant qu'il avait été couronné par elle.

Il répondit qu'il n'aurait garde d'y manquer, et dès le lendemain il se présenta à l'hôtel de la duchesse d'Orange.

Le banquier se vengea par des propos glissés en arrière et en sourdine, suivant l'habitude des gorgés d'argent. Il prétendit que si le comte de Nigès avait pu gagner son pari, le mérite revenait en grande partie à M. Wasse, l'artiste tailleur de la rue Richelieu, qui lui avait ait une culotte attachant presque le cavalier au cheval.

Ces banquiers sceptiques croient avoir réponse à tout par la question d'argent; mais, comme le brigadier Pandore, ils n'ont pas toujours raison.

Nos lectrices ont vu combien le comte de Nigès avait été favorisé par les circontances et sous quels auspices, tout à son avantage, le hasard ou plutôt la providence d'amour avait fait qu'il s'était présenté à Marie d'Almée. Elles ne seront donc pas étonnées de nous voir leur dire que le comte fut reçu avec une bonne grâce exquise par la créole parisienne.

De tout temps, les femmes élégantes, les natures de race ont eu de tendres regards pour les bons cavaliers et de charmants sourires pour les hommes de cœur. Ce goût est plein de justesse et de justice, car pour arriver à bien manier un cheval il faut avoir souvent fait preuve à la fois de force, d'adresse et de courage dès son enfance et sa première jeunesse. Etre bon cavalier, c'est devenir gentilhomme, au lieu de rester peuple comme ceux qui vont à pied.

Or les reines de beauté ont peu d'attention pour ceux qui ne s'élèvent pas au-dessus du commun.

Dès les premiers jours, Henri de Nigès fut distingué entre tous les autres adorateurs de la créole parisienne, mais elle voulut l'éprouver avant de lui accorder aucune privauté. Elle le soumit à une sorte de stage d'amour.

Elle avait commencé à l'agréer pour son cavalier servant, lorsqu'ils subirent ensemble l'accident nautique raconté par nous au début de cette histoire. Leur intimité fut ainsi beaucoup plus avancée, en raison du danger couru et de la conduite mutuelle des deux amants en cette circonstance.

CHAPITRE XX

Place au divorce !

Le comte de Nigès avait lu avec la plus grande attention les moindres détails des tourments conjugaux et autres que Marie d'Almée avait endurés. Il attendit quelque temps avant de se présenter de nouveau chez la belle créole parisienne, pour se rendre bien compte de ce qu'il éprouvait.

Sa passion n'avait fait que s'accroître en constatant combien la jeune femme avait souffert sans le mériter. La sorte d'examen de conscience qu'il se fit subir l'amena aux conclusions suivantes :

— Jean de Mémin, le glorieux mort, l'aurait épousée s'il avait pu être rendu à la vie. M. Gauthier, nature grossière élevée par son amour aux plus nobles sentiments, aurait mis sa fortune et son nom à ses pieds, s'il l'avait pu... Je ne songe seulement pas à avoir pour maîtresse une femme comme elle, malgré la fantaisie apparente et voulue qu'elle met dans sa vie, sans doute pour chercher la distraction qui donne l'oubli quelques instants. Si j'écoute mon cœur, je n'ai qu'à l'épouser pourvu qu'elle veuille accepter ma main.

Ce qui l'avait frappé le plus, c'était une coïncidence familiale dans son amour pour Marie d'Almée. Il était cousin germain de Jean de Mémin, le vaillant gentilhomme qui avait eu le bonheur d'être aimé par la créole parisienne et qui était mort en l'adorant.

La ressemblance frappante, qui avait tant émotionné la jeune femme lors de leur première rencontre, n'avait donc rien que de très-normal. Il lui sembla qu'il y avait quelque chose de providentiel à prendre la succession de ce mort également chéri de lui et de la jeune veuve.

Après avoir mûrement réfléchi, il vint la trouver et lui parla ainsi :

— J'ai lu avec le plus grand soin les notes inscrites sur le journal de votre vie. Je vous aime et vous estime plus que jamais. Je me suis attaché à vous par votre malheur même, en vivant de vos douleurs imméritées. Voici la meilleure preuve que je puisse vous en donner... Je suis orphelin, je n'ai plus que des parents fort éloignés dont je n'ai pas à me préoccuper. Ma fortune est égale à la vôtre, supérieure même, car elle se compose de biens-fonds situés dans d'excellentes régions. Voulez-vous accepter ma main et porter mon nom ?

— Comte, répondit avec une émotion extrême la jeune femme, je suis excessivement flattée de votre offre, mais je ne dois ni ne puis l'accepter.

— Vous voulez donc faire un désespéré de plus ?

— Non. Je vous aime et vous désire assez pour être votre maîtresse, et je la serai si vous voulez. Malgré les médisances que je laissais passer par insouciance ou que j'encourageais par dédain et bravade, aucun homme vivant n'a le droit de dire qu'il a eu mes faveurs intimes... Eh bien, vous ferez exception, vous serez l'élu de mes sens comme de mon cœur.

— Je vous veux pour ma femme. Permettez-moi d'insister. Vous n'êtes pas de

celles qu'on désire comme maîtresse et
jouet des sens. Je vous estime autant
que je vous aime.

— Oubliez-vous la vengeance que j'ai
tirée de M. Dereddy, lorsqu'il m'avait
poussée à bout?

— Nul ne la connaît, et ce fut une
sorte de viol que vous vous fîtes subir à
vous-même.

Jean de Mémin vous a absoute au moment de mourir.

— Mais je passe pour une demi-mon-
daine dans le Tout-Paris, et la femme
d'une homme comme vous ne doit même
pas avoir prêté sujet à la médisance.

— Quand vous serez la comtesse de
Nigès, quand on vous aura vue à mon
bras, les plus méchantes langues garde-
ront le silence, les plus médisants ne
hasarderont pas un doute à votre égard.

— Il y a une autre raison qui motive
mon refus. J'ai trop souffert par mon
premier mariage, pour ne pas redouter
de me lier devant monsieur le maire une
seconde fois. Avouez que la loi est bien
dure pour nous autres femmes, et bien
faite pour nous effrayer lorsque nous en
avons subi les tortures. Pardonnez-moi
cette appréhension, qui est loin de

s'adresser à vous personnellement. Je vous répète que je vous aime assez pour vouloir être votre maîtresse, mais votre femme jamais, tant que la loi demeurera aussi redoutable.

— Heureusement que j'avais deviné ce qui arrive, et que j'apporte la solution, s'écria Olga la danseuse qui était entrée sans être ni aperçue ni entendue.

Elle avait ses grandes et petites entrées chez la Créole parisienne, et le comte se plaisait à encourager ses allures ou ses fantaisies de gavroche bohémien. Elle s'était prise de dévouement absolu envers ceux qu'elle appelait ses Moïses, en souvenir du sauvetage opéré par elle sur leurs personnes, ainsi que nous l'avons raconté dans le premier chapitre de cette histoire.

— Vous voilà, charmante folle, répondirent ensemble le comte et Marie d'Almée, en tendant les deux mains à celle qui les avait arrachés à une mort presque certaine... De quelle solution parlez-vous ?

— Vous m'avez déjà permis tant d'indiscrétions que je viens d'en commettre une de plus. J'ai écouté votre querelle d'amants vraiment dignes l'un de l'autre.

23..

Voici ma solution, suivant la formule de
M. le maire. Au nom de la loi sur le
divorce qui va enfin être votée par le
Sénat, j'en ai l'assurance, je vous unis.

— L'union au nom du divorce, répondit
gravement le comte? Je ne comprends pas.

— Vous n'avez pas besoin de comprendre. Entre femmes l'on s'entend à
demi-mot, et la duchesse d'Orange sent
bien ce que je veux dire. Vive le divorce!
Vive la république! Non, pas ça; je ne
puis pas mordre à l'idée de votre république bourgeoise... Place au divorce!...
Vous avez beau me regarder; je ne suis
pas folle du tout. C'est très-sérieux; vous
allez en juger. Voici la chose. Un des
bonshommes les plus influents du Sénat,
un chef de groupe, comme on dit, s'est
absolument toqué de ma danse très-
incorrecte, mais très-accentuée dans son
caractère. Les assiduités d'un sénateur,
ce n'est pas bien dangereux, ni bien cha-
touillant. Aussi mon amour de rapin
m'a-t-il permis d'aller danser chez le
vieux père.

Celui-ci invite les plus intimes de ses
confrères, et paie cher mes séances, mais
ceci n'est que l'accessoire. J'avais mon
idée. Elle a réussi, parce que je pensais

à votre bonheur. J'ai du sang bohémien
dans les veines, et l'on dit que j'ai le don
de double vue. Ce qui est certain, c'est
que j'ai pressenti et deviné votre désaccord de tout à l'heure. Je vous avais assez
étudiés tous les deux pour cela, et alors
j'ai cherché la solution en faisant adopter
le divorce, qui est pour nous autres femmes
une sorte de soupape de sûreté adaptée
à la dure chaîne du mariage... Ne sou-
riez pas ; la phrase n'est pas de moi. C'est
un vieux birbe du Sénat qui me l'a souf-
flée. En échange, j'ai pris délicatement
son chapeau au bout de mon pied, et je
l'en ai coiffé... Bon, voilà que je m'oublié dans mes files de mots. Pardonnez-
moi, en faveur de mes bonnes intentions... Bref, la loi sera votée. J'ai la
promesse formelle de ces législateurs su-
prêmes et faisandés, qui formaient ma
galerie applaudissante. Si la promesse
n'est pas tenue, je donne ma démission
de danseuse pour sénateurs. J'ai fini de
tailler ma bavette, comme je disais avant
d'être admise à entendre votre langage
correct. Ai-je bien travaillé ?

— Fort bien, répondit Marie d'Almée,
mais oseriez-vous me donner l'exemple
en épousant votre rapin ?

— Jamais, s'écria la danseuse. Je suis de sang sauvage, et j'ai le mépris des lois sociales. Vous connaissez la fable de La Fontaine :

Attaché ? dit le loup. Vous ne courez donc pas
Où vous voulez?
. . . .
Mais je ne voudrais pas à ce prix un trésor.
Cela dit, maître loup s'enfuit et court encor.

C'est tout ce que j'ai retenu à l'école buissonnière de mon instruction très-fantaisiste... Eh bien, mon rapin est un véritable trésor, je le proclame. Je me dévouerais pour lui, mais me laisser attacher par la patte du mariage, non ; je suis trop danseuse de caractère, et quel caractère, mes enfants! Et puis, je suis bohémienne de race... Vous, c'est tout autre chose ; vous appartenez à ce qu'on appelle la civilisation. Ah ! j'en connais un peu les lois et les usages. La preuve, c'est que du moment où vous serez comtesse de Nigès, je ne viendrai plus vous voir qu'en cachette. Ecoutez donc mon avis ; il est d'autant plus désintéressé qu'en vous le donnant, je fais un sacrifice à l'affection toute dévouée que je porte au comte comme à vous. Je viens quand je

veux chez la duchesse d'Orange, je ne
devrai plus qu'entrevoir la comtesse de
Nigès. Je le sais, mais je veux votre bonheur complet et ne songe plus à moi.

—Si le bonheur me vient par vous, dit
le comte de Nigès calme et grave comme
un ancêtre, vous serez toujours la première accueillie dans ma maison. Les de
Nigès se sont toujours mis au-dessus des
préjugés vulgaires et de l'opinion des
sots.

— Je vous remercie, comte, mais je
n'abuserai pas de votre bonté.

La bohémienne, sous le coup d'une
émotion extraordinaire, l'œil à demi
mouillé par de douces larmes venant du
cœur, vint prendre la main de Marie
d'Almee, et la supplia ainsi avec une
inspiration étrange.

— Je suis une voyante, écoutez-moi...
Vous connaissez assez le comte de Nigès
pour pouvoir vous confier à lui sans réserve. Je suis certaine, et vous devez
l'être, qu'il consacrera sa vie à votre
seul bonheur. Il est une circonstance que
j'ai apprise et qui doit lever vos dernières
hésitations. Le comte est le cousin germain, presque le frère de Jean de Mémin,
votre mort tant aimé.

— Oh ! cette ressemblance frappante qui m'attirait tant vers vous, s'écria Marie d'Almée, elle avait donc sa raison d'être !

— Oui, nos deux mères étaient sœurs, et tous les deux nous sommes nés dans les montagnes de la fière Aquitaine. Nous avons été élevés ensemble, nous avons combattu ensemble, nous aurions dû mourir ensemble, mais je n'ai pu le suivre aux derniers combats. J'avais été blessé par les armes prussiennes et je n'étais pas valide pour être à ses côtés, lorsqu'il est reparti sans moi. Hélas ! il est mort frappé d'une balle française ; c'est mon plus grand regret... Au nom de sa mémoire tant aimée de nous deux, agréez ma demande. Il me semble voir son âme nous sourire et bénir notre union.

Elle répondit en lui tendant sa loyale main :

— Espérez ! Vous plaidez avec tant de cœur que vous méritez d'obtenir plein succès.

FIN.

TABLE

Paris. — Imp. Balitout, Questroy et Cᵒ, 7, rue Baillif.

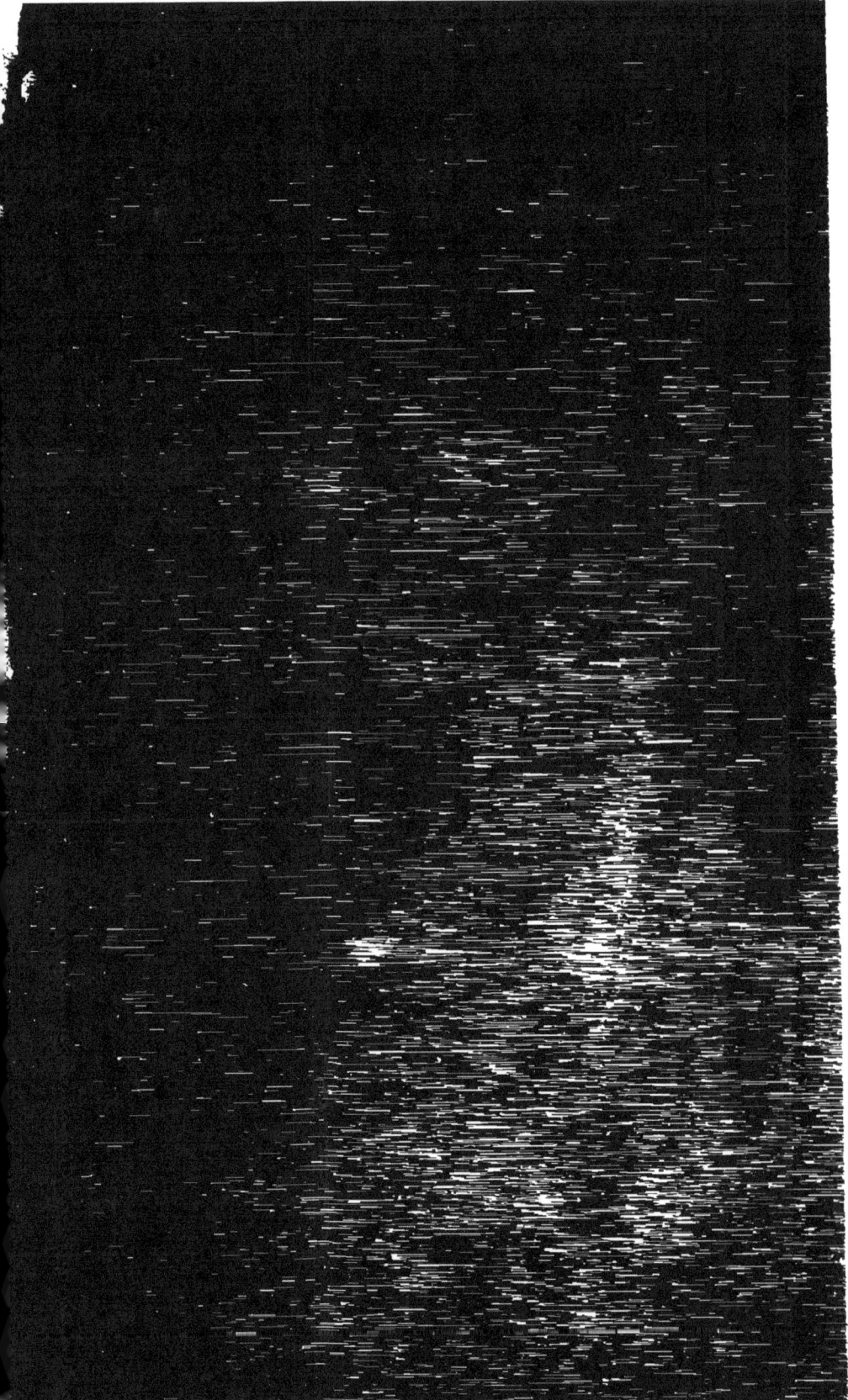

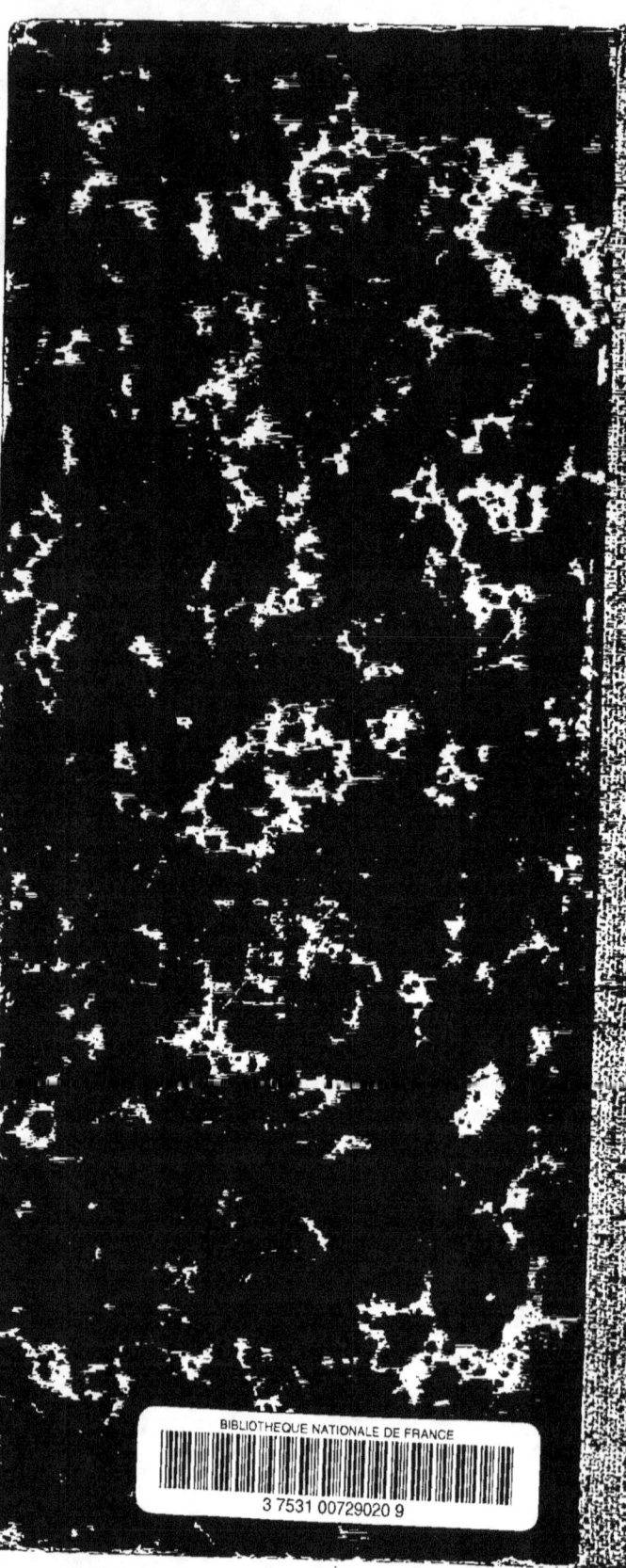

BIBLIOTHEQUE NATIONALE DE FRANCE

3 7531 00729020 9